關於我轉生變成史萊姆這檔事 10

Regarding Reincarnated to Slime

U0074929

Kadokawa Fantastic Novels

目錄 一 魔人暗躍篇

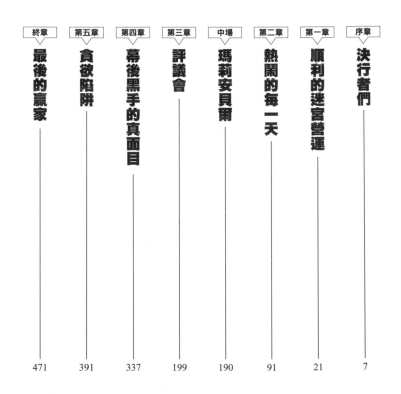

序章

決行者們

Regarding Reincarnated to Slime

呼～真是的——少年發出嘆息。

「你好像很憂鬱，出什麼問題哩？」

如此詢問的，是戴著左右不對稱面具的男人。

他是隸屬中庸小丑幫的魔人拉普拉斯。

是少年——神樂坂優樹信賴的夥伴之一。

「算是吧。因為對方邀請我，我就去叨擾一下，結果他們強到令人瞠目結舌的地步。害我有點喪失自信，覺得該重新審視計畫。」

「你說要重新審視計畫？」

假扮祕書的前魔王卡札利姆——卡嘉麗反問。對此，優樹答得憂鬱。

「沒錯。關於那隻史萊姆，果然還是盡量別跟他為敵比較好。」

「既然這樣，你就繼續跟他保持親密關係吧？我也預計前往遺跡探勘，目前還是先維持友好關係吧？」

「不，還是會按原訂計畫進行啦，只不過難度提昇就是了。」

「為啥？別輕舉妄動就不會起衝突啦。」

拉普拉斯不是笨蛋。雖然夥伴克雷曼被殺讓他懷恨在心，但他不至於違抗頭目——也就是優樹的命令，去跟利姆路作對。

不只拉普拉斯這麼想。

福特曼跟蒂亞也一樣，就連小丑們的會長卡嘉麗也不例外，她很清楚意氣用事有多危險。弱肉強食是這個世界的真理。

至今為止的經驗教會拉普拉斯等人，若沒有十足的獲勝把握，硬要採取行動只會以失敗收場。

別說找魔王雷昂復仇，這次連克雷曼都丟了性命。卡札利姆好不容易才以卡嘉麗的身分復活，這樣彷彿又折回原點。

再說若他們真的要對付魔王利姆路，哪有空找魔王雷昂報仇。

正因小丑們對此心知肚明，這才遵從優樹的命令，不敢輕舉妄動。

然而優樹卻表示有問題發生。

「話是這麼說沒錯，但要保持那樣似乎也不容易了。」

「這話的意思是？」

「那隻史萊姆好像在懷疑我……」

「什麼？難道你不小心失手被抓到小辮子哩？」

「怎麼可能～！又不是拉普拉斯，老大不可能出現那種失誤啦！」

「呵呵呵。就是說啊，拉普拉斯。就我所知，天底下找不到比老大更細心的人。老大這麼厲害怎麼可能衝動壞事。」

優樹行事一向謹慎，他卻親口承認自己的失誤。對此吃驚的拉普拉斯回問他，蒂亞跟福特曼則出言否認。

小丑們對優樹就是如此信賴。

「你們別激動。與其說是優樹大人失策，倒不如說那隻史萊姆心思夠縝密。我也試著跟他當面對峙，發現那隻史萊姆很不一樣。感覺好像從頭到腳都被他監視，讓人坐立難安。雖然還沒看穿他的實力，但我覺得這個對手不容大意。」

斥責這幫小丑的是他們的會長卡嘉麗。

卡嘉麗曾跟利姆路面對面。當時親眼見識利姆路本人，本能告訴她利姆路很危險。

雖然覺得對方實力不如雷昂，但那彷彿能看穿一切的眼神令她倍感威脅。

優樹認同卡嘉麗的看法。

「哎呀，說真的，那隻史萊姆——魔王利姆路確實不得了。當時在慶典上，出資贊助我們的評議會重鎮也在場，但對方出的手段不夠火候，最後似乎下場淒慘呢。對手既狡猾又深沉，對敵人毫不寬待。平常為人溫厚，可是惹毛他就不好對付。再說我們想利用他卻沒得逞，他當然會保持警戒啦。」

優樹邊聳肩邊說。

「可素老大，他再怎麼警戒也沒證據吧？既然這樣，只要窩們裝得光明磊落，對方想再進一步出招都難吧？」

「的確，我沒留下物證。不過，是我將靜小姐的情報放給日向知道，這樣就有充分的事證吧。其實最後他把關係人全找來，要商量今後的打算，聚集在那兒的似乎都是魔王利姆路——利姆路先生懷疑的對象。我想肯定穿幫了。」

「居然有這種事……」

一夥人為之啞然，一面聽優樹說明。

「算了。反正只是時間早晚的問題。那隻史萊姆真的很棘手。那麼老大，你要如何更改計畫？」

該說果然是她嗎？最先重振心情的人是卡嘉麗。從前當魔王經歷不少風雨，重新振作的速度自然快。

「嗯。就像先前那樣，我們繼續安分地沉潛。既然魔王利姆路手上沒有確切證據，表面上就不會跟我們敵對吧。他看似隨性實則心細，會仔細衡量損益。」

「原來如此。之所以當著我們的面提古代遺跡，目的就是要試探我們的反應吧。若我們暗算他，那時他就會絲毫不留情面——」

「我想是這樣沒錯。人這種生物，想法瞬息萬變。有句話說『昨日的敵人就是今日之友』，若事態轉變就沒必要與之敵對。只要能做些事將他的想法導向這邊，我們可說是穩操勝算。」

優樹說完便環視在場眾人的臉，並觀察每個人的反應。

「也就素說，目前先繼續跟他們合作嘍？」

「靠蠻力制伏對方並不難，但老大都這麼說了，就照辦吧。」

「福特曼真笨。就是無法靠蠻力制伏，我們才那麼辛苦嘛。」

「哎呀，別激動。福特曼說得也有幾分道理。被新人看扁，任誰都會不爽咩。可是啊，若窩們全體出動也許能打贏，但對方現在連『暴風龍（維爾德拉）』都有哩。眼下沒必要做不利於窩方的賭注嘍。」

「說得對。我們不用想太多，照老大跟會長的命令行事就對了！」

「真是的，一開始就說要聽令啦！我對會長他們的意見又沒異議。」

三人看起來好像有點不滿，不過，他們對該方針似乎不反對。確認完畢，優樹跟卡嘉麗互使眼色並點點頭。

西方聖教會背後有神聖法皇國魯貝利歐斯撐腰。

自由公會的頂頭組織則是西方諸國評議會。其權力中樞都集中在羅素一族身上。

這兩者會妨礙他們稱霸西方諸國。

如今又多了魔王利姆路統治的魔國聯邦。

這次優樹親眼見識坦派斯特開國祭，這才明白跟魔王利姆路敵對有多愚蠢。

（我表示不再與利姆路先生敵對，當初還有點擔心這些傢伙是否會乖乖接受。）

原本還存在這點疑慮，看來是他杞人憂天。

從前另當別論，輸給雷昂讓卡嘉麗學會冷靜自持。

忍了好長一段時間，那幫小丑就為了成就他們的野心。

看來這群值得優樹信賴的夥伴都不蠢，不會在未經審酌的情況下魯莽行事。

「真可靠。那就讓你們接手之前派給達姆拉德的工作吧。」

優樹笑著接話。』

「等等……該不會是那個特定機密商品？」

「咦？那件事要交給我們辦嗎……？」

「呵呵呵，這樣好嗎？老大。」

三名小丑臉色大變。

盯著他們看的優樹臉上笑意不減。

「沒錯。對現在的你們來說不成問題吧？」

「包在窩們身上！老大擔心窩們幾個失控亂來對吧？不會不會。窩發誓就算有獲勝把握也絕不會出手！」

「沒錯沒錯！克雷曼就是在最後關頭忘了該慎重行事……假如我們跟他犯下相同錯誤，死後就不能嘲笑那傢伙了。」

「說得對。氣到衝動行事只會失敗收場。身為『憤怒小丑（Angry Pierrot）』的我必須牢記這點。我發誓總有一天要找魔王雷昂報仇，但現在還言之過早。」

三人各出一套說詞，對優樹打包票。

優樹聽完微微一笑，嘴裡輕喃：「你們變得比預料中更成熟了。」

這時他突然想到某件令人在意的事。

「對了，說到特定機密商品才想到……魔王利姆路將受我保護的孩子們帶走了對吧。」

「喔，就是因井澤靜江介入，之前無法對他們出手的——」

「沒錯沒錯。還刻意找慶典當名目，仔細想想，他根本在懷疑我。算了，這不要緊。我更在意魔王利姆路說的話。」

優樹邊想邊道出他的想法。

孩子們逐漸變強。

魔王利姆路為了救孩子們曾做過某些事情，原因肯定出在這上頭。

利姆路不肯公開透露來龍去脈，但他這次說「最好讓孩子們對精靈深入了解」。

「以前問他被含糊帶過就是了。」

「大概是孩子們變得太強，他覺得沒辦法再瞞下去吧？」

「誰知道？或許他在做些謀略也說不定，讓我有點忐忑。不過，他肯定是用精靈來中和魔素量。」

魔王利姆路是不容輕忽的對手。優樹心想，就算背後有所謀略也不奇怪。

優樹聳聳肩說完，卡嘉麗也頗有同感地表示贊同：

「有道理。這麼說來，井澤靜江也是役使高階焰精靈的精靈使者對吧。也就是說，經歷瑕疵召喚的

『不完全勇者』能藉精靈回收利用嘍。」

聽完卡嘉麗的推論，拉普拉斯他們似乎也跟著靈機一動。

「原來是這樣，這才是魔王雷昂的目的吧？他好像在蒐集召喚失敗的『異界訪客』，原來雷昂能把他們培訓成戰士？」

「唔——想起來了！焰之巨人原本也是雷昂的部下吧？克雷曼曾命部下襲擊他好幾次，大家好像都被焰之巨人滅了。」

「呵呵呵，也許他用類似手法擴增像井澤靜江這樣的精靈使者？如此一來，把特定機密商品交出去的事或許該重新盤算一下。」

小丑們陸續闡述意見。

或許福特曼說得有道理，優樹對此頗有同感。但如此看來，有件事令人不解。

所謂的特定機密商品，其實就是經歷瑕疵召喚叫來的孩子們。

眼下，某處仍持續上演無以計數的瑕疵召喚。瞞過井澤靜江的法眼，連西方諸國都被蒙在鼓裡……

試行次數愈多，失敗例子也愈多。回收這些失敗品的正是祕密社團「三巨頭（Cerberus）」成員達姆拉德。這些孩子不能對外公開，以實驗素材為名，被他們納為己用。

但那只是講好聽的，其實他們另有目的。

這都是應魔王雷昂的要求。

魔王雷昂在找「未滿十歲的異界孩童」。

（唔——雷昂的目的是增強戰力？這還說得過去，但那樣他們大可自行召喚……刻意將召喚術的新理論流給東方帝國或西方諸國，總覺得他另有目的。總之要多加留意。）

找不出結論。

那就只能按他跟魔王雷昂締結的契約走，繼續採行之前的做法。

只見優樹神情一凜，朝三人下令。

「那就由你們幾個跟魔王雷昂商議。他的目的是增強戰力，還是另有安排，這方面要盡量探詢。米夏會承接跟羅素的交涉工作，從她那接下商品再展開行動。」

「了解哩。包在窩身上！」

「嗯嗯！我也會加油！」

「呵呵呵，遵命。」

看三人幹勁十足，卡嘉麗面泛苦笑。

「可別拚過頭被雷昂看穿真面目喔。」

「聽好，你們行事可要多加小心啊。現在的我們沒空連魔王雷昂一起對付。」

面對優樹的警告，三人點頭表示明白。

拉普拉斯他們三個不是笨蛋。

優樹決定信賴這些可靠的夥伴，開始針對作戰計畫詳細解說。

*

對拉普拉斯等人下完命令，這次換卡嘉麗。

卡嘉麗面向優樹，一臉認真地詢問。

「那麼老大，我該怎麼做？」

她在問遺跡調查的事。

說是說遺跡，其實並非如此。對卡嘉麗等人而言，那是他們熟悉的都市。

以前她仍是魔王卡札利姆時，曾用魔法建造都市防衛機構。這才是古代遺跡「阿姆利塔」的真實面貌。

不同於藉由阿德曼構築據點防衛機構來守護的表層都市，「阿姆利塔」是靠卡札利姆施的咒術和多具魔偶看守。克雷曼繼承卡札利姆的技術，就連其最高傑作彼歐拉在遺跡守護魔偶中也只算得上擁有上級底層的程度。

該遺跡有如此強大的防衛機構——換句話說，這個名叫「阿姆利塔」的遺跡才是傀儡國吉斯塔夫不為人知的真身。

話說這個叫阿姆利塔的遺跡，為何有如此高強的防禦力？

要論及緣由得追溯至遠古時期。

很久很久以前，長耳族的超魔導大國也曾繁榮興盛，卻因自身愚蠢招致毀滅。

該國觸怒當時還不是魔王的少女——龍皇女蜜莉姆，一夜之間從地表上消失。

留下的遺址便是古代遺跡「索瑪」。

倖存的長耳族誓言要在索瑪復興故國，但他們未能如願。

他們親手催生凶殘至極的魔物——混沌龍，無法與牠的強大威力抗衡，這些人被迫逃離故鄉。

混沌龍的力量形同天災級。雖不及「龍種」，卻不是長耳族能對付的。

倖存的長耳族人散落各地，開始走上不同的路。

為這突如其來的不幸哀嘆，那些無知的人民向長耳族始祖尋求庇蔭。

擁有力量的人在荒野間開疆闢土，興建王國。

某些人則暗中逃離，跑去遠處隱居。

因為極少數人造的罪孽，長耳族的榮景劃下句點。

之後——

一些人因其罪受到詛咒，變成黑妖長耳族，為了從蜜莉姆的眼皮底下逃離，他們前往遠方的新天地。

卡嘉麗——魔王卡札利姆——他也是其中之一，見識過魔王蜜莉姆有多可怕並保住小命，是那些為數不多的長耳族王室一員。

當時卡札利姆還不是魔王，他逃到遙遠的土地上，仿造故鄉興建都市。趁長耳族的技術還未失傳，將之全化為實體形式保存下來。

因此催生的都市，就是傀儡國吉斯塔夫的首都阿姆利塔。

想起過往，卡嘉麗搖搖頭甩去這些記憶。

「阿姆利塔的防衛機構仍未失效。要不要利用它設計魔王利姆路？」

她跟利姆路約定，要一同前往調查位在克雷曼領地的古代遺跡。到時藉機引利姆路落入陷阱，對現在的卡嘉麗來說易如反掌。

再說只有蜜莉姆跟維爾德拉會構成威脅。

只有利姆路一人，要收拾還不簡單？——卡嘉麗如此認為。

光只是觸動防衛機構，她能做到不讓對方起疑。卡嘉麗基於上述想法才做此提議，但優樹想都不想便否決。

「這樣也滿有趣的。不過，真的行嗎？搞不好魔王蜜莉姆會一起去？」

「總之，到時會有辦法的。只是觸動機構不會讓他對我起疑。」

卡札利姆的祖國在許久之前遭人毀滅——不，是卡嘉麗才對。

優樹擔心她心裡會留下創傷，但她本人看起來似乎不介意。

從長耳族變成黑妖長耳族，再進化成妖死族，並當上魔王。經歷這些過程，卡嘉麗已經克服蜜莉姆帶給她的精神創傷。

不過，要說她是否能戰勝對方，這已經不是可能性掛零的問題，卡嘉麗知道那是種有勇無謀的行為……

「好！那就拜託妳了。打倒他應該是不可能的事，但魔王利姆路實際的戰鬥能力有多高，我想取得這方面的資料。」

「這對手值得我們那麼做？」

「對，確實值得。所以卡嘉麗，妳可別洩漏真實身分喔。他肯定在懷疑我，但對妳還沒確切劃分。妳要慎重行事，別反過來讓對方挖取情報。」

「我明白，老大。」

說完，優樹與卡嘉麗相視而笑。

「好耶！那窩們就去跟米夏接觸吧。」

「那我繼續做準備。接下來，老大你有什麼打算？」

「我嗎？我預計跟達姆拉德取得聯繫，要他擴張東方的活動據點。若是出什麼意外可以逃去那邊。

不過在那之前——」

「什麼嘛，你果然在策劃些什麼！要窩們別輕舉妄動，自己卻精心算計。」

聽拉普拉斯出言相譏，優樹露出苦笑。

「不是那樣，拉普拉斯。只是打算把能出的牌全都打出去。因為我還沒放棄在西方稱霸嘛。」

話說到這兒，優樹扯嘴一笑。

在那之後——

潛伏在暗處的魔人們悄悄展開行動。

第一章

順利的迷宮營運

Regarding Reincarnated to Slime

坦派斯特開國祭辦得相當成功，就這麼迎接閉幕。

日子過得很忙碌，十天過去了。

各位來賓、來自鄰近國家的人都已經離開這座城鎮。

費茲跟布爾蒙王一行人也不例外。回國後好像要商量今後的打算，他們火速踏上歸國之路。

矮人王蓋札答應回國後會編列技術研究班，早早從我國離去。

至於薩里昂天帝艾爾梅西亞，她買下位在迎賓館附近、座落於黃金地段的某座旅館。她從裡頭挑個房間設置傳送魔法陣，似乎是為了方便隨時過來玩。

不愧是有錢人，做起事來相當豪爽。

看到蓋札露出羨慕的神情，艾爾梅西亞臉上充滿優越感。

若是蓋札回國成功編列預算，他可能也會在我國買個別墅。所以說，或許我該感謝艾爾梅西亞。

除此之外，一些我國居民都在那旅館工作，她願意比照先前的條件僱用他們。舉凡像是定期打掃、艾爾梅西亞入住時負責照料她的飲食，這些細部契約都由利格魯德打點。

「不過，下次我來會將意識移到人造人體內。雖然用那具身體無法打從心底放鬆享受就是了……」

「陛下，您就別任性了！」

這次就是一例，艾爾梅西亞只是出國就引發天大的騷動。這件事跟我們無關，但艾拉多被搞到忍無可忍吧。

就算只是動用保護艾爾梅西亞的護衛騎士團——魔法士團——從國防觀點來說似乎也是一件大事。

「是喔，那愛蓮該不會也是人造人——？」

愛蓮是艾拉多的女兒，當然是長耳族。

可是她的耳朵很普通，就像人類一樣。

「哦，那個啊，愛蓮是用她本來的身體。人造人並非萬能，長時間附身，本體會有危險。」

「陛下！您這樣隨便洩漏機密，我會很困擾啊！」

據艾爾梅西亞私下透露，愛蓮好像用藥改變外貌，直接用原本的身體旅行。所以艾拉多很擔心，暗中加派不少護衛。

此外說到卡巴爾跟基多這兩人，令人吃驚的是他們來自魔法士團。

在那大呼小叫說只動用一人也會影響到國防，卻不惜為自己的女兒派兩人陪同……

艾拉多真是護女心切。

「可是，他們兩個看起來沒那麼強啊……？」

我以前進行「解析鑑定」時，他們看上去沒多強。想到這裡便將疑問問出口，艾拉多則面有難色地應答。

「這也是機密，罷了。那兩人有配戴魔法戒指限制能力。只有當愛蓮真的陷入危機，限制才會解除。」

他這麼說。

也就是說跟我的「解析鑑定」相比，薩里昂的魔法技術更勝一籌？——我有點驚訝。但仔細想想，當時的「解析鑑定」準確度相較於今日已大不相同。現在的我或許能看穿隱藏力量。

看來別因曾做過調查就掉以輕心，要更謹慎才行。下次遇到卡巴爾他們再偷做「解析鑑定」吧。

「那麼，女兒就拜託你了。」

「先這樣，改天見！」

留下這句話，艾爾梅西亞一行人搭上由魔導王朝薩里昂守護龍王載運的飛龍船回國。

魔王魯米納斯就很悠哉。

因她可以用龐大的魔力隨意進行「空間移動」，三兩下就回去。關於樂團的交流，她說日後再跟我聯繫。

日向還留在這個城鎮上。有時去教會看孩子們的讀書狀況，有時陪他們做戰鬥訓練。

目前找不到合適的老師教孩子們。

這時日向出現。

至今她以聖騎士團團長之姿維持西方諸國的治安，今後我們也會給予協助。南方由我們包辦，日向似乎也因此多出空閒時間。

「如果方便，能不能陪陪孩子們？是說我也會使用魔法，但不知道怎麼教人。」

「可以啊。我已經用元素魔法『據點移動』登錄這座城鎮，有空就會來照顧孩子們。」

日向說完便爽快接受我的請託。

真是幫了我大忙。

畢竟我一開始就沒有讓孩子們回去的打算。

如今覺得優樹可疑，孩子們還是別安置在英格拉西亞王國比較妥當。

所以我才拿慶典當藉口帶他們出來……

也不忘辦轉學手續。

不管怎麼說，在英格拉西亞學園裡，指導孩子們變得越發困難。

將孩子們跟精靈「整合」後，現在他們變得非常強大。一般教師無法教導他們，眼下必須找到能確實指導他們的人。

優樹也說聖騎士最會役使精靈。

當時我不小心提到精靈，照優樹的反應看來，他好像一開始就知道了。

搞不好該保密——

《答。是祕密沒錯。》

也、也是啦。

我不小心說溜嘴，智慧之王拉斐爾大師好像很傻眼。

不不不，就算我不說，還是穿幫了。

大概是我們想太多啦，用不著那麼擔心嘛。

《……》

是，對不起。

明知優樹可疑，我卻一個不小心說出來。

果然，在我心裡的某個角落還是想相信他。因為給了優樹多餘的情報，我正大力反省。今後行動要更加慎重。

我會負起責任保護孩子們。

在這種情況下，巴不得日向出力協助。

透過慶典相識，孩子們也跟日向變得非常親近，可謂完美人選。

話說讓日向當老師啊。

我也去當學生，跟她多方學習吧？

打定主意後，我跟孩子們一起坐在座位上，卻被日向冷眼瞪視。

「你這是在幹嘛？」

「呃，那個，就想視察一下……」

「少礙事，給我出去。」

「啊，是。」

就這樣，我被毫不留情地趕出去。

好可惜。

事情大概是這樣，大約花一星期替慶典善後。

街道狀況也漸趨穩定，居民沒那麼忙碌了，所以我們試著開放調整完畢的地下迷宮。

不少冒險者似乎急著想探索地下迷宮，很多人向我們詢問。一方面是為了回應大家的期待，我們早已準備妥當，就等著對外開放。

日子從此變得忙碌起來。

…………

………

……

地下迷宮實驗性開放第一天，才過幾個小時就發現問題。

問題就是挑戰者的攻略方式出乎意料地笨拙膚淺。

在開國祭上公開迷宮時，我們早就料到會出這種狀況。所以我們確實擬定對策並降低難度。然而他們的攻略速度依然太過緩慢，我方這才領悟繼續維持現狀不是辦法。

第一層沒設陷阱。

可能會自然出現的魔物也頂多是些Ｆ級小嘍囉。不具戰鬥能力，就連一般村民都能打倒這些魔物。

打造這層的用意在於讓大家熟悉迷宮環境，所以我們只放有寶箱的房間，還有負責守護的魔物。不過菈米莉絲設置的地洞陷阱已全數去除。因此要突破該樓層須確實製作地圖。

可是照我看來，不管再怎麼慢，只要窩上一天還是有破關可能。

然而這三天來都沒人到第二層。就連那個巴森小隊都在第一層瘋狂迷路，最後棄權了事。

是說巴森他們已經體驗過迷宮有多大，卻沒擬定任何對策。

該說讓人傻眼還是……

不過，巴森他們算好的了。

某些隊伍甚至被安排在房內的Ｄ級魔物殺掉。

應該說，那種隊伍可多了。

八成被慾望蒙蔽雙眼，都沒發現藏在房間角落的魔物，不少笨蛋就這樣朝寶箱直衝。

這樣就連骷髏弓兵都會被嚇到吧。盡是些滑稽的冒險者，朝寶箱猛衝又被人從背後射殺。

換句話說他們連基本水準都沒有。

危機意識不夠。

但是組隊行動以笨蛋來說還算聰明。

笨蛋這種東西似乎沒極限，遠遠超乎大家的想像。

居然有人單槍匹馬來挑戰我們的迷宮。

這已經超越亂來，來到有勇無謀的地步。

如同剛才所說，第一層出現魔物的機率很低，就算有也是F級。但就算是這樣的魔物，若成群結隊仍會構成威脅。不對，會不會構成威脅有待商榷，但對挑戰者來說足以產生威脅。

基本上光靠一人就連休息都是件難事。沒人把風，甚至無法小睡片刻。

不管F級魔物多爛，危險性還是有。某些類型的魔物會趁人類睡覺發動攻擊，稍有不慎將會喪命。

原以為那些人有什麼妙策，結果他們只是沒用大腦罷了。有勇無謀的笨蛋沒展現任何成果，一下子就退場走人。

無論如何，照這樣子就算他們挺進下面的樓層也沒用吧。

從第二層開始除了道路上魔物增多，還會出現E級敵手。一旦突破第五層，八成會出現相當於D級的魔物。

在這種淺層就遭遇挫折，要是遇到D級魔物肯定沒命。

其中甚至有人用很丟臉的理由——肚子餓要放棄。

每十層就有一個記錄點，每五層設一安全地帶，並在那裡設引水處。

我們也暗中提點大家，要他們多帶些食物。

其他冒險者會去分析巴森等人的行動，確實擬定對策，但只有這樣似乎不夠。

冒險者這種生物似乎自尊心很強，都把人家的話當耳邊風。是說不知是因能死而復生讓他們放心，還是對自身實力過分自信，許多挑戰者連乾糧都不帶。

要是迷路連出口都回不了，當然會挨餓。

怎麼想都是挑戰者自作自受。

盡量多開寶箱拿道具——雖說這種心情我也感同身受就是了……

若我們設計這迷宮是真的想殺掉他們，我想再過一百年也不會有人破關。

但此次挑戰者都是些窮途潦倒的保鑣或傭兵，不擅長探索。

目前還用不著慌——想到這兒，這三天來我都在觀望。

結果都沒人到第五層的安全地帶，情況慘不忍睹。

…………

……

……

不過，我們這邊賺到入場費，可說是有利無弊。然而繼續這樣下去，冒險者將士氣低迷，當回頭客的機會渺茫。

看來要從根本開始重新檢視一番。

這意想不到的事態搞得我一個頭兩個大。

＊

如此這般，我召開緊急會議。

與會者有我、維爾德拉、菈米莉絲及旁聽人正幸。

還把營運負責人摩邁爾叫來。

確認大家都到齊後，我開口發言：

「各位，迷宮已開放三天左右，但現況不樂觀，應該說爛得可以。為了讓我們找到樂子——不對，為了讓各位迷宮入場者願意一再挑戰，我想最好給他們某種程度的指導。」

首先，照這樣子下去，是否有人能抵達第十層都成問題。如此一來，我們的迷宮營運計畫會因此停擺吧。

至少得教他們一定程度的攻略方法，結論如上。

「嗯！利姆路說得對。照這樣下去，不管等多久都沒我出場的機會。」

「真的。五十層以下是我們的精心力作，真想快點讓它問世。我覺得可以給點提示！」

就是這麼一回事，我獲得維爾德拉跟菈米莉絲的支持。

正幸若有所思——不對，他好像很困惑。他不曉得自己為何被叫到這兒，看上去不知所措。

畢竟他突然被人叫來。

總之正幸等一下大概就會恢復冷靜，到時再向他徵詢意見吧。

我的目光從正幸身上移開，改看摩邁爾。
能見到令他崇拜的正幸，摩邁爾非常開心。
可能是因為這樣吧，一看到我他就蓄勢待發地開口：
「我可以說句話嗎？」
「歡迎提供意見。想講什麼就講什麼，用不著顧忌。」
聽我說完，摩邁爾點點頭。
「關於給暗示這件事，希望你們別給太多。才開始三天而已。目前來的挑戰者都在水準以下。我已經透過自由公會向老手冒險者招手，我想今後C級以上的挑戰者也會變多吧？」
「事情進展順利嗎？」
「是的。雖然摸不清優樹先生的想法，但他似乎有確實遵守約定喔。透過『魔法通訊』跟各國各地的自由公會分會取得聯繫，替我們大力宣傳。」
「也是啦，畢竟公會也能分到好處嘛。還有嗎？」
「是。我找人幫忙，商人們有協助宣傳。還有優秀的保鑣、跟他們熟識的混混也加進來幫忙。根據回報指出大家的反應似乎不錯。」
傳達跟蒐集情報都很重要。
我向摩邁爾引介蒼華，要她協助摩邁爾的工作。
蒼華是「藍闇眾」的首領，曾與摩邁爾一起當司儀。摩邁爾也很會管理他人，兩人似乎一拍即合。
當中不存在偏見真是太好了。
如此這般，蒼華的幾名部下便依摩邁爾的指示行動。

其實連蒼影都是幫手之一。

蒼影目前在調查莫查公爵的周邊動向。我命令他順便不著痕跡地宣傳我國。

結果地下迷宮的傳聞還傳到一些偏僻鄉鎮去，那裡連自由公會的分會都沒有。

「也就是說我們先等各地高手聚集，之後再下判斷也不遲？」

「正是。該企畫才剛成立。不需要急著在此刻看到成果，小的以為該冷靜下來放眼未來才是！再說若有各國貴族出資，B級以上成員參戰也指日可待。」

摩邁爾熱切地說著。看到正幸佩服地點著頭，他好像很開心。

看來摩邁爾迫不及待地想在正幸面前有所表現。

但他的說法確實有道理。

都怪維爾德拉跟菈米莉絲太囉嗦，害我一不小心跟著緊張起來。

巴森他們整個小隊加起來有B級。穿目前那些裝備，個人實力只到C或C+，絕對算不上優秀。

換成個人等級在B以上的人，就算不給太多提示也能將迷宮摸熟吧。

在我們的迷宮裡，人身安全可以用錢買，就算少了悉心指導，他們也能靠自身經驗摸出攻略方法才是。

「說得對，急也沒用吧。」

對迷宮感興趣的人好像滿多的。

除了「魔晶石」，還能從魔物身上剝取素材。料準能賺到像樣的零用錢，進迷宮的人絡繹不絕。

還有貴族的反應，他們的意願似乎比想像中更高。

一些人腦筋動得快，回國之際已僱用冒險者，拜託他們攻略迷宮。

這些受僱的冒險者在行動上不會受慾望驅使。他們會確實做好準備，訂立行動目標才開始活動。

那類人並不多，但我想今後有上升趨勢。

「那我們該怎麼做？」

「第一層有設置櫃台，是否該讓大家在那做各類體驗？」

「你說體驗？要體驗什麼？」

不只菈米莉絲，大夥兒都有聽沒有懂，我便闡明自身想法。

「我在想設個訓練場讓大家做各類嘗試如何。可以針對陷阱學習，進行跟魔物的戰鬥訓練。比起給予提示，這樣更有意義吧？」

還能順便設立運動場，最近魔國聯邦的新兵增加，希望對他們的訓練有所助益。在迷宮內不會發生死亡事故，我想應該會是很有意義的戰鬥訓練。

我基於上述想法才說出這番話，有個意想不到的人表示認同。

這個人就是正幸。

「既然這樣，我覺得興辦跟迷宮攻略有關的講座也不錯。」

他若無其事地插話。

我則驚訝地望著正幸。

「啊，擅自發言不太好嗎？」

「不會不會，沒那回事啦！」

「哎呀，那就好。因為這話題好像滿有趣的，連我都能聽懂，所以不小心就插嘴了。」

正幸說到這裡苦笑了一下。他的適應速度比想像中還快，但神經好像滿大條的。

「那我們該辦什麼樣的講座？」

要辦講座的話，是不是要把冒險者全叫到大會議室去？

在那花點時間講解迷宮構造似乎很有助益。

「就學遊戲裡常有的教學模式啊。」

「『焦雪摩斯』？那是什麼？」

「這名字聽起來很好吃，是食物嗎？」

正幸這番話挑起維爾德拉等人的興趣。

還以為維爾德拉知道呢，原來他完全沒概念嗎？

這個世界的語言會很親切地經過翻譯，但雙方若沒有共同認知就說不通。既然維爾德拉不知道，想必菈米莉絲也不曉得。

所以我就跟正幸一起解說所謂的教學模式。

「就好像體能設施，請他們實際做些體驗。」

「利姆路先生說得對，我覺得進迷宮前先做各種體驗很重要。所以用任務形式教授大家基礎知識，我想各位冒險者也比較能體會——」

就算做冗長的說明也不能讓冒險者心領神會。

只準備能自由體驗的訓練場，夠認真的人才會去用吧。

——以上是正幸的意見。

所以我們要改成任務形式。

在發行入場許可證前，先讓他們接受簡單的任務。

這樣冒險者挑戰迷宮前會先學到最低限度的知識。

聽完我們的說明，維爾德拉跟菈米莉絲似乎明白了。

「這樣或許不錯。在我看來，現在這樣太簡單很無聊。希望能給他們闢個訓練場所，將身手提昇到一定水平。」

「我也這麼想！要是被蜜莉姆看到，她肯定會大發雷霆把他們全痛扁一頓！」

維爾德拉跟菈米莉絲也同意了。

此外，就連摩邁爾都持相同看法。

「做完教學後，給他們試穿魔國聯邦出產的武器或防具好像不錯。一些人在攻略時遇到挫折，為他們準備難度較高的任務似乎也很有趣。」

他還給出頗具參考價值的意見。

對喔，出版導覽書或許也滿有趣的。可以介紹這座城鎮，再找合適人選寫些報導，感覺又是有趣的點子。

大家還不習慣才會效率低迷，我們決定教授最低限度的知識。否則去到真正高難度的五十層以下，到時會闖不過吧。

除此之外，若有人真的想朝深層挺進，我們也可以準備更深入的體驗行程。

不過，五十層以下是真正的難關，預計先讓聖騎士團成員挑戰就是了。

目前還不能期待冒險者闖關，就拜託諸位聖騎士陪菈米莉絲跟維爾德拉玩吧。

大致上是這樣，我們決定把第一層改裝成訓練場。

除了挑戰者用通道，可不能忘了設置新兵專用的出入口。

「對喔，好像要增設比較好。我知道了。這就來改裝吧！」

菈米莉絲二話不說答應。

事情到這邊告一段落，我正想結束這場會議。

「啊，請等一下。我還發現一些事情。」

沒想到正幸兩眼發光，主動發表意見。

「現在好像只有安全地帶設了旅館跟用餐處，其實每個樓層都可以設一下嘛。還有啊，都沒廁所很困擾喔。反正可以任意連繫空間，把門設在各層的階梯附近應該不錯。某些人不帶睡袋就跑來攻略，就算價格貴一點，大家也會使用吧？」

什麼？

這傢伙是……天才嗎？

話說廁所是吧。我自己沒有排泄需求，都忘了在這方面給點照應。

他給了出人意料的實用意見，讓我好驚訝。

我看向菈米莉絲，只見她朝我大力點頭。

「正幸小弟，就採用你的點子！」

「不愧是正幸大人，好棒的著眼點！」

「嗯嗯！我們就取消安全地帶，在樓梯附近增設可通往休息區的門吧！」

車站廁所內沒放衛生紙，在該處設置自動販賣機，讓大家用較高的價錢購買面紙。

這種手法很卑鄙，但說真的確實很有效果。

看來正幸的眼光真的很不錯。

「要是你有其他點子，不用客氣儘管說。」

我面帶笑容催促正幸。

接著他似乎想起自己曾經玩過的遊戲，開始左思右想。

「嗯——這個嘛……可以準備只能用一次的記錄點嗎？我走運到第十層，如今沒了地洞陷阱，我想應該要花不少時間。這對挑戰者來說並非兒戲，被綁住的時間變長，大概也是拉高難度的要因之一。」

嗯，原來如此。

的確，正幸說得很有道理。

照這個樣子下去，抵達第十層可能得花好幾天。剛才聽完他的點子發現在迷宮內久待也是一種商機。就針對這點進一步設想吧？

「嗯，那小子說得對！我跟他的看法一致。人類很脆弱，必須多關照他們。」

維爾德拉率先認同正幸的提案。

對象是如此脆弱的人類，不知是哪邊的哪位仁兄開開心心創出這麼殘酷的迷宮？

「要一次性的記錄點的話，可以靠我的力量創造喔！可是讓他們住旅店不是更賺嗎？」

這樣他們才能買道具。

話說菈米莉絲一跟錢扯上就變很精明。這意見一針見血，害我有點吃驚。

「不不不，這可不一定，菈米莉絲大人。我們只要反過來定高價位就好。畢竟沒要緊事就不會住旅館，我猜也有某些人被要求定期回報。還有，為了在迷宮內應付突發狀況，有些人至少會帶個一次性記錄點以防萬一。若合併使用，『回歸哨子』的賣量也會提昇不是嗎？」

摩邁爾似乎覺得這有賺頭，想把它商品化。

聽他這麼一說確實如此，讓人又想到數種用途。

若是在迷宮內待好幾天，可能會在意外面的情況吧。

今後受貴族僱用的人也會參戰，或許他們有回報義務。

再說——

「我這邊會有同伴輕鬆料理魔物，但在第十層的記錄點前方不是有強力魔物把守嗎？我想應該有滿多人想在挑戰魔物前利用記錄點。」

正幸這番話讓我非常認同。

樓層守護者——挑戰關卡魔王前想先記錄，遊戲玩家當然會這麼想。

沒這種概念直接挑戰最後魔王，結果花幾小時玩的遊戲資料泡湯，那段記憶重回腦海。

因為是遊戲，所以這悲慘事故就當笑話作罷。但那若是現實，不曉得會有多懊惱。

「也對。仔細想想，或許設計上不是那麼親切。」

見我認同，維爾德拉跟菈米莉絲也頻頻點頭。

「小子，不對，你的名字叫正幸是吧？你的意見很有參考價值。」

「嗯嗯。好厲害喔，好強。不愧跟利姆路一樣是『異界訪客』。今後也請多多指教，正幸！」

而且還在不知不覺間認定正幸，把他當成同伴。

正幸也不遑多讓。

「五十層以下要玩真的，我覺得用不著跟挑戰者客氣。可是在老手冒險者比較少的樓層裡，至少可以留點餘地。」

他完全站在經營者的立場發表意見。

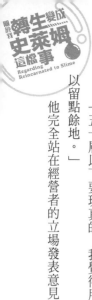

我想正幸真正厲害的地方搞不好是他適應力夠強。

好吧，我個人也不反對。

「好，那就在各層樓梯前準備休息間吧。然後再做點更動，只要付錢就能去九十五層的某塊區域。」

「要在那個角落準備旅店跟餐廳吧？」

「當然。專門供特別會員消費的長耳族酒店可不能對一般人開放，就推出冒險者專用的店吧。用不著我多說，價錢自然要提高！」

「呵呵呵，小的明白。」

觀光地區的物價就是高。像是來到富士山山頂，罐裝咖啡的售價就提昇好幾倍。

在那種地方吃燒肉便當最棒了，味道另當別論，價錢往往高得誇張。

以此類推，可以在迷宮內利用的設施自然比外面城鎮的貴。

這下第九十五層的城鎮也多出更多用途。

「對了，菈米莉絲。話說那種一次性記錄點，真的能弄出來？」

「當然啦！小事一樁。可利用名叫『現象記錄球』的道具做一次性登錄喔。」

菈米莉絲創造的道具有夠方便。

在迷宮內的任何地點都能使用，用途跟記錄點一樣。若是用「現象記錄球」登錄後死亡，就能從記錄點復活。

而利用「回歸哨子」離開迷宮後，重新進場就會來到「現象記錄球」的登錄地。

就算迷宮的內部構造改變也適用。雖不會去往同一地點，卻會被傳送至離該地點最近的安全地帶。

「就把那拿到商店裡高價販售吧。」

「關於這點，我想放點小福利當宣傳。」

「那就把它混進寶箱的稀有級寶物裡！」

就這樣，大家順利達成共識。

「嘎──哈哈哈，這下又多點樂趣了。」

「現在高興還太早，但我想放棄攻略的挑戰者會變少。」

維爾德拉跟正幸都開心地加入對談。

如此一來便把問題點濾出，大夥兒互相交換意見，提出改善方案。

＊

很好很好，得到比預料中更有意義的意見。

第一層改建成包含播報系統的事前體驗訓練場。我們會以任務形式進行導覽，讓大家學到最低限度的知識。

用不用看個人。

強摘的瓜不甜，凡事都該對自己的行為負責。

此外，我們已經做過設定，在第一層不會死掉。搞不好會有冒險者引發問題，而且要是工作人員有個萬一就糟了。

不僅如此，一方面也想請他們在那體驗死亡。我們設計成會當場復活的形式，或許也適合當小孩子的遊樂場。

還準備可做戰鬥訓練的房間，能與好幾種魔物對打，針對高手設計。

我們事先抓了一些魔物，讓魔物戴上能無限復活的項圈。冒險者可以在這學習戰鬥技巧，磨練自己的身手。

還利用廣大面積建造供我國新兵使用的運動場。

偶爾抓大量魔物舉辦大規模的集體戰鬥或許也挺有趣。

從第二層開始才進入正題。

可是在第四層前都沒放會立即死亡的陷阱，徘徊的魔物也挑E至F低階種。只在房間裡配置一隻D級魔物，寶箱將開出攻略迷宮可能會派上用場的低階回復藥等物品。

裝備等高價道具從五層以下才開始出現。

我們重新調整成這樣，並更改難度。

這下從明天開始，大家的攻略腳步也會變快吧。

開發遊戲也會進行封測，看來要直接上線不可能。

……不對，我們之前就有做過測試。

可是派去攻略迷宮的全來自紫苑麾下，是「紫克眾」的六名士兵，資料不足以供參。

他們順利打到地下四十層。雖然被四十層的樓層守護者嵐蛇滅個精光，但也因此害我們會錯意，以為迷宮的難度適中。

因為他們對付陷阱和小嘍囉打得一點也不辛苦，輕鬆通關。

我們看完以為設成這樣沒問題。

心想「只要累積一些經驗，大家馬上就能打到五十層吧」。

測試員還是要慎選。

「紫克眾」由紫苑親自鍛鍊，似乎變得比預料中更優秀。

不過，這些就是今後的課題吧。

「那麼，議題差不多就這些吧？還有其他意見嗎？」

我十分滿意，但好歹還是跟大家問一下。

大家都表示意見了，今天到這就差不多了吧。

「我可以說句話嗎？」

這話出自摩邁爾。

「咦？還有什麼意見嗎？」

「有。話是這麼說，但這些意見是跟迷宮營運有關。」

哦，不是針對迷宮的內容，而是跟宣傳和收費有關？

那些確實也令人在意。

才過三天，我想收益應該沒多高。

菈米莉絲似乎也嗅出錢的味道，她用閃亮雙眼望著摩邁爾。這妖精太過世俗，反倒令人莞爾。

「哈哈，別這麼期待嘛，資金回收才剛開始。我的報告跟宣傳有關。」

像在對菈米莉絲解釋，摩邁爾說完面露苦笑。接著神情一變，開始進行解說。

「為了引起貴族的興趣，我已經算出應訂的獎金額度。給金幣一百枚如何？」

哦哦？

「那自然是——」

「當然。我預計拿星金幣一枚支付。」

看來摩邁爾做事都有抓到我的想法。

上次失敗讓我學乖。

我想盡快把星金幣換開。

話說金幣百枚在我看來大概是一千萬日幣吧。

「可是這樣不會太少嗎？」

對老百姓來說是一大筆錢，但這些錢好像不夠打動有錢貴族。迷宮當然會掉魔晶石，寶箱能開出稀有級寶物，不過，我覺得光靠這些還是不夠。

面對我的疑問，摩邁爾臉上浮現奸詐笑容。

「呵呵呵，會有這種疑問很正常。我對外宣傳，說這筆獎金要賞給突破五十層的人。只有第一次能拿，每個月發一組先勝獎金。一人闖關就能獨得，若是組隊就大家分。獎品不只這些——」

據摩邁爾所說，討伐各層守護者都有相應的獎賞。

十層是難度B級的大蜘蛛（黑暗蜘蛛）。

先討伐大蜘蛛的五組人馬可獲得獎賞，贈送金幣三枚。

二十層是B+的大蜈蚣（邪惡蜈蚣）。

會吐出強力的大範圍「麻痺噴霧」，是很強的魔物。先討伐該魔物的五組人馬會得到金幣當獎賞。

三十層設置B+的大鬼狂王（食人魔王）和五名部下。

他們跟紅丸等人不同，是按本能行動的凶暴魔物。一身強大蠻力，特別擅長用聯手攻擊的方式戰鬥。

得跟這個集團對決，不組隊大概會很吃力。

獎賞是金幣十枚，還限前五組拿。

除此之外，再下去才會開始遇到真正的難關。

四十層按預定計畫配置A的嵐蛇。

這傢伙有超強大的範圍攻擊「毒噴霧」，隨便組的隊伍會在瞬間全滅。說真的，像凱那樣的A級冒險者要憑一己之力打倒這傢伙並不容易。

嵐蛇獎賞是金幣二十枚。雖說只贈前三組，但討伐者也不會隨隨便便就出現吧。

五十層的樓層守護者預計由哥杰爾和梅傑爾輪班。他們進化成A級以上的魔人，能打倒的人應該很有限。

只要突破這樣的五十層，獎金就是金幣百枚。金額一口氣三級跳，但從難度來看也是其來有自。

「原來如此，這配法想得真周到。這樣不僅宣傳效果值得期待，還能促使貴族產生競爭心態吧？」

「正是如此。每個月發表討伐者，想必大家的競爭意識也會跟著提昇。每個人只能拿一次獎賞，不會發生同一個人拿好幾次的情況。這樣也能避免引發過剩競爭吧。」

原來是這麼一回事。

如果只能拿一次，大家就不須為了獎賞搶王。可以防止同一人獨占月初獎金。

而且拿獎金的人數每個月都有設限，照先後順序排，將能合算固定費用。

「這樣能打平嗎？」

「沒問題。我拿這三天的營業額試算，獎金再往上加一點也行。」

那些錢只占收益的一小部分，會煽動競爭心和想碰運氣的心理。

我們不會有太大損失，真是美好的作戰計畫。
五十層被人突破應該還有得等，我們要支付的金額似乎可壓在最低限度。
「其實也可以請正幸大人突破五十層，藉此大肆宣傳——」
「咦！」
「以正幸大人的實力來看，遲早會突破吧。」
哦哦。
不愧是摩邁爾，這男人超積極。
還替我擬了很不錯的計畫，就照這樣進行下去吧。
「這點子不錯。這下正幸的名聲也會變得更加響亮，還能替地下迷宮做宣傳。等大家攻略停滯，再來實行這個作戰計畫。」
「我也這麼想。不愧是利姆路大人。咕呵呵。」
「沒那回事，摩邁爾老弟。唔呵呵。」
我很滿意，跟摩邁爾互相陪笑。
「那個，我的意見呢……」
正幸似乎有話想說，但我裝作沒聽到。

＊

摩邁爾的話到這還沒完。

該說接下來才要切入正題。

「所以有件事想跟利姆路大人商量，我想搞得更大！」

只見摩邁爾露出邪惡至極的笑容。

今天、就在這一刻，那笑容讓人覺得好可靠。

「你說說看，摩邁爾老弟。」

我也露出佛心的笑容，朝摩邁爾應道。

「我要嚇嚇周邊各國的貴族，想對外公開突破最下層的人可獲得星金幣百枚當獎賞！」

「——！」

「哦哦？」

「咦！」

「那個——換算成日幣大概是多少錢啊？」

換算成日幣大約十億圓吧？

這個世界物價低，似乎顯得更具價值。

「這是在吹牛吧，摩邁爾老弟？」

「呵呵呵。說成這樣，那些被動的傢伙也會展開行動吧。他們全都會跑來參加迷宮攻略，肯定會想僱用冒險者。」

那樣就有更大的金流。

有人潮就有錢潮。一旦大眾產生興趣，大家會怕沒趕上這股流行，就連原本毫不關心的人都開始感興趣。

「可、可是，那麼多錢……」

菈米莉絲擔心地嚷嚷，可是充滿自信的摩邁爾不為所動。

「不知道這個迷宮受誰支配呢？」

他先是挑釁地說完，接著就朝維爾德拉瞥去一眼。

維爾德拉做出反應。

「咯咯咯，嘎——哈哈哈！是我。偉大的『龍種』，就是本人『暴風龍』維爾德拉！」

之後他高高在上地報名號。

「咦！『暴風龍』維爾德拉好像在哪裡聽過……」

正幸一臉若有所思的樣子，似乎對某事感到在意，摩邁爾則端著壞人臉點點頭。

「小的當然曉得。能打倒維爾德拉大人的人，去哪兒都找不到吧？」

「這還用說。摩邁爾啊，你真是聰慧的男人。嘎哈哈哈！」

「呵呵呵，不不不。這都是平常跟利姆路大人學習的成果。」

咦，推給我喔。

趁維爾德拉跟摩邁爾哈哈大笑，我在那斟酌摩邁爾的提案。

他提出的獎賞是星金幣百枚。

金額夠誇張，但這是突破最底層的條件。也就是說必須打倒維爾德拉。

嗯。那不可能。

聽起來濃濃的詐欺意味，但沒騙人。該說談那個還太早。就現狀看來，我還懷疑是否真的有人能到地下一百層。

「的確。我們的迷宮不可能被攻破。」

「嗯嗯。」

「正是。到五十層就算了，但論後續樓層的難度，根本超乎我的想像。不是還有龍嗎？普天之下哪有能打倒龍的冒險者啊。」

「說得對極了。」

話說到這兒，摩邁爾露出有點傻眼的表情。

連這個膽大貪婪的男人都望之卻步，表示我們的迷宮防禦過頭。

「看樣子不需要支付星金幣一百枚了。」

「我原本就不打算支付。灑這些餌是用來釣貴族的，小的以為就算開超高價也不是問題。聽說各位聖騎士大人要來挑戰，我很期待結果。」

嘴上這麼說，樣子看起來卻很確定他們絕對無法攻破。

我也持相同看法。

聽到金額的時候嚇了一跳，但冷靜想想，根本不用擔心被人攻破。

「摩邁爾老弟，就朝那個方向辦吧！」

「是，我知道了。」

「麻煩你確實做宣傳，吸引更多人過來參加。」

「我會弄得像魔王發戰帖，盡全力煽動！」

這樣可以當宣傳？

不，等等。

若今後繼續當魔王，可能會有腦袋空空、不知死活的人跑來挑戰我。一一對付他們很麻煩，就先放話只准突破一百層的人挑戰我好了……？

這就對了。那樣一來，成天只知道玩的維爾德拉也會變得更有價值。

好，就這麼辦。

「順便跟大家昭告，說誰能突破這項挑戰就賜對方權利，可以跟我對戰。正幸你也是其一，若是周遭的人煽動你，要你跟我對決，你大可打迷糊仗把話題岔開。」

「好。說真的，我不想跟利姆路先生對戰。這下得救了。」

「我知道。那摩邁爾老弟，就拜託你啦！」

「包在我身上。那我先失陪了。」

摩邁爾真是工作狂一個。

事情一談妥，摩邁爾就匆匆離席。然後就此對我們行個禮，接著離開房間。

我們目送摩邁爾離去。

直接解散也行，但正幸的臉色似乎不大好看。

這讓我有點在意，便試著問他。

「你怎麼了？在為什麼事情操心嗎？」

「這個嘛，跟剛才說的話有關。大家現在好像當我在觀望，但總有一天必須跟對方作戰吧——」

作戰——在說武鬥大會上的約定啊。

「你是指跟哥杰爾對決？」

「對啊……都說大話了，想逃也逃不了。可是跟他打起來，我肯定會輸……」

說得也是。

正幸的獨有技非常特殊，具備高超性能，但在實戰中卻起不了多大作用。

不對，他可以不戰而勝，從某方面來說算是很適合拿來作戰吧？

總之跟哥杰爾的對決不能等閒視之。

就跟摩邁爾一樣，觀眾都相信正幸會贏得勝利。

正幸一直扮演那樣的他。

總不能事到如今才說不跟人對決吧。

「要不要利用日向待在這裡的期間跟孩子們一起接受鍛鍊？」

「那樣我會被她宰掉。我想快快樂樂過和平的日子。」

只可惜正幸用爽朗的笑容回絕。

也許該讓這傢伙吃一次苦頭——想歸想，時下小孩在和平的日本過生活，會好戰才奇怪。

而且仔細想想，我跟他很像。

「好吧，要是你輸了對我來說也是種困擾，這件事我再想想看。」

「真的嗎？那就拜託你了，利姆路先生！」

「好。相對的，你也要幫我喔！」

「當然好！」

正幸願意提供協助，如今他的名聲對我們多有助益。要是正幸輸給哥杰爾，我也會蒙受重大損失。

這問題很棘手，卻得想辦法解決。

說服哥杰爾也是一個方法，但那樣好像說不過去。算了，慢慢想吧。

之後我們又閒聊一會兒，緊急會議這才落幕。然後我們在今天之內重新調整迷宮。

＊

我們懷著期待的心情持續觀察。

如我所料，幸好有改善正幸指出的問題點，難度好像變得簡單不少。

可是也有摩邁爾的忠告，照理說不會太過簡單才對。

好了，來看大家的反應怎樣？

首先，不聽解說的笨蛋處處有。

就跟先前一樣，他們無視任務急著向前進。

但想也知道，要突破樓層哪有那麼簡單。

即使如此，這些人還是不知變通重複挑戰好幾次。

是什麼驅使他們做到這種地步？

背後有僱主？

還是他們的驕傲？

答案並沒有那麼高尚。事實上，是基於更現實的理由。

迷宮對外公開當日，巴森一行人從寶箱開到稀有級的劍，對他們來說好像是不得了的武器。

看樣子雙方的認知差異比我意料中更大。

稀有級原指經歷漫長歲月，由「魔鋼」製成的優秀裝備進化，變成展現特殊性能的物品。

話說我國生產的「魔鋼」，是用山岳地區的豬人族出產的礦石，浸在維爾德拉放出的魔素中，使其發生變化。只要搬進迷宮內的保管庫就會自然而然產生變化。

不僅能輕鬆調用，品質也很好。

所以我們毫不吝嗇，拿它當裝備素材。

有別於在西方諸國流通的裝備，這些裝備只靠「魔鋼」製成。從素材開始就與之有別，就連我國一般兵裝備的劍普遍而言都來到特上級。

用不著多說，性能比挑戰者的裝備強上好幾倍。

至於我國士兵穿的裝備，都由黑兵衛的幾名徒弟製作。

工房內有十幾名徒弟，在黑兵衛的指導下，每天都在打造裝備。

裝備因此得以量產。

跟西方諸國市面上販售的一般級裝備相比，就連這些徒弟打造的武器都較優良，性能直逼特上級。

如今他們的作品都放在寶箱裡。

失敗作銷毀，認定具實用性的品項則放入迷宮寶箱。這些作品有好有壞，其中亦不乏優秀作品。

而其中一把——勉強算達到稀有級的作品被巴森拿到。

機率大約是一百把中抽到一把。以中大獎的機率來看，這樣的機率似乎恰到好處。

順便補充一下，如果是黑兵衛的作品，就算是失敗作也相當於稀有級。

乍看之下是好東西，但他本人說失敗作就是失敗作。

「兩者有明確的不同。」

黑兵衛這麼說。

所以我也試著詳細調查一番。

結果發現一件事。

就算是相同等級的裝備，每件仍存在性能差異。

黑兵衛看出這點，由此區分成功或失敗。

事實上，我拿黑兵衛徒弟造的劍跟黑兵衛的劍做比較，兩者都是稀有級，結果差異一目了然。

因為我的「解析鑑定」準確度提昇，才會發現這種差異。若是沒黑兵衛指點，我根本不知道怎麼分吧。

來舉淺顯易懂的具體例子。

例如我複製黑兵衛的作品。

成品當然是同一等級。可是之前也說過，無法完全重現性能。乍看之下一樣，實際上卻如同劣化版。

這就是「差異」。

會有這種現象大概是因為我的鍛造技術不如黑兵衛。

由此可知武器也有分等級。

別說是門外漢，就連武器商人都不見得能看出，但我好像開始懂得分辨武器好壞了。

對於生死全仰仗這把武器的人而言，性能差異很重要。

在這個世界裡，不知何時會受魔物侵襲。因為高級的武器或防具形同自身命脈。

開國祭上，黑兵衛他們的展覽會似乎引發討論，甚至有一大票人希望買到他的作品。關於這點正在檢討，我們打算做更多市場調查再行判斷。

第十層的魔王會掉稀有級裝備，是目前黑兵衛旗下徒弟的最高傑作。雖然比不上黑兵衛的作品，相較於市面上的裝備仍屬上等貨。

冒險者自然想要品質較好的裝備，怪不得巴森高興成這樣。

畢竟就算是一般級的武器，只要品質夠好，價格還是會高出十倍以上。更別說是特上級，行情似乎高出五十倍以上。

至於稀有級，能否得到全憑運氣。它的產量稀少，事實上有錢也不一定買得到。

當然陸續會有人為此著迷，想進迷宮闖闖。

而巴森那夥人還在酒吧替我們做宣傳。

「嘿嘿，你們幾個，快看！這把寶劍才配得上本大爺！」

就是這樣，巴森他們似乎到處炫耀。

十層魔王會掉稀有級裝備，這件事轉眼間在挑戰者之間傳開。間接傳入商人耳裡，各國的自由公會也耳聞風聲。

沒多久，夢想一攫千金的人便大舉奔至。最後造就如今迷宮內的狀況。

巴森等人替我國做宣傳，真想對他們說聲謝謝。

可是你們急著衝進迷宮也破不了關啦。

那些不聽取說明的人，他們輸給解完任務再挑戰迷宮的人。

有點腦子都知道先仔細聽說明才是上策。如此一來，認真挑戰任務的人就變多，並在第一層接受訓練。

挑戰者們活用在那學到的知識，做好準備再來挑戰。還購入櫃台旁販賣的多樣備用品，讓我們荷包滿滿。

不僅如此——

改裝迷宮後過了幾天，開始出現抵達第五層的隊伍。

第二層只是很寬罷了，到第四層的陷阱頂多只是花俏，其實並沒有太惡質。只要確實繪製通道的地圖，到五層小事一樁。

因此這結果也算妥當。

五層以下就看實力了。

陷阱的危險度增加，還會有D級以上的魔物徘徊。

此外，我們還讓寶箱開出高價物品的機率上升。

希望他們一定要努力看看。

雖然有替他們加油，但五層開始大家果然陷入苦戰。

單純只是疲勞問題吧。因為在警戒魔物，精神上容易疲憊不堪。

許多人都暫時回到階梯那兒，善用休息區。九十五層的旅館因此生意興隆，正好切中我們的計畫。

後來挑戰者開始進入五到八層。

各國自由公會的冒險者耳聞風聲趕來。
其中不乏跟貴族締結契約的高段冒險者，鎮上熱鬧非凡。
大家開始卯起來攻略。
由於第二批人加入戰局，先來參戰的人便重振士氣。
這時開始有人作弊，不循正當管道攻略。公然在迷宮內部買賣地圖。
某些人八成是像我這樣的路痴，迷宮這種東西不是光靠力量夠強就能攻略的。所以我很明白他們為什麼想用這種方式作弊，但……我希望他們另找夥伴分工合作。
所以我們在迷宮內外廣播，要改變內部構造。
挑戰者哀鴻遍野，一堆人抱怨個沒完，但我可是魔王。
沒必要聽他們的意見。
不是自己製作的地圖就派不上用場，我早早讓他們意識到這件事情。
基本上若不做地圖，迷宮破到一半遇上構造改寫就無從對應。所以這從某方面來說是對他們的善意提點。
就是所謂的愛之深責之切。
變遷頻率則是兩到三天一次。
要突破一層最快也得花上幾小時。怎麼看都不可能到第十層的記錄點。
所以說，迷宮構造的變遷可謂成果豐碩。挑戰者放棄買賣地圖，開始認真攻略。
有些人一變遷就開始攻略，盡量在一天內做好地圖販賣，那些就隨他們去吧。

我們導入變遷機制防止挑戰者作弊，為此感到滿足。

但對手也不容小覷。

自由公會的冒險者們後來才開始攻略。其中不乏使用元素魔法「地圖生成」的能手，探索起來駕輕就熟。

隸屬自由公會的冒險者就是不一樣。

不僅習慣跟魔物作戰，技巧很純熟。

而且他們的強處在於合作無間。巴森他們的成員都偏戰鬥型，後來參戰的組別在隊員編排上都經過審慎思考。

對付魔物就派特別擅於作戰的討伐者。

陷阱和迷宮由探索者對付。

再加上知識淵博的採收專家。

組隊很重視平衡。

不愧是臨機應變的冒險者。

他們輕鬆達成任務，順利挑戰迷宮。

擅長調查遺跡的人也會解除陷阱。看到寶箱也能冷靜對應，比保鑣和傭兵更慎重。

展現超乎期待的專業工作態度。

看到他們一下子就搞懂規矩，我就慶幸沒把難度調得太簡單。

就這樣，後進隊伍才參戰數日，甚至出現突破第十層的人。

這下挑戰者突然間士氣大振。

他們不斷研究前人的行動模式，仔細擬定對策，陸續攻略各樓層。

一旦被攻破，消息馬上就會傳開。然後大家便模仿該手法。

大家大概有在買賣攻略情報吧。

該說他們腦筋轉得快嗎？

賣地圖行不通，這次就換賣情報是吧？關於這點，我想誇他們「好樣的」。我們也巴不得氣氛活絡起來。

鎮民也樂得聊挑戰者的活躍表現當茶餘飯後的話題。

商店、旅館、餐廳。

消息口耳相傳，譜出一樁樁悲喜交加的傳奇故事。

就在這時，有件事傳得沸沸揚揚，有一組人馬開始以猛烈之勢進擊。

他們是平衡性做足的十人隊伍。

首先他們在第十層的記錄點登錄。其中一人加入已經破到第十層的隊伍中。然後再用「回歸哨子」回到入口處，跟他真正的隊員一起去第十層。

這種事早在意料之中，所以我們沒意見，但他們之後的攻略速度令人吃驚。

居然只花短短三天就討伐第二十層的樓層守護者。

這些人真的有實力。每個人的實力都來到B級，整隊等級相當於B+。十人合作默契十足，實際上隊伍戰力似乎相當於A-。

只是攻略速度快成這樣，說沒動手腳實在難以解釋。

因為他們毫不猶豫地選擇最短路程……

《答。捕捉到精靈干預。已知是透過精靈使者進行「精靈通訊」。》

啊，原來是這樣……

精靈使者是能役使精靈的特殊魔法師。其中一項魔法技能就是能聽見精靈說話的「精靈通訊」。若能跟風或大地精靈深度通訊，他們就能輕易導出通往階梯的正確道路。因為能問出這類訊息，所以對精靈使者來說迷宮一點意義也沒有。

好卑鄙！精靈使者太卑鄙了！

想歸想，他們還是沒犯規。

根據役使精靈的屬性而定，就算做「精靈通訊」也不一定知道正確路線吧。基本上精靈使者很少，萬萬想不到他們有那樣的絕招。

這是正當的攻略方法，不至於要採取對策。我還想稱讚他們，虧他們能想到這樣的方法。

後來他們的隊伍繼續快速進擊。

每突破一個樓層，鎮上就會播送廣播。所以這幫人一躍成名。

隊名「綠亂」——領隊是真實身分成謎的精靈使者，為一精銳部隊。受歡迎程度直逼正幸率領的隊伍「閃光」。

如我們所想，有實力的人開始聚集。

夢想成名賺大錢、年紀尚輕的挑戰者也會因此造訪城鎮吧。

就這樣，挑戰者的人數亦逐步上升，迷宮營運跟著上軌道——

＊

我們再度聚集。
距離迷宮構造改變已經過十天，這次聚會是為了討論有無發現問題。
跟上次不同，這次進展順利，心情也爽。
讓人不自覺發笑。
「喂，你叫正幸是吧。我本來就覺得你有幾分實力，沒想到是個不得了的男子漢。」
會才剛開，心情大好的維爾德拉就出聲誇正幸。
「咦，這樣啊？多謝誇獎……」
突然被人誇獎，正幸似乎很困惑。
這個人是誰？他的表情就像在這麼說，還朝我看過來。
他上次也在場，還做過介紹，大概是正幸那時太緊張，不記得也沒什麼好奇怪的。
「上次好像就介紹過——」
「不，上次好像……這個，會議自然而然就開起來……」
咦，是那樣嗎？
《答。正如個體名「本城正幸」所述，他沒做自我介紹。》

哎呀，居然。

看來是我沒記清楚。

心想怪不得正幸感到困惑，馬上來介紹一下。

「那重新介紹一下。這個人是我的好友，維爾德拉大哥。請他來這座迷宮當第一百層的關主。」

「嗯，我是維爾德拉。我認可你。今後多多指教，正幸。」

維爾德拉似乎已經認同正幸了，他帶著開心的笑容打招呼。

話一說完，正幸的臉瞬間刷白。接著他開口：

「那、那個……維爾德拉是不是將法爾姆斯軍隊全滅的天災級魔物──？」

對喔，我們曾放出這樣的傳聞。

跟他說明真相也行，但那樣太麻煩。跟他講也沒意義，這次就隨便附和一下。

「對啊。他是很厲害的人，最好別惹他生氣。」

「嘎哈哈哈！我心胸寬大，很少生氣啦！還有，若你對我獻上點心，我也不吝於賜你神力護體！」

維爾德拉得意忘形，甚至說出這種蠢話。

我則捲起筆記本迅雷不及掩耳地敲他。

處罰完畢。

教育是很重要的。

大概被嚇到，維爾德拉大叫「你幹嘛啦！」，當他是空氣的我接著介紹菈米莉絲。

「這位是菈米莉絲。可以說是支配這座迷宮的妖精。」

正幸愣愣地低喃「果然不是我記錯啊……」，但聽到我的話就回過神。

然後他看向拍翅飛來飛去的菈米莉絲。

「是、是喔……菈米莉絲小姐是妖精啊。話說妳能創造這麼棒的迷宮，真的好厲害。」

正幸拿這些話誇菈米莉絲。

聽到這句，這次換菈米莉絲得意忘形。

「哎唷！你真討喜。就讓你當我的小弟吧。還有利姆路！你聽到了嗎？這傢伙誇我厲害呢！」

邊朝我來個併膝飛身踢，菈米莉絲一面興奮地炫耀。

好煩。

一被人看重就恃寵而驕到不行。

我輕輕避開她的飛踢，隨便搪塞過去。

「是是是，很厲害很厲害。不過，假如正幸願意當妳的小弟，那就隨妳便吧？」

之後再拿這句話應聲。

當魔王小弟的勇者。也是可以啦。

不過，正幸他本人似乎很混亂呢。

「那、那個……菈米莉絲小姐是什麼樣的人啊？」

由於正幸小聲問我，所以我也小聲回答。

「看起來或許不像，但別看她那樣，其實跟我一樣，是魔王之一喔。」

「咦！」

正幸嚇到僵掉。

只見菈米莉絲笑著接近驚呆的正幸。

雖然我們小聲交談，但菈米莉絲的順風耳似乎全聽得一清二楚。

「呀吼——！我是『八星魔王（Octagram）』的菈米莉絲喔。正幸，請多指教！」

「啊，咦？菈米莉絲……小姐是……魔王？然後維爾德拉先生是龍……唔呃！不會吧！」

正幸……

得知自己毫不知情接觸的對象是魔王跟「暴風龍」，正幸整個人放空，看起來連魂都飛了。

我應該確實說明，一開始就要介紹他們才對。

這全是我的疏忽。

可是正幸也不對。上次開會時，他還那麼高調大方。

所以我才誤會正幸知道他們兩人的事。

還以為這傢伙膽子夠大，沒想到他只是不清楚這兩人的事……

雖說無知是一種罪，但有時那也很偉大。

居然在不知不覺間受人認同，我再度有了體認，果然不能小看這傢伙的幸運值。

有人對這樣的正幸伸出援手，是摩邁爾。

「菈米莉絲大人，您就別強人所難了。這樣會害正幸大人很困擾。」

可能因為摩邁爾是正幸的粉絲吧，他好像以為剛才正幸在跟菈米莉絲開玩笑。

面對菈米莉絲的要求，心善的正幸為此困擾——他這麼想吧。

一般來說就算幻滅也不奇怪，是正幸的技能在搞鬼嗎？

——不對，不是那樣。

該怎麼說，摩邁爾似乎發自內心相信正幸。

摩邁爾這份心似乎傳達給正幸，只見他面露苦笑。

「這個人是摩邁爾。我信賴的諮詢對象，魔國聯邦的財務總理部門委由他負責。換句話說，就像財務首長。」

「我叫摩邁爾。請多指教。」

「啊哈哈，摩邁爾先生人真好。」

「過、過獎過獎，我只是黑街的……」

「就如摩邁爾先生所說，我沒辦法當菈米莉絲小姐的小弟。因為我已經答應幫三上——不對，答應幫利姆路先生。」

話說到這兒，正幸對菈米莉絲輕輕地點了個頭。

摩邁爾聽完便說：「這麼說也對呢。畢竟利姆路大人很會拐人嘛。」他一副了然於心的樣子。

我不懂。

菈米莉絲也跟進。

「啊，那就沒辦法了！話說利姆路還真精明。」

「先搶先贏嘛。」

我則答得若無其事。

這時不知為何，維爾德拉在那高傲地沾光賣弄。

「嘎哈哈哈。像利姆路這樣的高人，天底下沒幾個。菈米莉絲，勸妳還是放棄吧，別想超越利姆路。

先別管那個了，快點介紹正幸吧。這樣話都談不下去啦！」

雖然很在意這些人是怎麼看我的，但說到這裡才想起人還沒介紹完。是說大家都知道他叫什麼名字了，感覺很像在放馬後炮。

「說得也是。那麼正幸，就麻煩你做自我介紹吧。」

聽我說完，正幸回了聲「好」並點點頭。

「某些人應該已經認識我了，我叫正幸。跟利姆路先生來自同一個世界，所以才幫他的忙。我好像被人叫成『勇者』，請大家別把這放在心上。」

正幸轉而面向大家，鄭重地做起自我介紹。

當他自稱「勇者」時，似乎很想說「這只是一個笑點」。可是大概有摩邁爾在看的關係，他才忍住沒講。

正幸的適應力好像滿高的，已經找回平常心。

他心裡好像沒有任何疙瘩了。

雖說上次開會已經跟那幾人見過，但他當著維爾德拉跟菈米莉絲的面還笑得出來，算他厲害。

正幸果然很大器。

搞不好周遭眾人會有那種反應也不完全是獨有技「英雄霸道」作祟，單純是被正幸本身的性格影響，這成分更大吧？

光只是靠獨有技，我想應該不會有這麼大的影響力。

但關於這點，我可以慢慢驗證。

邊想著這些，大家的自我介紹也做完了。

大夥兒入座。

上次開的是緊急會議，但這次開會不趕。

大家也都很悠哉。

「話說回來，正幸你好厲害喔。會這麼成功都是你的功勞！」

一坐到位子上，菈米莉絲便興奮地大叫。

「這麼說來，摩邁爾也很神。聽你的話不降低迷宮難度是正確選擇！」

維爾德拉也拿這句話稱讚摩邁爾。

我認同他們的看法。

果然還是要大家齊心合力想點子才能成功。

「過獎了，能幫上大家的忙，我很高興。」

「小的沒做什麼大不了的事啦。這一切都多虧大家的幫忙！」

等他們互相褒讚完，我們開始談迷宮的現況。

業績順利提昇。

迷宮盛況空前，好到讓摩邁爾開心尖叫。除此之外，來這座城鎮的人都會住旅店，連同餐飲店在內，聽說生意好得不得了。

「這些是報告書。」

說完這句話，摩邁爾將資料交給我。

維爾德拉跟菈米莉絲似乎也很感興趣，所以我就印給他們。

那些細部數字有請智慧之王拉斐爾大師精查。

我負責確認內容有無問題。

來看看。

我將報告書大略看過一遍。

幸好這種時候能變成人。

雖然維持史萊姆型態也能看文件，可是論事務工作的效率，人形姿態還是便利許多。

看來對迷宮做些改善後，就成果看來進展順利。透過這份報告書寫的資料可以得知該訊息。

「看樣子宣傳效果很好。」

「是！每天都忙翻了。」

摩邁爾開心地點點頭。

也不知看懂了沒，維爾德拉和菈米莉絲也盯著報告書看。

內容多半是最近的明細，但特別事項也一起註明。

好比冒險者卡片。

摩邁爾請優樹協助，可透過冒險者卡片確認當事人可否進入迷宮。

這是一種魔法卡片，還能管理本人的身體狀態。三不五時記錄他們的狀態，非常方便。

卡片使用方法就跟在公會窗口聽取的說明一樣，是冒險者非常熟悉的方式。非隸屬公會的保鑣和傭兵只占少數，相對能較為順利地導入該系統。

進迷宮的入場費是一次三枚銀幣。

卡片製作都讓自由公會包辦，圖得就是降低服務窗口工作量。

我國也會發行簡易卡片，但要價十枚銀幣。

多數人都通過公會取得，但偶爾也會出現簡易卡片購入者。連同這些獲益算在內，光算入場費也是一筆可觀的收入。

除此之外，報告書上還寫到菈米莉絲製作的三種道具。

「復生手環」只有第一次免費發放。

這作法是想藉著提供免費商品讓人體驗它的便利性。

第二次開始就要購買。

價格是銀幣兩枚，非常合理。因為這個「復生手環」會先治好死亡時受的重傷等等，接著才讓人復活。

經過一番討論後，我們得出結論，覺得給這點甜頭也無妨。

此外，若要重新入場卻沒配戴「復生手環」，我們會放廣播要當事人留意。雖然責任都在他們自己身上，但一不小心喪命還是讓人過意不去。

為了方便他們購買，我們將死亡後復活的地點設定在櫃台旁。如此這般，這個「復生手環」成了必需品，賣得很好。在三種道具中賣勢最旺。

道具「回歸哨子」則限一人使用。好處是能馬上回到地面，一旦迷路就變成寶。

買來以防萬一的用意濃厚，價值偏高要銀幣三十枚。

吝於買「回歸哨子」，改用「復生手環」死回去不是什麼明智之舉。這是因為找死雖能回到入口處，卻有掉落裝備的可能。

就算防具等物仍穿在身上，從手上掉落的武器卻收不回。

作戰時沒人會抱戰利品，可能會放在通道上。就連這些道具都無法回收，是變相的死亡懲罰。甘願冒這種風險選擇死回去的人並不多，所以這項道具才會賣得那麼好吧。

「現象記錄球」就賣得比預料中差。不過，曾有人大量購入。

價格昂貴要金幣一枚，換算成日幣等同十萬日圓。

會大量購入這種高價道具，看來這些人有先見之明。

利用這道具就能輕易靠死的方式回去。我猜有人會死纏著階層守護者不放，隨隨便便大放送很危險，所以才設成高價位。

即使如此，我認為還是有需求。

來到深層，每層的難度都跟著提昇，要抵達隔十層才會出現的記錄點，想必給人遠在天邊的感覺。我曾想總有一天它會賣到轉虧為盈，不過，就算在這種淺層，會用的人還是會用。

還有其他點子，像是出借武器或防具，但這部分好像還未獲利。

那些裝備都是黑兵衛準備的，品質非常好。

好像都是那些死回去弄丟武器的人在用，話雖如此，評價有上升趨勢。待武器的實用性口耳相傳，應該會增加不少租用客。

大致上都算順利。

不過，就算現在辦得很成功，還是不能大意。

愈是這種時候愈要慎重行動。

進度最快的攻略小組也進展順利。沒有人遭到淘汰，他們逐步挑戰更深的樓層。

多虧他們，似乎也順利挑起其他挑戰者的幹勁。就算失敗還是會來迷宮報到，業績也隨之增長。

必須維持這套流程。

我願意一再攻略迷宮——若能讓大家這麼想，要達成每日入場數超越千人的目標似乎也意外簡單。

「那麼，照摩邁爾老弟的報告看來，目前可以說是辦得非常成功吧。但是，我們不能因此滿足。若是發現什麼，請大家別客氣儘管說。」

為了不讓大家掉以輕心，我率先起頭喊出這句話。

最先反應的人是菈米莉絲。

「我有！」

「那就請菈米莉絲小妹說一下。」

「就那個，關於精靈使者的『精靈通訊』，像那樣藉風從精靈身上套取情報是盲點對吧！但我可以妨礙喔！大家想怎麼做？」

「嗯——妨礙啊……」

是想妨礙他們沒錯，但這樣有點卑鄙。

因為對方是用正確手段攻略，我們使旁門左道的手段似乎有違規矩。

又不是在打仗，也不是在比賽。

「但精靈並不是受他們逼迫吧？」

「是啊。能跟精靈構築這麼深的信賴關係，證明精靈很喜歡他們。」

「既然這樣就別妨礙他們。我討厭這樣。」

「好！我就猜利姆路八成會這麼說。」

菈米莉絲二話不說妥協。即使她提議也不是真心要那麼做吧。

「的確，騙人不好。不過菈米莉絲，妳要不要創造沒精靈的地區？那個什麼叫『精靈通訊』的技能，是用來聽當地小精靈的聲音吧？若是那裡沒有精靈，不就沒辦法發動了？」

哦，這個令人意外的發言人是維爾德拉。

總是派不上用場，沒想到他還是能說點像樣的話嘛。

「利姆路，你那意外的眼神是怎樣？」

這傢伙真敏銳。

「沒什麼，只是覺得佩服，心想不愧是維爾德拉。你的意見很不錯！」

我答話時有些慌亂。

這下維爾德拉馬上心情好轉。

「對吧？我的睿智派上用場啦。嘎——哈哈哈！」

他三兩下就被騙過去。

「那這個怎樣，菈米莉絲？」

「嗯，沒問題！我可以拜託精靈換地方。少了具備意志的精靈，他們就無法發動『精靈通訊』！」

看樣子沒問題。

多虧維爾德拉，有望對付精靈使者。

「那就拜託妳了。是說能交換意見真不錯。」

「說得對極了。我的睿智——」

「好，下一位。還有誰想提意見嗎？」

可不能繼續讓維爾德拉得意忘形下去。

趕快換下一個。

接著提意見的又是正幸。

「魔物被打倒，不能從那獲取道具對吧？」

魔物會掉道具——這在遊戲裡是常有的事，但在現實中很莫名其妙。

可以從魔物身上取得素材或「魔晶石」，我覺得這樣就夠了……

「有必要做那種事嗎？」

這問題出自維爾德拉。

對此，正幸的回答很單純。

「咦？沒什麼，就是回復藥意外昂貴呢。等級高的冒險者有很多閒錢，可以豪邁用藥，但一般人都不會勉強自己，會選擇逃跑。或許有人會想，在這座迷宮死去也能毫髮無傷復活，所以滿多人會省藥改吃敗仗。因此，不如讓魔物掉些低階回復藥，讓大家都能輕鬆使用如何？我是這麼想的。」

唔——他說得有道理。

我國的回復藥也在宣傳範圍內，人們正逐漸認識其實用性。

不過，其價值確實不低。價格造成阻礙，使用人數攀升緩慢。

在我國，買低階回復藥須銀幣四枚。

高階回復藥的售價是銀幣三十五枚。

完全回復藥不直接販售。就算要賣也相當於銀幣五百枚，或預計把價格定在金幣五枚以上。

住我國最便宜的旅店，費用是單純住宿須銀幣三枚，可泡澡附一餐為銀幣五枚。

換成供商人使用、品質不錯的旅館，若供餐不計入，平均約要價銀幣十枚。是實力到D級的人在迷宮內耗費一天賺取之金額。

平均收入約銀幣十五枚。就算組隊提昇效率，大概也落在銀幣二十枚左右。

目前這樣還行。賺那些錢用來過日子很夠了。

可是若遇上突發狀況就沒那麼多把握。

像是生病或者受重傷。

完善的社會保障跟他們無緣。

再說保養武器跟防具也很重要。

壞了一定要買來替換，為了購入更強的裝備，他們一方面還得存錢吧。

等級低的冒險者光要狩獵魔物也是一件苦差事。為了提昇生活品質，他們必須磨練自身實力。

對這些人而言，要他們拿出銀幣四枚有難度。因為得存迷宮的入場費用，我能理解他們只敢觀望不敢下手購買的心情……

若是發現寶箱就能一攫千金，但我想他們沒餘力亂花錢。

「這是遊戲裡常有的設定。正幸說得很有道理，不過……迷宮內的魔物都是自然出現，要讓魔物帶道具不是那麼容易——」

這些人又不是我國人民，哪能主動給他們方便。

雖然很想幫他們，但他們應該先自食其力努力看看。

自由公會就是因應這種情況而生。

他們不是這座城鎮的居民，不能以國家名義明目張膽給予支援。

只可惜這就是現實，沒實力的人將遭到淘汰——

「應該可以喔。」

想到這裡，我才剛放棄，菈米莉絲樂天的聲音就傳進耳裡。

「真的？」

「嗯。讓剛出生的魔物吃下道具就行啦！」

假如這點可行，我們能做的事就變多了。

可以讓寶箱開出好東西，魔物掉些垃圾。就算是垃圾，對等級低的挑戰者來說也是資金來源。

就未來來說，等級低的挑戰者有賺錢希望也令人樂見。只要努力就有回報，這樣的環境在我看來才是理想狀態。

「那樣就沒問題了。只要打倒魔物就有收入，大家會比現在更努力吧。」

這樣一來，會有更多魔物素材在市面上流通，將成為我國的另一項特產。

等到有多餘的收益，或許可以將其中一部分用於健保給付。

生病自然不在話下，若是受重傷也能進行相應處置。

就像日本那樣，創設全民健保制度再也不是夢。

這類制度若不在建國初期實際上路會讓人民覺得非常不公。若是有那個可能，我們就該及早實現。

國民的認定範圍多大，這也是一個問題。

去迷宮的挑戰者、來來往往的商人，這些人不是國民。應該趁現在登錄居民，明確劃分權利。

目前魔國聯邦仍在發展中。所以很歡迎移民，一旦國家進入成熟期，反倒會排斥移民也說不定。

所謂的國家，說穿了就是巨大的互助組織。人無法獨自活下去，所以才形成共同體互相幫忙。

所以我們不需要寄生在國家裡的人，也不打算吸收無歸屬意願的人。思想主義不同，同一個群體難以接納這樣的人。

隸屬一個國家就有為國勞動的義務。這才擁有享受國家服務的權利。

不屬於任何國家，他們不用負擔義務，可以常保自由。

做選擇的不是我，而是訪問魔國聯邦的人。

若他們願意歸順魔國聯邦，我很歡迎，否則就是客人。無法提供跟國民同等的服務，這點須明確區別。

看來這方面有必要跟利格魯德詳談。

——諸如此類，我難得認真地想些事情。

想到一半，正幸朝我搭話。

「真的嗎？既然這樣，我們就混入用途不明的藥，或是性能不明的武器和防具，讓大家無法分辨哪個是真正的高價物品吧？」

對喔。

目前還在開會呢。

我趕緊斟酌正幸的話。

原來如此，我懂正幸的意思了。

「是那個吧？未鑑定的道具和裝備要去櫃台鑑定，否則不能使用？」

「就是這個！不過一般人都不會喝藥效不明的藥就是了。」

「或許有人會喝。在裡頭混入毒藥，也是一種陷阱吧。可以起到提醒作用，讓大家養成接受鑑定的習慣，我們一定要實行看看。」

「詛咒裝備那類較有難度，但魔法武器好像滿有趣的。像是原以為是垃圾，鑑定完才出現真實面貌之類的。」

「這樣不錯喔！連垃圾都不能丟掉，為了鑑定還得離開迷宮。」

我跟正幸大聊遊戲方面的知識。

意外有機會實現的點子浮上腦海，開始興奮起來。

聽到我們倆的對話，菈米莉絲跟維爾德拉也露出雀躍表情。

「若要隱藏真實姿態，應該可以用我的『幻覺魔法』！」

「嘎哈哈哈。那幫挑戰者憂喜交加的樣子，看了就讓人心情高昂。看來今後也有樂子可找！」

這兩人意願也很高呢。

「嗯嗯。垃圾裝備還會壓縮載貨空間，必須回鎮上販賣。總覺得『回歸哨子』會賣得更好！」

陳述這種現實意見的人正是摩邁爾。

聽他這麼一講，確實是那樣沒錯。

要丟未鑑定的武器或防具令人猶豫——只要讓人產生這種想法，一直潛伏在迷宮裡、試圖弄到好東西的人也會很困擾吧。

每次進迷宮都要收入場費，出入次數增加將提昇獲利。

再說能找到樂子的不只是我們。

未鑑定——這聽起來多有魅力。

懷著雀躍的心情，興奮地等待鑑定結果，那也是一種樂趣。

興奮到都快腦漿四溢。

以為是垃圾的東西變成寶。這樣一來，就算真的是垃圾，大家也會很看重。

我想大獎用不著放太多，反之可增加低階回復藥的掉落量。

那樣就能支援低階成員。

這方面需要再進行調整。

「原來如此。那我們差不多該往那個階段去了。」

「要進行版本更新對吧！」

聽我說完，正幸便跟著附和。

還說什麼差不多，明明才剛認同而已。

話說回來，版本更新這字眼真是說得恰到好處。

「這說法不錯。」

菈米莉絲也點點頭，一副了然於心的樣子。

喂。

妳真的有聽懂嗎——帶著這層含意，我朝她看去，結果她馬上把視線轉開。

看來她只是配合氣氛隨便應的。

這傢伙真會耍小聰明。

摩邁爾露出邪惡的表情，維爾德拉則向平常那樣高聲大笑。

總而言之。

我們互看彼此，並互相點頭。

＊

時間來到隔天夜晚。

今天也認真工作。

我白天到現場巡視——絕對不是走馬看花到處玩。絕對不是——然後每天夜裡聽取報告。

地點是我的辦公室。

大半業務都由利格魯德代勞，但某些重要事項須經我同意才能放行。我讓人在執勤館準備房間，用來處理這些。

「利姆路大人，這是摩邁爾先生提的報告書。」

話一說完，紫苑便將一疊紙遞給我。

她認真工作。

就像真的祕書一樣，讓我有點驚訝。

「嗯，辛苦了。」

我高高在上地說完，從紫苑手中接過報告書。

看來以昨天的會議提案為藍本，摩邁爾火速擬好文件。

「好像很順利嘛。」

「可喜可賀。」

聽到我的輕喃，迪亞布羅點點頭。

「最近酒吧的業績成長一成喔。看樣子等級低的挑戰者賺到錢，對鎮上居民也有好處。」

「是。一切都如利姆路大人所料。」

對我的話表示認同，迪亞布羅替我靜靜地沏上紅茶。

其實並非我料事如神，但能展現令人期盼的成果，真的非常開心。

迪亞布羅總是把我評得太好。

不過，就算是客套話，聽起來也不賴。

我喝下一口紅茶。

「咦？味道跟平常不一樣，你換茶葉了？」

「不合您的胃口嗎？」

「不，沒那回事……」

對。並不難喝。

只是苦味好像比平常還重一些。

「我、我馬上更換！」

這時紫苑慌張地開口。

其實沒必要那麼做。

真的不難喝，還滿美味的。

該說只是因為朱菜平常泡的紅茶太棒——咦，難道？

「這難道是——」

「是的。第一祕書小姐堅持要親手準備。我已經試過毒，確定沒問題。」

是、是喔。

好驚訝，沒想到紫苑泡的紅茶變這麼好喝。

可是更讓我驚訝的是迪亞布羅肯幫紫苑。

「沒想到你會幫紫苑。」

毒對我起不了作用，迪亞布羅所謂的試毒應該是測味道，所以才更教人驚訝。

「紅丸先生每天試味道已經試到很煩了，這也是逼不得已的。多虧這才讓我初次體驗所謂的身體不適，凡事都該多多嘗試。」

迪亞布羅笑著回應。

我認為這種體驗很多餘，可是這次真的要謝謝他。

因為紫苑也很開心。

話說回來，紫苑也有所成長呢。

她親手煮的菜甚至比區區毒物還毒，居然不用靠技能就泡出紅茶……

演奏會上拉的小提琴也令人驚豔，最近的她讓我驚訝連連。

所謂的萬分感動就是指這個。

「迪亞布羅，謝謝你。」

「您過譽了。」

「紫苑，做得好。妳很努力喔！」

「是！多謝誇獎！」

這次換紫苑替我倒第二杯茶。

果然還是有點苦，但我很滿足。

這時我突然想起一件事，就是我還沒給迪亞布羅獎賞。

「對了，我還沒給你獎賞。法爾姆斯一仗打得漂亮，回來你又幫忙處理雜事。」

「不不不，我只想幫利姆路大人的忙──」

「就算你這麼說……」

我讓白老休假。

他現在正開心地陪女兒紅葉修行。

至於哥布達，我帶他到位在九十五層的長耳族酒店，那裡只有特別會員能進去。

現在給他會員證還太早。我想用這個釣哥布達，讓他多多替我賣命。

雖然目前人被蜜莉姆帶走就是了……

維爾德拉也說想鍛鍊哥布達，但那樣未免太可憐了，希望他別這麼做。

還有戈畢爾，我送他新的研究所。位在一百層的最深處，建於維爾德拉守護的門後。

由戈畢爾擔任所長，培斯塔是副所長。研究員也變多，可說是飛黃騰達。

其他人也分別給予適當的獎賞。可是離我最近、最替我賣命的迪亞布羅卻什麼都沒給，這樣實在說不過去。

「那我有個請求，懇請主上批准。」

我正在煩惱，迪亞布羅就接上這句。

對於他察言觀色的功夫，只能說真厲害。

「你說說看。」

「是。那就恭敬不如從命。望您也賜我可幫忙處理雜務的部下。」

「啊，像是準備茶水之類的？」

他果然討厭當茶僮。說得也是。

像迪亞布羅這樣的強大惡魔，憑什麼要他自願替史萊姆倒茶。

我也覺得這樣很奇怪呢。

「啊，不。不是那個。照顧利姆路大人的生活起居，對我來說是很重要的工作！不是那件事，而是像毀滅別國之類的雜事。我想找能代替我做這些事的手下。如此一來，我就能時時待在利姆路大人身邊。」

迪亞布羅笑著陳述。

…………咦，喂。

那哪叫雜事，一般都說那是大差事啊。

可是對迪亞布羅來說，照顧我的工作似乎比跟他國交戰更重要。

我不懂他在想什麼。

「原來是這樣。可是，要有那樣實力的人派在你底下做事實在——」

要找足智多謀又武功高強、可打下一國的人，就只有紅丸或蒼影了。

我很想實現迪亞布羅的心願，但那實在不可行。

只不過，這麼想似乎是我先入為主。

「不不不，我並不想爬到紅丸先生的頭頂上。有個舊識足以擔當此任，我打算邀對方看看。」

也就是說，他想從外面找部下啊。

這樣就沒什麼問題了。

「那倒無所謂，你需要資金嗎？」

要挖角得花錢吧。我想到這兒便問出口，不料迪亞布羅笑著拒絕。

「不，對方對錢沒興趣吧。反之需要一樣東西，想請您準備得以依附的肉體。」

喔，我懂了。

迪亞布羅的舊識八成是惡魔族。

「好。類似我給貝瑞塔的那種身體也行吧？」

若他說要人類的屍體，我可生不出來。

跟我以前召喚迪亞布羅的時候相比，如今狀況已大不相同。

「是。我會讓對方毫無怨言。」

那就好。

剛好菈米莉絲也要我替德蕾妮小姐的姊妹準備肉體。她說要讓這些人協助處理迷宮的營運事宜，我便接受她的請求。

那就順手多做幾具身體放著好了。

「那就好，只給這個獎賞行嗎？」

「沒問題。不過，關於那些我打算拉攏來當部下的人，印象中他們也有各自的部屬。我想順便將他們挖過來，可以嗎？」

還是老樣子，好大的自信。

聽這說法，就好像他料準對方不會拒絕一樣。

「但我們這邊不會支薪，這樣好嗎？」

「若您願意一併賜他們肉體，大家肯定會樂於效忠利姆路大人！」

不留任何餘地，迪亞布羅如此斷言。

既然這樣，我就沒什麼好說的了。

只是該問的事還是得先問清楚。

「那麼，你大概要收幾個人？」

照迪亞布羅的話聽來，好像不只一人。我要做身體讓他們依附，這方面必須先確認一下。

「這個嘛，頂多幾百人，再多也多不過一千人吧。」

「好多！」

說什麼再多也不過一千人。

他們都是惡魔族吧？

戰力是有多大啦！

「你是想一個人挑起戰爭嗎？」

「不不不，我想他們不會跟我打起來。就算打起來也不會陷入苦戰。」

迪亞布羅答得泰然自若。

這傢伙那身天大自信到底是從哪來的？

「這樣沒問題嗎？」

「的確，光只是人數多也沒用。我明白了。就讓我精心挑選，將不需要的人處分掉——」

「不是啦，我不是那個意思！是問你去不會有事吧？」

我這麼一問，迪亞布羅便開心地笑了。

「完全沒問題。」

看迪亞布羅如此斷言，感覺在那擔心就跟白痴一樣。

搞不好迪亞布羅比我還強。這樣的人都說沒問題了，我也不好說些什麼。

「那我幫你準備一千個依附體吧。」

「可以嗎？」

「可以，這是獎賞嘛。所以你去的時候要多加注意，小心別受傷。」

看來應該不需要擔心，但還是先說一下。

接著迪亞布羅看似感動至極，朝我一鞠躬。

「遵命。雖令人肝腸寸斷，但請容我暫時從利姆路大人身旁離去。」

然後他向我用誇張過頭的方式道別。

讓我有種很想敷衍他的感覺。

「之後的事就交給我，你快去吧。」

這話出自紫苑，就像在趕礙事鬼。

我稍微能體諒紫苑，心想她的心情大概跟我一樣吧。

就像在說「擇日不如撞日」，迪亞布羅似乎想就此踏上旅程。

說真的，祕書只剩紫苑讓人有點不安。

不過出什麼事還有朱菜頂著，應該不會發生太讓人頭痛的事才對。

想到這邊，我笑著目送迪亞布羅。

第二章

熱鬧的每一天

Regarding Reincarnated to Slime

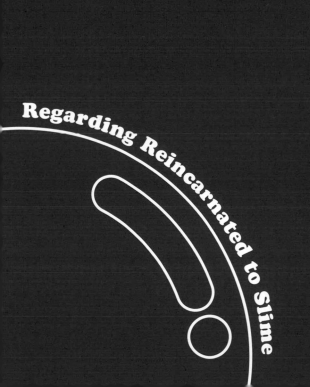

距離上次會議又過了幾天。

終於出現突破第三十層的人。

是正幸小隊。

就如我們和摩邁爾說好的那樣，攻略進展順利。

雖然是打假球，但沒穿幫就沒關係。

正幸具備獨有技「英雄霸道」，就算有點失敗也會被別人往好的方向解讀。實在是很優秀的宣傳人員。

迷宮內大肆廣播，說他們打倒第三十層的樓層守護者大鬼狂王及其五名部下。

廣播奏效。

許多人聚在旅館跟酒吧裡，場內湧現盛大的歡呼聲。

「正～幸、正～～幸——！」

他們大肆聲援，鎮上一片歡欣。

正幸笑著回應這些聲音。

雖然神情僵硬，看在周遭眾人眼裡卻像燦爛的笑容。

他的名聲更加響亮，人氣上升沒有極限。

有些店順水推舟「勇者正幸大人突破三十層紀念特賣會」，商人們的眼神全變了。城鎮因此便得更加熱鬧……

在迷宮的會議室裡，我們再次集合。

「哎呀，看樣子很受大家歡迎呢，『勇者』正幸！」

「等等，利姆路先生，請你別開我玩笑。我真的很困擾！」

只是想拿這個字眼稍微招呼一下，但正幸似乎真的很煩惱。

「哎呀，打得真是漂亮，我也很感動喔！」

摩邁爾加入對談。

那似乎是他的真心話，聽得正幸苦笑以對。

原來如此。

他老是碰到這種反應，怪不得會累。

「可是實際上，我幾乎什麼都沒做啊。」

「又來了。您真會裝謙虛，正幸大人。」

正幸那話不是在謙虛，而是真心話吧。

大鬼狂王是相當於B⁺的魔物。

他的各個部下也相當於B級。

光一隻B級魔物就能讓小村莊陷入存亡危機。有這樣的強敵集體等在前方，要突破三十層須有堅強的實力。

可是正幸等人卻沒有經歷多大苦戰就戰勝該集團。

因裝備我送的魔銀全身鎧，迅雷的防禦力上升。多虧這點，讓魔物注意力全集中在迅雷一人身上的作戰計畫似乎成功了。

其他成員的身手似乎也很不錯，他們集中攻擊，因此能使用威力較大的魔法。

有邦尼的「元素魔法」、裘的「精靈魔法」再加上正幸的「英雄霸道」發揮修正效果。這些合在一起讓他們的實力由下而上提昇。

正幸說他什麼也沒做，其實他光站著就能發揮效用。

「話說回來……自賣自誇好像滿不要臉的，但宣傳效果好棒喔。尤其是寶箱能開出一系列的稀有級裝備，感覺很吸引人。」

「對吧？這是我想到的。」

將其組合，這些裝備就能發揮特殊效果——這是我跟黑兵衛討論出來的點子。

黑兵衛將點子記下，替我試作出來。

這就是大鬼系列。

在第三十層的關卡魔王房內金箱裡，會隨機出現這系列的其中一樣裝備。

這又是一個討人厭的設計。

武器會從大斧、大劍、弓、長劍、短刀這五個種類中隨機出現任一樣。

防具也隨機出現，從頭盔、胸甲、護手、護腳、足甲這五種中任意出現一個。

沒有大盾。

會出什麼全憑運氣。

能保證的只有一定會出現大鬼系列裝備。所以會出現武器或防具，這些也視運氣而定。

而且並非每次都會掉裝備。

從關卡魔王守護金箱出現稀有級裝備的機率設定在百分之二十。就算每小時能打倒守護者一次，一天也只能開二十四次寶箱。所以兩天能開出一次稀有級裝備就算好的了。

我想這掉寶率最適合用來煽動大家想碰運氣的心。

會想蒐集全系列物品是人知常情，要是開出相同部位，他們可能會交換或賣掉吧。

這樣他們更有挑戰迷宮的動機。

「我抽到『鬼之護腿』。」

「嗯，那個啊。只要湊齊五種防具就會發動用來對付魔法的強力『魔力妨礙』效果。對接下來第四十層的關卡魔王很有用。」

效果跟我以前送卡巴爾的鱗盾有相同效果。那個光是單品就有附加效果，這個則要全系列湊齊才能發揮效用。

這就是特質級跟稀有級的差異。

老實說大鬼系列是我們蒐集暴風大妖渦鱗片加工後留下的殘渣，再拿混了它們的「魔鋼」製成這系列裝備。

所以有很好的對魔法效果。

對嵐蛇的「毒噴霧」也有效，希望大家務必蒐集一下。

「原來是這樣啊。」

「對。所以先集齊再挑戰下一個大魔王，我希望今後的攻略流程變成這樣。」

由於正幸等人突破第三十層，大鬼系列的存在便公諸於世。

這情報遲早會為世人所知。

這下挑戰者們肯定會立刻卯足幹勁，而且會有更多人想去攻略迷宮。

組隊人數最多十名。不管是多麼強力的魔物集團，只要由B級以上的冒險者組成隊伍，就有機會打倒。

我想他們會在此處一再失敗，但把它想成在跟強力魔物做集團戰訓練，應該能累積不錯的經驗。然後我希望他們就此備齊強大的裝備，再朝之後的樓層去。

一切都在計畫之中。

作戰計畫天衣無縫。

「原來你的目的是這個……咦，那我是不是也該集齊那系列比較好？」

「這個嘛，這問題很難回答。我送迅雷的魔銀全身鎧也是稀有級，卻沒有特殊能力。不過，防禦力比大鬼胸甲更高。穿著硬幹應該有機會打倒嵐蛇。」

嵐蛇是很強沒錯，但只會出現一隻。

若要組隊挑戰，可採用的作戰計畫是邊打邊替誘餌回復。在這情況下就是由迅雷擔此重任，但我想他應該沒問題。

「那我繼續往下一層去。」

「好。你的活躍表現很有宣傳效果，要好好努力喔！」

「比起我，迅雷他們更有幹勁。魔物也會掉道具果然更有樂趣吧。當然，發現寶箱也很開心就是了。」

讓魔物掉各式各樣的道具——這點子真是棒透了。

像骷髏兵這類魔物就不會掉素材，「魔晶石」往往又品質欠佳。那樣就只能賺點零用錢，愈是厲害的冒險者愈會嫌麻煩。

不過，情況有所改變。

之前心不甘情不願跟魔物作戰的人開始積極狩獵魔物。

*

買賣素材等行為也令市場活絡，真的很棒。

要讓迷宮內自然產生的魔物帶道具其實意外地簡單。

德蕾妮小姐等樹妖精都出面幫忙。

讓剛誕生的魔物吞下道具——聽起來就很難。

在迷宮裡，不知道魔物會從哪裡出現，要找出並不容易。

但事實上，沒必要做那種事。

於各層流動的魔素量都經特殊配管配送。我們在五層以下的各樓層設置一些房間，讓這些管線通過。

這樣該房間就會出現大量的魔物。

也就是所謂的魔物空間。

迷宮管理者德蕾妮等人將我準備的道具配往各個房間，之後再將吞下道具的魔物放出。

管理在迷宮內出現的所有魔物很麻煩，但只要巡視魔物空間就不用花太多工夫。在走道上出現的魔物不會帶道具，這些魔物就當空籤，沒什麼問題。

就這樣，我們用很有效率的方式讓魔物攜帶道具，再配到各個樓層。

在我看來，魔物空間原本算一種陷阱。

可是如今它更像用來管理魔物的房間。

當然，可能會有一些倒楣鬼碰巧在魔物大量出現的時候進屋……

但這也是提高緊張感的要素之一。

往前進能得到好處，因此大家才為迷宮著迷。

「這下鑑定師也笑呵呵！雖然一次只要銀幣一枚，但隊伍總是大排長龍。」

除了施有保存魔法、可保鮮數日的果汁和牛奶，裡頭還混了低階回復藥。

再加上過幾天就會腐壞的飲料，鑑定變成必備步驟。

還有黑兵衛徒弟們打出的失敗作。這些垃圾武器能便宜賣掉。

看起來似乎沒賺頭，但這就形同獎品。為了吸引客人，便將部分利益回饋給消費者。

話說這個回饋，那可是大獎。

我們不時混入黑兵衛徒弟的傑作。人們對此讚不絕口，愈來愈多人對外炫耀他們在迷宮弄到的特上級裝備。

這次大放送抓住大家的心。就像被砂糖吸引的螞蟻，他們不斷挑戰迷宮。

從各種寶箱獲取道具。

突破十的倍數樓層可獲取獎金。

還能從魔物身上得到戰利品。

得知各式各樣的魅力，挑戰者們變成回頭客。

就是這樣，迷宮營運順利。

那是必然現象，城鎮變得熱鬧非凡。

「九十五層也盛況空前！」

聽莅米莉絲這麼說，大家都開心地點點頭。

沒錯，我們在九十五層另外準備新的旅館。

那也辦得很成功。

而在各樓層的階梯前，我們設了顯眼的房間。並在那設了不自然的門，上頭寫著「旅館」。

房門旁邊設置呼叫鈴，可以叫出迷宮管理者。

這時就換迷宮管理者出面說明，告訴大家門後有什麼，進去有什麼樣的好處。

開那扇門須銀幣三枚。

金額約等同迷宮的入場費，對於要繼續在迷宮內攻略的人來說，他們會捨得花這點錢。因為聽完說明，大部分的人都會利用這個服務。

背後有個確切原因。

就是迷宮構造會改變。

迷宮構造兩到三天改變一次，迷宮內部的攻略難度超越實際大小。

很少有人走在大地圖上不會迷路，我們還對精靈使者的「精靈通訊」施行相應對策。

因此要確認最短路線就變難了。

這樣一來，不可能在一天內抵達第十層，必須在迷宮內露宿。

「說真的，這是我第一次露宿呢。」

「覺得怎樣？應該滿有趣的吧？」

「不不不，或許利姆路先生這麼認為，但睡在又冷又硬的石板上，不只容易生病，甚至還覺得肌肉痠痛。雖然除了我跟邦尼，另外兩人都睡得很舒適，好像都習慣了……」

聽說連身為女孩的裘都對野營沒意見。可是要輪流睡以防魔物襲擊，在正幸看來似乎很痛苦。

「這樣啊，那還真辛苦。」

「請你別說得那麼事不關己啦！我可不想再睡第二次。」

大概想起當時的情況吧，正幸厭惡地說著。

看來對現在的孩子來說，那是很辛苦的事。

關於這點，似乎不只是「異界訪客」，連當地人都很吃力呢。

就算找到有寶箱等物的房間，在裡頭睡上一覺，還是需要有人站崗。有時人們會在迷宮內不眠不休地徘徊，提供他們能放心休憩的地點讓大家喜出望外。

此外，在迷宮內獲得的裝備拿去丟太可惜。這也在我們的計畫之中，就算看起來像垃圾道具，裡頭還是有可能混雜大獎。

其他還有數日的飲食和一套寢具。

要替換用的武器，以及整頓裝備的用具。

人們得帶這些必需品，能搬運的獲取道具有限。

在這樣緊湊的條件下，最容易短缺的就是糧食。

一旦沒存糧就得立即撤退，但某些被打倒的魔物可以拿來吃。水可以用魔法變，許多人都靠最低限度的糧食苦撐。

只要有「復生手環」，大不了死回去。那樣可能會掉寶，但人們似乎認為這比餓死好多了。
這時人們重新審視「回歸哨子」的實用性，有了這個就能將拿到的道具全數帶回，所以最近購買的人好像變多了。
就是這樣，為了搬運更多的道具，減少攜帶糧食變成主流。
在這種情況下，若迷宮內有旅館給人住又會怎樣？
只要能去階梯處，就能在那住旅館。如此一來，大家就不用特地帶糧食或寢具，可輕鬆行動。
有了旅店，人們自然會想使用。
跟迷宮入場費一樣，是銀幣三枚，可以進入安全的休息站。雖然要價有點高，是地面上旅館的三倍，但還能在那吃飯。
且支付銀幣三枚就能利用旅店過夜。
男女建築物分開，就像膠囊旅館那樣，只在狹窄的地方放床鋪。
老實說，服務內容比地上的旅館更爛。
這裡的管理都委託樹人族，實際做法是拿來當新人教育地。
要掃地、洗衣、煮飯還有接客。
一些人還在學習、尚未成熟，就讓他們在這練習。若是在這合格，他們就能出頭天到地面上工作。
話雖如此，會使用的人還是會用。
錢可以買到心安，並不是抱怨的時候。
此外，有錢人可以享受更高品質的服務。
洗衣服要價銀幣三枚。

上大澡堂銀幣三枚。

清洗及修補裝備是銀幣五枚。

要使用那些服務，個別價錢如上所述。

令人意外的是，來消費的客人頗多。

若在迷宮內持續戰鬥，會被血跟汗弄髒。女性大概會在意身上的味道，她們很高興有澡可以洗。

結果迷宮這邊比地上更賺，獲利率高上許多。

就算不住宿，人們也會專門用來休息。

看來能放心上廁所是一大魅力。

受正幸指正後，經調查發現大家好像都為此所苦。

迷宮裡並沒有廁所之類的設施。

人們時時與死亡為伍，遇到緊急狀況須做好就地解決的心理準備。

那裡也不需要打掃。

因為自然出現的魔物會自動自發處理。

在迷宮內誕生的史萊姆什麼都吃。

舉凡排泄物或魔物的屍體殘骸等，有什麼吃什麼。

就算被冒險者打倒，這些魔物也會立刻重生，因此不用擔心打掃的事。

此外，當迷宮構造改變，多餘的垃圾會隨之消失。所以很意外的，迷宮總是保持乾淨整潔。

然而就算是這樣好了，廁所也不能隨便亂上。

迷宮營運團隊並不樂見處處是髒汙的情景，可是挑戰者比我們更困擾。
在無防備的狀況下遭遇魔物襲擊，大家會很想哭吧。
就算喊「暫停！」，對魔物也不適用。
不只上大號，就連小號都需要人把風。在同伴的保護下解手，總覺得放心不下吧。
至少小號給人把守就好——唔，還是覺得大小都不想找人把風。
假如上到一半遇見魔物要跟對方作戰就糟了。
邊上廁所邊戰鬥，真教人不敢想像。
這時就會想回到外面，可是一回去讓大家撞見在街上解手的樣子，簡直丟臉死了。
如果是男的倒還好，可是換成女人就是死活問題。
搞不好還會有人覺得不如死掉算了。
男女混合組隊的例子也不少，考量廁所方面的問題，人們自然會多多利用旅店。

順便補充一下，有些人靠魔法搞定。
好像是利用生活魔法「健康管理」和「狀態清潔化」，在迷宮內進行健康管理。
健康管理的話，似乎能管理排泄時機。雖有一定的限度，但忍個三天似乎沒問題。
除了不在乎於戰鬥中失禁的豪情之士，這魔法似乎是冒險者必備。
但再怎麼說，效果依然有限。
考量得在迷宮內長時間徘徊，光靠魔法是很危險的。
所以會用這些魔法的人也跑來住旅店。

*

就這樣，迷宮營運非常順利。

摩邁爾笑容滿面，向大家進行收支報告。

「各位，一切都很順利。收入持續上升。就算扣除在迷宮內發放的掉寶等必要經費，還是有充分的收益。至於投資報酬率，目前大概是百分之十吧。我們的目標是百分之二十，我想使用人數增加應該就能達成。」

他這麼說。

嗯嗯，大致都在意料之中。

像是提供的道具等等，我叫他別用原價，改用賣價計算。因此實際上的投資報酬率應該更高。

而且我們沒有支薪給為此付出勞力的鎮民，那些都收歸國庫。

「看來我們可以多投資一點。」

「那樣可能要好一陣子才會讓國家獲利，但我想要不了多久就會轉虧為盈。」

若只是追求利益，那把產品賣貴一點就行了，可是光這樣不夠格稱為一個國家。

鎮上有從事各類工作的居民，正因工作分配平均適當，大家才願意努力。因此，我覺得要整頓環境，讓大家都能心甘情願地工作。

給這個國家的每個居民工作——意即給他們生存意義，是我這個王的職責。

——話雖如此，我不覺得繼續維持現狀是件好事。

「可是話又說回來，不支薪有點……」

「事實上，即使換算成布爾蒙王國的平均薪資來計算，我們還是有足夠的錢可以支付勞工。只是大家還沒收下……」

話說到這兒，摩邁爾面露苦笑。

在身為商人的摩邁爾看來，做白工敬謝不敏。

這種心情我也很能體會。

不給薪水，用不著想也知道那是個問題。

雖說我們保證大家吃好穿暖有地方住，這樣他們好像就滿足了……

關於這點，那麼做實在太過黑心，所以我想過一陣子就給大家回饋。

想是這樣想，智慧之王拉斐爾大師正替我進行完善管理。

多虧有它，大家才沒怨言。

這方面要跟利格魯德和其他三名要員商量一下。

如此這般，就算不支薪，居民也很開心。

但某些人還是忠於自己的慾望。

「對了，我的薪水應該沒問題吧？」

只見菈米莉絲吞了一口口水，問出這個問題。

看來她擔心我們聊不支薪這個話題，要給她的報酬會隨之蒸發。

我會遵守約定，看她這麼擔心真不是滋味，所以我向摩邁爾打暗號。

對此，摩邁爾除了邪笑還用力點點頭。

接著他便說得煞有其事。

「敬請期待！應該能付很多錢。」

聽到這句話，菈米莉絲便得意地笑了。

「來了。」

「啊？來什麼？」

「時代啦，時代！我的時代總算來了！」

是嗎？

我不覺得那種時代會來。

菈米莉絲說完便高聲大笑，端茶過來的德蕾妮小姐則面帶微笑地看她。

她好像有點保護過頭，好沉重的愛……這與我無關，還是別管吧。

「那個什麼薪水的，我沒有嗎？」

這下麻煩了，連維爾德拉都開始對錢感興趣。

但我覺得這次該發。

摩邁爾朝我看過來，我輕輕地點頭示意。

「當然，小的會準備。金額跟菈米莉絲大人一樣，這樣可以嗎？」

其實這件事我已經跟摩邁爾討論過了。

畢竟我找維爾德拉當這座迷宮的主人。其實他好像沒做什麼，但靠維爾德拉的魔素才得以維持迷宮環境也是事實。

光是讓鐵礦石變質成「魔鋼石」就能產生莫大利益。所以我想這次就別吝嗇，要確實支付報酬。

「噢、噢噢！原來是這樣啊，不愧是利姆路。交給你辦，我也放心。」

「可別亂花喔。」

「當、當然不會！」

「這、這是當然的啦！我也知道有句話叫儲蓄啊！」

光只是知道那個名詞，一點意義也沒有。

想歸想，既然他們那麼開心，就別潑冷水好了。

「哈哈哈，稍微亂花一下也無傷大雅啊。錢這種東西，就是知道花了有多爽快，才會努力存嘛。」

「說得也是！摩邁爾，你真內行！」

摩邁爾啊，太寵菈米莉絲，她會得意忘形喔。

希望他拿德蕾妮小姐當借鏡，從中學取教訓。

「是這樣嗎？我也多了在章魚燒店工作的經驗。知道工作是很偉大的一件事，也學到金錢的重要性。利姆路啊，你太杞人憂天啦！」

這副自以為是的樣子是怎樣。

張羅那個章魚燒店的人是我，實際上貢獻心力的則是摩邁爾。

你只有弄章魚燒吧！

很想對他說這句話，但我忍住了。

好吧，凡事講求經驗。

就隨他們兩個去吧。就算失敗，只要能從中學會一些事情就好。

「對了，摩邁爾老弟，迷宮外的情況如何？」

我知道城鎮一片繁榮，但內情究竟如何？這點令人在意，我想確認一下。

這時摩邁爾扯嘴一笑。

「景氣大好——這句話道盡一切。慶典都結束了，人口遷徙卻沒有出現太大的變化。商人的出入量已上軌道，解釋成安定準沒錯。」

「也就是說，這座城鎮開始變成貿易中繼站了？」

「正是如此。一些商人來拜訪我，想跟我面會，說他們想來經商。並非都是靠我的幫手找來，利格魯德先生似乎也忙著對應。從自由公會成員到隸屬西方諸國的大商人都有。某些人還向我方徵詢，看能否准許他們開店呢。」

這方面也是，好像比想像中順利呢。

我們成功靠開國祭吸引人潮。

而且做好玩的迷宮頗受好評，很討來訪者的歡心。

之後只要做些調整，確保金錢周轉順利就行了。

就讓那些迷宮挑戰者賺點錢，來購買我國商品。

所謂的商品並非只有食宿，還包含武器、防具及消耗品等等。當然，來自國外的商人也會幫忙出點力。

自由公會為了收購魔物素材付錢給我國。

來自外國的商人則會運各種珍稀商品入境。那樣一來，城鎮肯定會變得更加熱鬧。

在這樣一來一往間，我國產品優良一事將對外傳開。

我國有不少特產。

像是珍貴的食材或酒。

還有朱菜開發的多種佳餚。

黑兵衛工房生產的各式裝備。如今凱金的幾個徒弟也一起加入，品項琳瑯滿目。

其他還有各類商品，今後會陸續變多吧。

這些靠大家一傳十十傳百，用不著大力宣傳商品，一樣能攬客。最後這個國家將被不少人認可，變得不可或缺。

不只這些。

黑兵衛工房生產的部分裝備將變成本鎮特產，在店內陳列。想必在那買賣的裝備也會吸引大眾目光。

依品質而定，分別由不同的店舖販售，不過，出得起錢就能買到高性能裝備。至於稀有級以上的裝備，我們預計只在迷宮第九十五層販售。

某些人可能會對它們的性能存疑，但那不是什麼大問題。因為旁邊就有地方供人們測試買來的商品。

雖說目前用的人還不多，但來挑戰迷宮的人會租借使用。用過的人遲早會對外傳達那些品項的性能有多高。

就這樣，人們會逐漸對我國產生信賴。

比起利益，更重要的是信用。

雖不至於到賠本仍要搏取信賴，但總體來看賺錢，現階段就算成功。

我們的目的不是賺錢，而是讓大家認可這個國家。

「如我們所料。就算魔國聯邦是魔物王國，知道這裡有利可圖，商人還是會靠近。迷宮挑戰者持續增加，看來我們有機會跟西方諸國交流。」

聽到我的意見，摩邁爾也跟著點點頭。

「應該沒問題。客人愈來愈多。明知這個國家是魔王統治的魔物王國。正如利姆路大人所說，我們肯定很受信任。」

接著他大力肯定。

不過，摩邁爾這男人也挺有趣的。

「我們」啊。

從他的話得以窺知，雖然摩邁爾是人類，但他完全站在我們的角度想事情。

這點令人開心。

信賴不是一兩天造就。

因為信用「得來困難，失之易」。

我想就是那樣吧。

雖說我們刺激大家的慾望，藉此吸引人潮，但要促使他們產生信賴並不容易。若能把我們看成可滿足其慾望的對象，這就等同獲得信賴。

摩邁爾就是很好的例子，我們就是因慾望產生的信賴關係結盟。

工作做得好，可正正當當地享受利益——這很重要。

當然，只想拿我們滿足慾望並不是令人樂見的事。

我必須確實審視人品，看對方是不是值得信賴。

現在這環境正好用來培養視人眼光。

還有摩邁爾這個老師在。
今後要繼續維持這個步調，按部就班地學習。

＊

後來我付薪水給菈米莉絲和維爾德拉。
那兩人好像很開心。
雖然要他們別亂用，但他們真的會思考該用在哪裡？
抱持這樣的疑問，我們繼續針對其他事情商量。

如今迷宮上軌道，我也可以撥時間做喜歡的事。
在第一百層有要人另闢研究設施，那裡分成幾個區塊。
目前除了由戈畢爾擔任所長的處所，還有供菈米莉絲自用的研究設施。
「問一下，可以順便替我準備專用設施嗎？」
「好是好，利姆路也要做些研究？」
「不，我比較偏向開發吧。我想到滿多點子，想試著製做看看。」
在研究這方面，黑兵衛比我更努力。
鎮上的西南區有黑兵衛工房，周邊林立已獲得認可、足以獨當一面的徒弟工房。
連耳聞風聲的工匠都跑來這邊住，甚至有人在那開工房。這些人還提供裝備修繕等服務，現如今該區已形同一種工業區。

所以在那發現的技術，要藏也很困難。因為技術人人共享，成了讓大家切磋琢磨的地方。無法在那種地方做機密開發。

我委託黑兵衛開發的頂多只到裝備，裡頭包含其他人學不來的技術。

再說，本人不須找地點進行研究。

因為我有智慧之王拉斐爾大師。

所以我希望找個地方設置開發設施，藍圖已在我腦內完成。

「ＯＫ！今天就幫你備好。」

我去拜託菈米莉絲，結果她二話不說答應。

這下最底層的地下一百層變成大廣場，除了有維爾德拉專用的大廳館，還備有各種研究設施。

不管從防衛觀點切入，或是從防止機密洩漏的角度來看，這都是最讓人放心的場所。

正所謂易守難攻。

今後重要的開發工作就在這進行吧。

「對了，利姆路，你打算做什麼啊？」

「這是祕密。」

「啊？你總是做出不得了的東西，我好好奇喔。」

「就是說啊。我跟你之間不該有祕密！」

這兩人在亂講什麼……

菈米莉絲跟維爾德拉明明就瞞著我做一堆事。

可是事情變成這樣，他們就不會輕易妥協。

蒙混起來也很麻煩，隨便給個答案吧。

「要做身體啦。我想準備附身用的身體，給德蕾妮小姐的妹妹們。」

其實還要準備迪亞布羅拜託的份。

數量來到一千隻，我哪能逐一手工製作。基於這層考量，我想要一個能大量生產的設施。

「拜託妳做寬一點。我要試做不少東西。」

「好。畢竟這都是為了我的部下，要我幫什麼都行！」

菈米莉絲應允時特別強調「部下」兩字。

呵呵，只給部分情報是對的。

這下我就能嘗試各種東西。

我只想到點子卻沒時間做，總算能著手開發。

想到這裡，我露出邪笑。

＊

之後又過了幾天。

我埋頭設置開發用器材。

睽違許久又找智慧之王拉斐爾大師貢獻心力，在「胃袋」內複製一堆東西。

如果是要傳給後代的技術，絕對做不出這種事情。但我並不想將這把戲傳出去，所以我不打算克制，愛怎麼弄就怎麼弄。

　這時有人從門外叫我。

　難得現在情況正好——

《告。這幾天你都與外部斷絕聯繫。可能出什麼事了。》

被大師這麼一說，我才想起自己連飯都沒吃。

我太熱衷了，被智慧之王拉斐爾大師點破才意識到這點。

即使沒出什麼事，照理說朱菜跟紫苑也會擔心才對。

反正工作正好告一段落，差不多該出去露個臉。

我朝對方的呼喊做出回應，步出開發設施。

在那的人果然是朱菜跟紫苑。

「利姆路大人，您沒事吧？」

「我好擔心。您每天都很期待用餐，卻連吃飯時都沒見到您的身影，想說您是不是出事了。」

她們果然在擔心啊。

「抱歉。不小心太入迷。」

「不、不會！您沒事就好——」

「紫苑說得對。您一直以來都很努力，就算利姆路大人過得更自由奔放，大家也不會有怨言。」

知道我沒事，朱菜跟紫苑都露出笑容。

這次真的害她們擔心了，我開始反省。

「從今天開始，我每天都會露臉的。」

「您這麼做，我也會很高興的。」

也是呢，為自身興趣廢寢忘食，這種事該適可而止才對。

有人會為我擔心，光是這樣就令人感到開心。

反省到一半，紫苑突然想到什麼，嘴裡唸唸有詞。

「話說回來，從昨天開始，摩邁爾先生就一直在找利姆路大人喔。」

咦？

「既然這樣，過來叫我不就得了。」

「我們有叫，但您沒反應……不好意思，應該再叫大聲一點。」

「啊，沒關係。不好的人是我，都怪我沒發現。之後會準備呼叫鈴之類的東西。」

原以為事情沒什麼大不了，所以紫苑好像沒看得太重。

可是看到摩邁爾時至今日仍在找我，心生不安的她就跑去跟朱菜商量。

且紫苑還說摩邁爾想談的要事似乎跟迷宮有關，但沒跟她講內容。

是覺得跟她說也聽不懂，還是那些內容不能告訴紫苑——摩邁爾的想法令人好奇。

話說迪亞布羅好像比我所想的還要優秀。

像這種時候，迪亞布羅肯定會把我叫出來。該說他搞不好會跟進來。

這麼一想，就覺得比起紫苑，迪亞布羅可能更任性。

喔對，那些姑且不談。

趕快去找摩邁爾吧。

朱菜為我做了三明治便當。

紫苑替我泡紅茶。

對此感到期待之餘，我靜待摩邁爾來訪。

「噢噢，利姆路大人！我一直在找你。不好了，大事不好啦！」

相對於悠哉的我，摩邁爾這話說得慌亂不已。

「怎麼了，發生什麼事了？」

是不是有人客訴啊，我邊想邊問。

「繼正幸先生之後，又出現突破第三十層的人。」

「哦，好厲害。速度比預料中快嘛。」

「現在不是說那種悠哉話的時候！他們勢如破竹，已經逼近四十層大關啦！」

哦、哦哦。

的確，或許現在不是悠哉的時候。

但我覺得也用不著慌成這樣。

才想到這邊，摩邁爾接下來的話又讓我改變想法。

「他們的攻略方式打擦邊球，遊走在違反迷宮規定的灰色地帶。例如——」

這話一說完，摩邁爾就接下去講。

說真的，出乎我意料。

……

……………

………………

看樣子他們很會善用菈米莉絲的道具。

首先，要打第三十層的樓層守護者前，他們使用「現象記錄球」。這道具全隊適用，就算輸給關卡魔王，大家還是能從登錄地點復活。

這樣使用都在意料之中。

到這還好，可是再來他們就用「回歸哨子」整隊離開迷宮。然後解除隊伍，每個人另外找人組隊，補滿成員上限十名。

「我看看，這樣子人數就──」

「正是。這已經不是組隊了，規模更接近小型部隊。」

分隊共有十組，加起來共百人。每個人都有C+到B+的實力。

聽說他們穿著款式相同的外套，上面都繡某個標誌。

這夥人瀟灑地整隊。像要讓其他人見識他們的「厲害」，大刺刺地闖進迷宮──

當然，據說全員出現在第三十層的樓層守護者面前。

挑戰樓層守護者也以小隊為單位。十組挑戰者就像這樣連番挑戰魔王。

大鬼狂王跟五名部下是很強大的集團。可是那幫挑戰者好像也不是省油的燈。

到頭來，雖陷入苦戰，打到第三組仍漂亮地突破第三十層。

………………

…………

……

「最近好像發生過類似事件吧。」

「您明察秋毫。他們就是隊伍『綠亂』。」

果然是這樣。

穿著相同款式和標誌的外套。是某貴族派來的嗎？

看這幫人狂用「現象記錄球」不手軟，我不禁渾身發毛。

俗話說「時間就是金錢」，但要價高達一枚金幣的道具居然這樣面不改色地用完就丟……

「從那標誌可以看出是哪家貴族嗎？」

「我請蒼華小姐調查。好像是名叫『綠之使徒』的知名傭兵團。金援者疑似是英格拉西亞王國。」

「綠之使徒」，從來沒聽過。

比起那個，西方諸國的中樞國盯上我國迷宮，這點更令人驚訝。

開國祭上好像有旁支的王族參加……但本家那邊應該沒人參加慶典才對。

是怕晚人一步嗎？還是另有企圖——

「該怎麼說，就那個吧。那副有錢能使鬼推磨的德性，給人觀感不好，但他們又沒違反規定。」

令人頭大的是我們找不到取締理由。

我明白摩邁爾為何慌張，但現階段也沒辦法做什麼。

「我們的獲利上升，沒什麼好抱怨的。可是照這樣下去，由利姆路大人設計的樓層可能會在轉眼間被人攻破……」

換句話說，在我閉關的這段期間，摩邁爾怕迷宮被人攻破，才趕緊來叫我吧。

「看樣子害你擔心了。不過沒問題。四十層以下才是重頭戲。而且在那之前，要打倒嵐蛇也不容易。」

小隊「綠亂」合作無間，我猜組隊戰力相當於A⁻。可是仍有疑慮。正因他們的個體實力只到B，八成無法抵擋強大的範圍攻擊。

嵐蛇在A⁻中強度也算強幾大，就算十名B⁺成員一起挑戰也難以戰勝。

「不過，據菈米莉絲大人和維爾德拉大人所說，隊伍『綠亂』的隊長疑似謊報實力……」

咦！

光看影像確實無法進行確切的「解析鑑定」。不過——

《答。光「解析鑑定」戰鬥影像，無法算出魔素量。》

如此這般，智慧之王拉斐爾大師對我提出忠告。

我們只是從影像動態換算，對照自由公會規定的魔物等級，卻算不出該隊伍的實際等級。

就好比是我，在自由公會登記B⁺，真正的實力卻來到S級。

有時會像這樣，真正的實力與分級對不上。更別說對方是裝出來的，看來必須想想對策。

「我也想聽聽維爾德拉他們是怎麼說的。」

「包在我身上。我已經聯絡他們了，換地方談吧！」

不愧是摩邁爾，看來在我離開房間的那一刻，他就聯絡維爾德拉等人。
我點點頭，從座位上站起。

＊

大家來迷宮的會議室集合。
是平常那些成員。
「你真慢，利姆路！」
「對啊，就是說嘛！你可是隊長，要爭氣點！」
我是隊長？
第一次聽說。
可是現在那不是重點。
「那麼，狀況怎麼樣了？」
「情況真的很嚴峻。他們現在已經攻破第三十八層。」
話說到這裡，菈米莉絲將攻略狀況轉成影像展現。
她看起來非常焦慮，慌慌張張地將目前狀況化成影像示人。
感覺就像透明箱子裡有小模型在動。
那是極其精巧的立體影像。
若只看這個就能做「解析鑑定」……

《──提議。若准許對菈米莉絲的固有技能「迷宮創造」進行干涉，就能蒐集更精密正確的情報。》

噢噢，智慧之王拉斐爾大師難得提議。

看樣子有一試的價值，快來問一下。

「菈米莉絲小妹，可以拜託妳一件事嗎？」

「咦？這麼慎重要問什麼？」

「是這樣的，我想對妳的『迷宮創造』進行干涉，可以嗎？」

「干涉？要怎麼干涉？」

就算妳問──要怎麼干涉，我也不清楚。

「干涉就是干涉。就是想從這座迷宮蒐集各種情報啦。」

我隨便說明，想把菈米莉絲騙過去。

《告。大致相符。》

噢噢，我果然厲害。

看來我正確解讀智慧之王拉斐爾大師的說明。

「是可以啦，但你頂得住嗎？」

「咦，我？怎麼擔心到我頭上了？」

「沒啦，因為我的迷宮資訊量很大嘛。連我都掌握不了，所以我都當場將它們刪除。」

嗯嗯，等等？

龐大的情報，被她這麼一說確實滿多的。利用這座迷宮的挑戰者多達千名以上，除了各樓層情報再加上其他各類項目，第九十五層還有居民。

要將這些全數掌握——

《答。沒問題。》

啊，是。

看樣子沒問題。

「唔——好像沒問題……？」

「你的語氣怎麼充滿疑問？」

「好啦，別追究了，菈米莉絲，這些事情都交給利姆路就對了。不用我們操心！」

我本人明明沒把握，菈米莉絲卻被維爾德拉三兩下說服。

「我知道了！那就給利姆路權限，可對我的『迷宮創造』進行干涉！」

菈米莉絲說完就伸手碰我。

這下我就能輕易連接迷宮。

《告。已連接個體名「菈米莉絲」的固有技能「迷宮創造」。接下來要開始蒐集情報。》

似乎早已迫不及待，智慧之王拉斐爾大師展開行動。

就在那瞬間，彷彿有大量情報在腦內流竄——但我身上沒出任何狀況。

害我繃緊神經等待，剛才都白等了。

《告。隊伍「綠亂」的「解析鑑定」結束。領隊超越A級，其他人與先前的鑑定並無太大落差。》

看來智慧之王拉斐爾大師在短短一瞬間就搜出必要情報。

這位大師真的很可靠。

話說不知為何，智慧之王拉斐爾大師持續進行「解析鑑定」，是有什麼在意的事嗎？

《答。正在解析迷宮內進行的所有戰鬥——》

感覺它好像在說「別妨礙我」。

也對。像我這樣的凡人，不能理解智慧之王拉斐爾大師在想什麼。我想它一定又在做很厲害的事，這些事就交給它辦吧。

所以說，我們回歸正題。

「原來如此。」

「你看出什麼了嗎，利姆路？」

「好快喔。果然頂不住……？」

維爾德拉就算了，菈米莉絲似乎正用狐疑的眼神看我。會這樣想情有可原，但我有點不爽。所以我就有點自傲地指正。

「這傢伙好像超越A級。」

我邊說邊秀出影像，那些跟菈米莉絲給的不一樣，還將影像擴大。

「咦！」

大家似乎很吃驚，但菈米莉絲受的打擊最大。

「等、等等，利姆路？你怎麼會用我的技能了？」

「哈哈哈，好像是因為妳給了干涉權限，所以我就學會了。」

「不是吧！連我都只能播出特定位置或看過的人……」

看樣子菈米莉絲只能秀出迷宮管理者看到的景象。

要詳查情報似乎不容易，怪不得。

「哎呀，別見怪，是因為我在這方面比較擅長啦。」

話說超越A級的人是隊伍「綠亂」的隊長，那名精靈使者。既然對方身上藏著如此強大的力量，應該能用更多精靈才對。

假如這傢伙連高階精靈都能役使，他的力量肯定會翻升數倍。

「哦，你說的超越A級，是比照魔物的分級基準？」

「是啊。自由公會的算定基準應該是分哪個等級能戰勝哪隻魔物吧。」

然而他們沒算入安全率。印象中，照規定來看是讓數名冒險者對付同等魔物。

「那我們是什麼等級？」

「你們啊，這個嘛……」

正幸的等級還有點曖昧。

說真的，我看他在D級裡還算爛的。

可是正幸的獨有技強到誇張，整隊加起來隨便都超越A級。可是直接明講可能會讓正幸會錯意，還是暫時別講吧。

眼下應該先蒙混過去。

「迅雷勉強突破A級。但不確定能否獨自戰勝嵐蛇。將大鬼系列集齊大概就能輕鬆獲勝。」

魔銀全身鎧無法徹底防範「毒噴霧」，嵐蛇對他而言是勁敵。

跟魔物不同，人類有各種弱點，而且弱點很多。這跟玩遊戲不一樣，當然會這樣，抗性有無攸關生死。

即使強度相當，人還是有可能輕易遭到毒殺。

「迅雷好厲害呢。」

「是啊。不過，那是因為有你的技能加持，迅雷的能力才從谷底攀升。其他還有叫裘的女孩跟邦尼吧？他們分別相當於A⁻。」

平衡性佳，是支非常強勁的隊伍，所以正幸才沒機會曝短吧。

「多虧這些可靠的夥伴。」

「哈哈哈，正幸大人比那些隊友更強，我想隨便算鐵定都超過A級。因為您是連利姆路大人都認可的『勇者』啊！」

摩邁爾用尊敬的眼神看著正幸訴說。

拜託別這樣。

都害正幸露出哭笑不得的表情了。

「不過問題來了。不只這個『綠亂』的成員，這邊這傢伙也是A級，還有這個也A。他們是傭兵團『綠之使徒』？看樣子是頂尖好手組成的集團。」

「不會吧！那麼厲害的人有這麼多？」

「嗯，雖然對我來說都是些可有可無的對手……」

也對，若這些傢伙組隊，五十層也能輕易突破。

「哥杰爾跟梅傑爾都是A級，但一人對付他們兩個似乎很勉強。再說『綠亂』的隊長好像跟哥杰爾他們勢均力敵。」

「那麼厲害？」

「對。順便說一下，這兩人比迅雷強兩倍。雖然無視技量，只用身體機能比較就是了。」

那兩個媲美隊長的人也足以跟高階魔人匹敵。目前看來是比令人懷念的喀爾謬德弱，卻比吊車尾的聖騎士強。

「綠亂」的隊長比他們略勝一籌。我想他的技量應該也滿高的。

「就連我特地設置的陷阱也被他們先召喚魔獸避掉。這些人的手法很純熟。」

「對啊，照這個樣子繼續走下去，他們遲早會進到我準備的樓層。」

「糟了。這樣發展下去很不妙。」

「嗯？」

還以為他們會更開心，是在為什麼事煩惱嗎？

我自己弄的陷阱被人避開不是很爽快，但這兩人照理說非常期待挑戰者到來。

還有，菈米莉絲從剛才開始就一臉慌張，莫非另有隱情？

「妳在隱瞞什麼？」

我直截了當地問了。

緊接著，維爾德拉跟菈米莉絲互看對方的反應，菈米莉絲似乎決定豁出去，她開口道：

「其實呢，你窩在房裡的這三天……」

接著她說了一些事。

我聽完也跟著頭痛起來。

＊

據菈米莉絲所說，聖騎士團好像開始訓練了。

他們從五十一層開始。

五十一層到六十層被菈米莉絲設下陷阱。她興奮地等看結果。

阿德曼奉命當第六十層的樓層守護者，召喚許多不死系魔物。結果就弄出會無止境湧現不死者的迴廊、因魔物不須呼吸才能造出的無氧室等凶惡陷阱。

「我對那些很有自信喔！可是卻被聖騎士們順利淨化。他們被無氧室整垮，但後面的人馬上把他們救活……」

「雙方根本相剋吧。好吧，這也是沒辦法的事。」

我安慰沮喪的菈米莉絲，一面聽取後續狀況。

聖騎士團來到第六十層的魔王房間。

阿德曼在那等著，但也被對手吃得死死的。我想也是。

他失去力量變成一介死靈，只能期待他起到召喚者的功能。他本人出戰根本敵不過聖騎士。

不過真要說起來，阿德曼算聖騎士的前輩。面對後輩怎能逃之夭夭，他大概很懊惱吧……

「他是不是很沮喪啊？」

「很沮喪……」

啊啊，果然。

晚點得去安慰他才行。

「然後呢，後來怎樣？」

「那些人打倒阿德曼，接著攻進由我設陷阱的樓層。原以為他們會陷入苦戰，我正準備看好戲

——」

「讓人火大的是，連師父的陷阱也被人避掉！有滑動地板、幻覺牆、漆黑迴廊、殺戮光線，一堆陷阱都是我想像不到的，卻被那些傢伙克服。」

維爾德拉跟菈米莉絲懊惱地咬牙報告。

從六十一層到七十層都由維爾德拉精心準備。聖騎士團似乎出現犧牲者，但沒立即死亡就能復活。再加上有「復生手環」，這些聖騎士疑似沒什麼危機意識。

還以為這樣設太難，看來A級以上的實力派戰將若沒全滅都能捲土重來。這下得重新審視，看要怎

麼調整難度。

「可是，我的聖靈守護巨像很努力。改良被你弄壞的那隻，新的很強。把挑戰者全殺了，可是……」

好厲害。

竟然讓聖騎士全滅，真的很強。

不，這麼說也對。

光那分量就是一種威脅。

劍跟魔法都不適用，動作敏捷又是大噸位——一般而言都算是難搞的對手。

但既然這麼強，菈米莉絲為何一臉黯然……？

「這個嘛，聖騎士大人們似乎讓日向大人很無言。可能不甘心吧，聽說其中一名挑戰者夫利茲大人提出質疑說：『我看就連日向大人也破不了吧？』」

摩邁爾邊苦笑邊回答我的疑問。

原來是這樣，假如日向參戰，就連聖靈守護巨像都無法阻擋她。該說——

「那日向做到什麼地步……？」

「唔……」

「問題就出在這裡！」

聽完嚇到我。

日向只花一天就到九十五層。

雖然從六十一層開始，但這速度還是很快。

她順利阻擋聖靈守護巨像，直接用「靈子壞滅（Disintegration）」徹底破壞。

然後她一口氣衝到第八十層，將那裡的樓層守護者輕鬆解決。

「我的徒弟賽奇翁如今變成蛹。沒辦法活動。所以先醒來的阿畢特出面對付她，日向那女人的動作讓她反應不過來，就被打倒了。」

「她真的很厲害。阿畢特是女王麗蜂，速度在所有魔物中數一數二。那樣的阿畢特拚了命想打到日向，這個叫日向的女人卻徹底看穿。」

嗯，好吧。

日向的話，確實有可能。

我對自己打贏的事也覺得不可思議，日向就是那麼強。

「之後那女人繼續快速進擊。從八十一到八十九層都由九魔羅的部下分別支配各層，卻被她一一擊破。」

「還有啊，九魔羅年紀還小嘛。所以第九十層的關卡魔王就給貝瑞塔當，但他輸給日向。」

「這樣啊……貝瑞塔似乎變得比以前更強，但這敵人對他來說太棘手。」

「嗯嗯。日向強得亂七八糟，讓人納悶她怎麼沒當『勇者』呢。」

之後聽說日向就在九十五層優雅地住一晚。

然後昨天一口氣攻破位在九十六至九十九層，蜜莉姆引以為傲、堪稱最難的龍室。

「還有地滅層，不只會發生地震，連重力都變超重呢！重量會變成五倍，照理說很難行動才對。」

有雷從天而降，還有讓身體無法動彈的冷氣，令身體焦灼的熱度。但這些都對日向沒用。

「最後終於輪到我出場。」

「真的假的？你出戰了？」

「嗯。我這個迷宮之王來者不拒，身為最終魔王的我不逃也不躲。」

「──結果怎樣？」

想也知道如果是維爾德拉，當然不會逃避，也不會躲起來。

比起那個，更重要的是結果。

維爾德拉比我強，我想他不至於輸掉。我更在意日向是怎麼打的。

「當然是我獲勝。但她很強。劍路跟封印我的『勇者』很像，戰鬥方式卻跟她成對比。」

嗯嗯。

維爾德拉獲勝不奇怪，可是沒看到作戰過程令人扼腕不已。

啊啊，真希望至少留點紀錄……

《答。很可惜，戰鬥紀錄似乎已全數刪除。》

也是啦……

可惡，居然錯過這麼重要的場面，我真夠蠢的。

「說真的，讓人看得目不轉睛。不愧是日向大人，打得很漂亮。」

摩邁爾有看到嗎？

好羨慕。

「日向小姐好厲害喔……雖然大家在吵她跟我誰比較強，但說真的，每次聽到這種話都覺得胃好痛。」

「哇哈哈哈，正幸大人真謙虛。」

所以我說摩邁爾老弟？那不是謙虛，除了真心話就沒別的啦。

「哈哈哈，拜託你別開玩笑了，摩邁爾先生。」

臉上掛著僵硬的笑容，正幸試著蒙混過去。然而摩邁爾都沒發現正幸拚命帶話。

「原來如此、原來如此。是指這件事不該用談笑帶過吧？的確，要是正幸大人跟維爾德拉大人打起來，肯定是場超乎想像的大戰。請務必讓我也觀戰一下。」

這男人平常都很會察言觀色，沒想到此次摩邁爾這麼白目，將正幸逐步逼至絕境。

拜託你快住手。

正幸快死啦！

「哦，這樣啊。正幸啊，要不要跟我小過幾招？」

你的「小過幾招」會害正幸小命不保的。

「哎呀，別急。正幸確實很強，但他是靠腦力作戰啦。若是打起來，我可能會稍微占上風吧。所以說，他比不上天下無敵的維爾德拉。」

「原來！我就猜結果八成是這樣。不愧是利姆路，你很了嘛。嘎——哈哈哈！」

呼，這樣就行了。

隨便捧一下馬上就很爽，天助我也。

「所以結論是？」

現在要先跟維爾德拉打聽才行。

打定主意後，我看向維爾德拉，結果他「嗯」地點點頭，開始講後續。

「結論是，封印我的『勇者』都沒做多餘攻擊。相較之下，那個叫日向的女人在作戰時會找哪些攻擊對我有用。冷靜謹慎這點跟勇者一樣，但日向一直做些多餘的事呢。」

據維爾德拉所說，日向好像做過各式各樣的攻擊。

她用了各種魔法、咒符，連魔寶道具都出了。大手筆投入。

單純的物理攻擊對維爾德拉無效。所以日向八成做過許多嘗試，看哪種攻擊才有用吧。

可是到最後，日向出的攻擊幾乎都不適用。

「話雖如此，最後那一下很不錯。雖然只有一點點，但她傷到我了。跟『勇者』的『絕對切斷』有點像喔。」

受維爾德拉稱讚的是崩魔靈子斬（Melt Slash）吧。

我看那八成是日向的王牌，連月光細劍都祭出，就為了這致命一擊。

都做到這種地步了，還是傷不了維爾德拉嗎？

「照她的作戰方式看來，會構成威脅？」

「唔——肯定比克雷曼和其他三腳貓魔王強。就連八星魔王稍有不慎都很危險。可是，師父不一樣——」

「嘎哈哈哈，就是這樣！要跟我打場像樣的戰，魔素量至少得多上十倍才行。」

是喔……

連日向都不是維爾德拉的對手啊。

啊啊，真想親眼見識這場戰役。

若能永久保存作戰紀錄，今後還能當參考呢。

算了，現在說這些都太遲了。

過去的事就讓它過去吧，我們回歸正題。

「我懂了。也就是說目前因為讓聖騎士跟日向破關的關係，五十一層以下都癱瘓就對了？不過，關卡魔王會復活吧？」

「關於這點，阿德曼比哥杰爾還弱吧？他會幫忙我做研究，我覺得他很優秀，可是當六十層的魔王好像沒那麼罩。還有……」

菈米莉絲說到這裡開始陣陣發抖——

「我、我的傑作聖靈守護巨像……壞掉了……都沒復活！」

她說完就哇哇大哭。

那隻不是關卡魔王嗎？

「是不是妳沒替它戴手環之類的？」

「不，不是。被你弄壞的時候也一樣，不知道為什麼，魔偶都不復活……」

菈米莉絲垂頭喪氣地說著。

若是自然出現的魔偶似乎會復活，然而菈米莉絲製作的這型卻沒辦法。

我聽完想到一件事。

「也許是沒有靈魂的關係。畢竟貝瑞塔確實能復活，大概是聖靈守護巨像被定位成道具吧？」

「——咦？」

「嗯，這可能性很高。妳的能力無法作用在它身上，是因為它被排除在作用對象外吧，菈米莉絲？」

維爾德拉認同我的看法。

八九不離十。

換句話說，就算重新做一個，還是有再次損壞的可能。守護巨像很強，損毀的機會不多，話雖這麼說，還是得想想辦法。

在那之前——

「那個做起來很花時間吧？」

「嗯。所以現在七十層的魔王沒人當……」

果然。

「還有八十層的賽奇翁要繼續沉眠一小段時間。阿畢特也變強不少，但實戰經驗太過貧乏。要讓她當魔王，我想還是得稍微鍛鍊一下。」

據維爾德拉所說，他似乎對阿畢特施以戰鬥訓練。

要朝這個方向走啊？雖然感到疑惑，但當事人意願很高，就隨他們去吧。

順便說一下，教官是日向。

好像是用跟維爾德拉再戰當誘餌，拜託日向指導阿畢特。

日向有在教孩子們，所以她才順便指導阿畢特吧。

還有九魔羅。

八十一到八十九層由九魔羅的部下守護，這些魔人都由九魔羅的尾巴幻化而成。

他們個別具自由意志，獨自進化、學習。

由於放出這些部下，如今九魔羅自身的魔素量激減。他跟艾莉絲和克蘿耶等人一起，共計六人拜日向為師。

——以上就是昨天決定的事。

「也就是說，從六十層到九十層，所有的王都癱瘓了？」

「就是這樣！」

「嗯。所以才覺得頭痛啊！」

不知為何，菈米莉絲跟維爾德拉一臉得意。

「什、什麼……」

「來得真不是時候。」

摩邁爾跟正幸聽說迷宮目前的狀況都為此感到驚訝。

原以為還有緩衝空間，看樣子是我想得太美好。

「…………情況我已經清楚了。」

說完這句，沒轍的我嘆了一口氣。

*

壞事同時一起來，但早早將五十一層以下的問題濾出也是件好事。

再說我放的陷阱依然健在。

重點都在四十一層以下，該說集中在四十九層才對。

「嵐蛇被打倒是遲早的事。不過，用不著慌！」

「噢噢，不愧是利姆路。你有對策了啊？」

「果然沒錯。有你在就不用擔心呢！」

聽完我的話，維爾德拉跟菈米莉絲的不安似乎也煙消雲散。

我朝這兩個勢利鬼點點頭，並陳述自己的想法。

「聽好，剛才也說過了，我真正厲害的陷阱都放在四十一層以下。到時那幫人會卡關吧。」

「噢噢……聽了好放心。」

「哦——原來是這樣啊。」

「對了，利姆路，陷阱有哪些？」

呵呵，要問這個是吧？

那就告訴你們吧。

「奧義就是四十九層的史萊姆。通過特定道路後，過路人會被隔離起來。到時會出現一堆史萊姆，這些傢伙很棘手。」

大量的史萊姆湧現、合體。接著出現巨型史萊姆，厚度超過三公尺。

前後的去路都被阻斷，被圍住的挑戰者淪為甕中鱉。

切斷、毆打、衝擊，這類物理攻擊都不適用。

在前後密閉的通道內，能使用的魔法也有限。不過爆發系另當別論，因為自爆的可能性很高。

雖然沒有攻擊力，但史萊姆們會慢慢擠過去夾擊。將緊逼而來的夾擊牆考量進去，威脅程度可見一斑。

「嘎哈哈哈！這下贏定了！」

「嗯嗯，我們贏啦——！」

「你們兩個太天真。還有其他招式呢。」

聽完我的陷阱概要興高采烈未免太早，其他還有一大堆陷阱。

全聽完再來嚇到發抖也不遲。

・史萊姆之池：乍看之下就像柔軟的通道，實際上卻是史萊姆。過到一半會突然現出本性。

・史萊姆之雨：會下拳頭大小的史萊姆。還會從衣服縫隙入侵，小心被強酸灼傷。

・史萊姆假偶：乍看之下就像魔物。但不停受敵人攻擊也不累，會慢慢奪走對方的體力。更可怕的是每次遭受攻擊都會對敵人的武器潑強酸。小心武器毀損。

諸如此類。

還有其他的，但這層的陷阱重點是扯後腿。

尤其是弄壞對手的武器，那樣要繼續戰鬥會很困難吧。

可以幫忙爭取時間。

「好棒。這些陷阱真是棒透了。原來還有這招，也就是說用不著靠陷阱打倒敵人，只要留下一些傷害就行了？」

「就是這樣，維爾德拉。」

「原來如此。沒了武器，對方再怎麼強也得打退堂鼓。盲點就在這兒。」

「對啊。能打倒最好，就算不行也能想別招。這樣就能爭取時間。」

這次好像只能用來爭取時間。儘管這樣令人有點遺憾，我們還是能利用爭取的時間想對策。

「那你打算用爭取來的時間做什麼？」

既然維爾德拉都問了，我就認真回答。

「你們可別忘了，我們的迷宮並不尋常。進化型地下迷宮（Advanced Dungeon）會克服各種問題，變成強化版吧？」

「——唔！」

「嗯，當然會。」

「那我們改到下次能應付挑戰者就行了。首先是阿德曼。他那邊我會想辦法。我還想更改魔王房間的氛圍，希望菈米莉絲能幫個忙。」

「當然好！」

阿德曼是位居樞機的男人，印象中職業好像是大主教。

嚴格說來是在後方支援的類型。

要他獨自當關卡魔王是種錯誤，找個前衛搭檔就行了。

此外，我有些想法，晚點再去找菈米莉絲跟阿德曼。

再來是七十層的魔王。

「至於聖靈守護巨像，我們只能重做新型的。關於這點，合適人選剛好也回來了。」

我能準備材料，打算重做一個。

可是做跟之前一樣的太無趣了。

「合適人選？」

菈米莉絲提出疑問，所以我點點頭給了答案。

「凱金回來了。那傢伙也對精靈工學很熟，應該會樂於幫忙。還有我現在在做的實驗剛好能派上用場。我會交出研究成果，新型的性能提昇和改良值得期待。」

「——真的嗎？太好了！」

雖然沒辦法立刻拿出成果，但有凱金加入如虎添翼。就算這次來不及做出來，對之後挑戰者也會構成威脅吧。

「關於八十層以下——」

「我想時間會解決一切。等賽奇翁醒來，半吊子挑戰者根本傷不了他。還有蜜莉姆準備的龍，繼續在迷宮待一陣子就會進化吧。」

九魔羅也還在成長中，用不著慌張。

問題在於能爭取多少時間。

「好，方針已定。之後只剩爭取時間，光靠我的陷阱不是很可靠。所以我想試一樣東西，請維爾德拉跟菈米莉絲幫忙。」

「當然好。」

「我知道了！」

兩人開心應允。

我朝他們點點頭，轉眼看向正幸。

「正幸，你繼續進行攻略。破四十一層以下是其次，現在最好先集齊大鬼系列。」

「正是。有正幸大人攻略會產生莫大的宣傳效果，我想用不著趕路。」

「那就讓其他人先破四十層嘍。」

「對。以免你反過來被我們的作戰計畫波及，目前還是先別靠近比較好。」

「你又有別的企圖嗎？」

正幸用狐疑的眼神看我。

太傷我的心了。

這樣好像我隨時都在想壞點子一樣。

「哎呀，那是祕密。總之我們要採取對策，就拜託摩邁爾跟正幸像平常那樣應對。」

「小的都明白。」

「好。那我也去跟大家說一聲。」

這樣就行了。

再來就看我設的陷阱能撐多久。

「那先這樣──」

「啊，請等一等。有件事想跟您商量……」

我正想宣布散會，被摩邁爾出聲制止。

看來他好像還有要事。

「什麼事？」

「其實是這樣的──」

摩邁爾這番話大出我意料。

「日向大人在問迷宮攻略的獎金是否會支付……」

「啊？」

我不禁按原始反應回問。

她說的獎金，就是我們向貴族灑餌，對外宣稱突破十的倍數樓層將給予獎金吧。

日向要那些獎金？

不對，她確實突破了……

「雖然不是照官方走法突破，但日向大人說『我們用正當方式挑戰，你們就該支付吧？』……」

摩邁爾頭痛地說著。

話是這麼說沒錯，日向小姐。

但這方面該彼此退一步吧？

我們可以做測試，對他們而言是種實戰訓練，不給獎金也行吧。

「拒絕她。」

「可是，這樣好嗎？若是拒絕她，她會不會卯起來認真挑戰？」

「沒關係。到時再威脅她，就說『那妳輸給迷宮主宰者的事就會傳開』。」

「嘎哈哈哈！我怎麼可能會輸！」

嗯，這種時候特別可靠。

再說萬一她真的來挑戰，我們還可以拿來做宣傳。

「我、我知道了。但是，可以的話希望由利姆路大人出面拒絕——」

「咦，我才不要。」

人家不想被討厭嘛。

而且被她反過來嫌小氣，我會很沮喪。
這種工作就交給能裝得道貌岸然的摩邁爾老弟。
「可、可是，聽說惹火日向大人會發生很可怕的事……」
「拜託你了，摩邁爾老弟！」
我打斷欲言又止的摩邁爾，丟出這句結論。
抱歉喔，我也不想做討人厭的事。
可以的話，希望跟美女友好相處。
摩邁爾長得一臉壞人樣，天不怕地不怕。將利益擺在第一位，肯定能確實拒絕對方。
所以說，「那就用我的私房錢付……」這句悲傷呢喃一定是幻聽。

議題到這結束。
扔下唉聲嘆氣的摩邁爾，我離開現場。

＊

我跟維爾德拉和菈米莉絲說隔天要幾點會合。
在那之前得把準備工作弄完，可是要先解決一件要事。
紫苑在房間外待命，我跟她一起去找朱菜。
朱菜似乎正在監督晚餐的準備工作，下了各類指示。

廚房的人手變多，有各式各樣的種族，場面熱鬧。能輕鬆管理這麼多人，看來朱菜是很優秀的指導者。

雖不想為我手邊的要緊事把她叫來，但這次要跟時間賽跑，就別那麼計較了吧。

「朱菜，可以借用一點時間嗎？」

「啊，利姆路大人！有什麼吩咐儘管說。」

被我一叫，朱菜歡天喜地地跑來。

在此同時，廚房內一陣譁然。

我難得露臉，大家都樂得拿各式餐點請我試味道。

平常我總會給料理下評語，但今天有急事在身。對不起大家，下次再試吃。

「今天剛好有事找朱菜。下次再來這邊玩個盡興。」

「您一定要來！」

「我們等您。」

「我們的手藝都變好了，下次要讓您吃到讚不絕口！」

被我說「好吃」似乎等同被打五顆星，大夥兒幹勁十足。

期待下次的到訪。

「那麼哥布一，之後的事就交給你嘍！」

「是，朱菜大人！包在我身上！」

如今哥布一是手藝僅次於朱菜的廚師。

朱菜不在的時候，哥布一會擔任行政主廚，可以放心交給他。

「那改天見。」

向一臉遺憾的人們告別後，我們就此離去。

地點換到別的地方。

目的地是由阿德曼守護的六十層。

「啊，多謝妳的便當。很好吃喔。」

「您過獎了，能合您的胃口就好。」

我邊走邊為便當的事道謝，這時朱菜開心地綻放微笑。

「利姆路大人，下次請您務必讓我製作便當！」

由於紫苑毛遂自薦，我稍微想了一會兒，並給出答案。

「也好，妳有了顯著成長，就試著跟朱菜一起做個便當吧？」

我覺得現在的紫苑應該值得信賴，但還是做點保險措施。

有朱菜在，紫苑就不會失控吧。

「那麼朱菜大人，明天就做！」

「呵呵，好啊，紫苑。先從簡單的料理開始吧。」

朱菜跟紫苑相談甚歡。

兩人演奏起來也很有默契，看她們感情好真是太好了。

聊著聊著，我們來到六十層。

「阿德曼，打擾一下。」

「噢噢，是利姆路大人大駕光臨！這次的事件讓人痛徹心扉。不管您如何處罰我，我都甘於領受——」

被我一叫，阿德曼立刻衝過來下跪。

還是一樣誇張，但我已經習慣了，見怪不怪。

「不，都怪我們想得太美。現在的你要對付聖騎士團太吃力，戰敗情有可原。」

「——不，我怨自己太沒用。對手還不成熟……我卻用以前在當死靈之王的手法對付，連魔法都沒發動就輸了……」

眼下阿德曼只是失去力量的死靈。

雖有高度的魔法知識和戰鬥經驗，然而他的肉體仍處在低階魔物狀態。能用的魔法不多，能召喚的也只限低階不死系魔物。

魔物會吸收迷宮的魔素進化，不過，那需要一些時間。看來阿德曼的部下還要過一段時間才會變強。

然而現在要施行的方法會使阿德曼提早強化。

「知道現在的自己有多少實力，這才是最重要的。既然都知道了，有件事想問你，方便嗎？」

「是，請您儘管問。」

「目前你能把『神聖魔法』用到什麼程度？」

「神聖魔法」是信仰之力。

不須聚集大氣中的魔素，也不受自身魔素量左右。

只要具備知識、有足夠的詠唱時間，雖要自行負擔一些，但將能發動大魔法。

不過，僅限「與神訂立契約」才能用。

這裡的神是指能活用「靈子」之人，那是構成魔素的特殊粒子。

在這個世界裡，是否構成概念上的「神」並不重要。能直接干涉「靈子」之人就可稱為「神」。

例如在魯米納斯教裡，魔王魯米納斯就是「神」。

阿德曼是魯米納斯教的狂熱信徒。

就算變成魔物，他的信仰也沒變。

因此，就算在當死靈之王，依然能發動「靈子壞滅(Disintegration)」。

然而現在他不信魯米納斯，改將我當成神崇拜。這下跟信仰對象的契約就不成立，所以才不能行使「神聖魔法」吧。

「是，幾乎都不能用了。現在的我就連低階魔法都不能用。」

果然是這樣。

「神聖魔法」說穿了就跟「精靈魔法」有異曲同工之妙。只是按契約走，借用高階人士的力量。

就連那個日向也一樣，若不借用魯米納斯的力量就無法行使「神聖魔法」。

換句話說，人類若不依靠名為「神」的魔王，就會失去一個可對付魔物的手段。

總覺得，知道得愈多，愈覺得這件事可怕。

這世界可能會因魯米納斯一時興起，變得比現在更混沌。

「那我要問朱菜，妳能把『神聖魔法』用到什麼程度？還有，妳的信仰對象是什麼？」

「我的話，嚴格說來與『神聖魔法』不同。是靠獨有技『解析者』模仿，意外有效。」

原來如此，模仿是吧。

這麼說來，我曾要她解析結界。結果似乎連帶學會模仿部分的「神聖魔法」。

除此之外——

「我信的是利姆路大人，對您的力量深信不疑。所以就覺得，自己或許能辦到。」

說到這兒，朱菜害羞地笑了。

「——啊？那妳跟我作戰時，誇下海口說魔物也能行使『神聖魔法』是……？」

「那是虛張聲勢。雖然有信心，但證明的人是你。」

朱菜面帶笑容地說著。

阿德曼聽完露出啞口無言的表情。

明明是骷髏，這男人表情還真豐富。

好了，那先擺一邊。

行使「神聖魔法」最大的要素就是信仰。

說起來就跟靈魂連繫類似，朱菜似乎在不知不覺間抓住要領。

那之後只要建立理論再加以學習便可。

我已經抓到感覺了，應該沒多難。

「那麼，我想賜朱菜跟阿德曼『信仰與恩寵的奧祕』。魯米納斯才剛教我不久，這是機密事項，可別外傳。」

阿德曼原本是高階祭司，若能與我連繫，應該能再次行使「神聖魔法」。如今他的魔素量大幅減少，能用「神聖魔法」會讓戰力大增才對。

「『信仰與恩寵的奧祕』——」

「噢、噢噢噢……我終於可以拜真正的神了……」

這傢伙有點狂熱，我就稍微忍忍吧。

「那個，利姆路大人。被我聽到沒關係嗎？」

都忘了，我現在被紫苑抱著，好久沒讓她抱了。

不說也知道是用史萊姆姿態。

失去那種感觸好寂寞，我想就這樣待著。

反正紫苑聽完說明也不懂吧，所以我只叫她別說出去。

「別跟其他人講喔！」

「當然！」

看她答得精神抖擻，我也很滿意。

就是這樣，我大致說名梗概。

「原來如此……那麼，若我信利姆路大人，也能學會『神聖魔法』？」

「嗯，應該可以。希望妳有空的時候研究一下，當阿德曼的諮詢對象。」

「我知道了。我也很期待，不知道自己可以學到什麼程度。」

朱菜的理解力很強。

還有獨有技「解析者」，要學會「靈子壞滅(Disintegration)」不是夢。

再來看阿德曼。

「噢、噢噢噢、噢噢噢噢噢！湧現了。力量湧現啦！」

他興奮不已。

「靈子聖砲（Holy Cannon）！」

眼窩深處的紅光大放，阿德曼向前伸出一隻手大叫。

手掌噴出高密度魔素彈。

這是神聖魔法「靈子聖砲（Holy Cannon）」。

有相當威力，隨阿德曼的意發動。

「噢噢，神啊。我的神，利姆路大人——」

他五體投地，開始朝我跪拜。

這害我背脊發毛，拜託住手。

「好、好。看樣子好像成功了？繼續保持下去，好好努力，要學會用更高階的魔法。有什麼問題就去找朱菜商量！」

我快速將話說完，這時朱菜心領神會，頭輕輕一點。

「——原來如此，您不想應付這個人，才要我當他的諮詢對象？」

本人都聽到了，但現在裝作沒聽見才是正確的選擇吧。

我很遲鈍，什麼都不知道——就這樣誤導她。

「利姆路大人，我定會不負所望——！」

阿德曼幹勁十足，我決定跟他講另一個重要消息。

「對了，身為死靈的你用神聖魔法不會受傷嗎？」

神聖魔法分成兩種系統，一種是操縱無屬性的「靈子」，一種是用聖屬性消滅魔素。

靈子聖砲（Holy Cannon）屬於這種聖屬性魔法，我想應該會傷到身為魔物的死靈。

「哈哈哈，多少有點痛，但那沒什麼大不了——」

原來。

阿德曼好像靠他的骨氣死撐。

可是這樣無法解決根本問題。

若能用貝瑞塔的獨有技「天邪鬼」翻轉聖與魔屬性就好了……這方面要看今後的研究成果而定。

因此，為了趕場先換別的。

「阿德曼，這招應該可以吧？」

我說完繼續待在紫苑的懷抱裡，朝空中放出閃光。

「噢噢！」

「我排除神聖屬性，試著將威力提昇。這是我的原創魔法，神聖魔法『靈子閃光波（Holy Ray）』。」

神聖魔法「靈子閃光波」是非聖非魔的無屬性魔法。換成這個，若沒有搞錯用法，施術者應該不會受到波及。

不過，這招難度更高——要信我——信得更虔誠……

雖然是專門用來對付單體的魔法，但單發威力比我的「神怒」還高。

快速射出再加上夠刺眼，所以看起來像閃光，其實那是縮小的旋轉「靈子」。屬貫穿式攻擊，威力不如「靈子壞滅（Disintegration）」，但詠唱時間相對較短。

「好棒，這魔法真棒！」

阿德曼開心得不得了。

若能將這個魔法用熟，應該就會習慣操控「靈子」。到時就能射出更粗的光束，威力將提昇不少。

這是智慧之王拉斐爾大師應我要求開發的魔法之一，我想對現在的阿德曼來說，這個魔法最適合他吧。

「關於魔法的事可以找我商量，請你別客氣，記得聯絡我。」

朱菜也接下這個任務，我這才放心。

「那麼，今後要繼續勤加練習，將不會波及自己的『神聖魔法』掌握好。」

希望他平日就多用點心力，實際跟人作戰才不會吃鱉。基於這點，我拿話激勵他。

接著我出手制止開心的阿德曼，要來解決下一個問題。

「接下來，目前你的攻擊手段還太少。今後再慢慢增加，可是在那之前，有件事能更快達成。」

「您是說？」

「你本來是後衛吧？」

「硬要說的話，大多在後方支援。以前我還在當死靈之王，那時也是用召喚魔法叫出不死系魔物軍團，靠數量取勝。」

我想也是。

並沒有樓層守護者只能派一人的規則限制，快點幫他找個前衛就行了。

「也是啦。你是這種類型的，要讓你單槍匹馬對付整支隊伍原本就是個錯誤。」

「我也有某種程度的武術底子，但身體是骷髏就打得不像樣……」

問題不是那個。

疑似誤會我在罵他，重點不是有無武術底子。

「不不不，你別在意。對手只有一人就算了，若他們成群結隊，你大可召喚同伴。你不是有同伴嗎？好像叫——」

「噢噢，在說我的朋友艾伯特嗎？」

「對對對，就是那個艾伯特。他現在好像變成骸骨劍士了，聽說原本在當聖堂騎士？他的劍技好像還讓白老陷入苦戰，強成這樣無可挑剔。只要準備像樣的裝備，至今仍然可以拿出實力作戰吧？」

「那個人很優秀，想必能回應利姆路大人的期待。」

聽阿德曼說得自豪，我也對自己的想法萌生信心。

「既然這樣，之後再把這些裝備交給他。」

我邊說邊從「胃袋」取出各種裝備，將它們排在地上。

聽說艾伯特不用盾也能作戰。

那就用這把劍跟鎧甲——

怨嗟劍（Curse Sword）——吸收周圍的精氣，將之轉換成攻擊力的單雙手混用劍。吸收對象包含持有者在內，是徹頭徹尾的失敗作。

呪怨鎧（Curse Mail）——魔力障壁常駐，對魔法有高度耐性和強大防禦力。但這也是有缺陷的作品，會吸收裝備者的精氣。

這些由黑兵衛跟葛洛姆共同研究，追求性能，合作打造此試作品。原本打算做成一系列，結果發現有活人無法使用的缺陷存在，就收起來了。

當初做完時，別說是黑兵衛，連葛洛姆都倒下。如今變成一樁笑談，裡頭充滿回憶，想丟又捨不得。

再說光看性能確實夠棒，相當於特質級……

魔物也是活的，原以為無人能使用，但我發現不死系魔物就沒問題。

「這個怎樣？拿了也不會不舒服吧？」

「我們已經死了，沒什麼特別的感覺。」

我向阿德曼確認，看來沒問題。

一拔劍，朱菜跟紫苑就面有難色。這表示「精氣吸收」已經啟動了。

即使是這樣，阿德曼依然不為所動，也就是說不死系魔物應該沒問題。

「好，看樣子沒問題。」

阿德曼將劍收起，「精氣吸收」也不再作祟。

看來光拔劍也是一種攻擊。

「還有這個。」

那是罩袍，用我的「黏鋼絲」編製而成。性能優越耐熱抗寒，防刃效果也很棒。一般情況下，這當我國特產在市面上販售，但價錢高到誇張。

「小的已確實收下。艾伯特也會很開心的！」

那就好。

有艾伯特當前衛，阿德曼就有更多表現空間。

喔，對，說到這裡就想起一件事。

「阿德曼，順便給你這個。」

我說完便取出黑色的聖袍。

儼然一副黑暗法袍樣，感覺很帥氣，還很豪華。

這是魔國聯邦出品的最貴貨色，要價超過金幣百枚。

若要打個比方，價值等同最高級名車，就連他國的王公貴族都無法輕易下手購買，是超頂級商品。性能優越不說，連破了都竟能「自動再生」。是很少能做到的附了特殊能力的魔法裝備。

「噢、噢噢噢……」

阿德曼從我手中恭敬地接下。

「我希望你穿上這個，拿出以前當死靈之王的氣魄，迎戰那些挑戰者。我想這樣更像樓層守護者，較能營造氣氛。」

好吧，其實一方面出自我的興趣啦。

我拜託菈米莉絲幫忙，要她改裝這層。把這裡弄得像皇座大廳，請阿德曼當王，率領不死系魔物軍團。

「交給我吧。這是我擅長的。」

阿德曼真可靠。

「那之後的事就拜託你了。另外找幾個看起來很有威望的騎士隨侍也行喔。」

「遵命。那麼，想跟您確認一件事——」

「嗯，什麼事？」

「回您的話。我想將其中一隻寵物叫到這塊土地上，您願意批准嗎？」

寵物？

嗯——應該沒什麼問題。

「只是一點小事，沒關係啦。要讓寵物加入戰局也行，但是要注意，最多別超過進攻的人數。」

「明白了。我的神利姆路大人將這塊土地交給我，本人阿德曼必定死守到底！」

又反應過度……

已經懶得計較了，我決定當耳邊風。

「那麼，今晚就會將這改裝成皇座大廳風格，遴選部下等事宜都隨你的意思處置。有什麼問題就去找朱菜或菈米莉絲商量。」

「是——！」

「要將利姆路大人的話謹記在心，好好努力喔！」

不知為何，最後由紫苑做結。

朱菜很傻眼。

但紫苑看起來很滿足，我就沒吐嘈她。

＊

時間來到隔天。

我們在約定的時刻聚首。

「嘿嘿嘿，阿德曼那層弄得很完美喔！」

菈米莉絲一看到我就沾沾自喜地報備。

看樣子她昨晚已經把皇座大廳弄好了。

「謝啦。接下來就交給阿德曼坐鎮。」

「沒問題嗎？」

「嗯——應該會比昨天更好吧，也比之前更好。不過對手如果是A級，可能會很吃力，但應該能逼對方拿出本領。」

如果阿德曼死纏爛打，對方也會拿出真本事吧。若情況變成那樣，接著就換智慧之王拉斐爾大師上場。它會讀取戰況，替我設想對策吧。

之後再拿到下一層活用就行了。

對阿德曼說成那樣，但就算他輸了也沒問題。

然後，看我們等一下要做的事會產生什麼結果，別說是阿德曼，也許連哥杰爾他們都沒機會出場。

對策多多益善。

所以說，要快點實行——

「你們在搞什麼啦！我都聽說了，我的龍是不是被人打趴！」

麻煩人物來了。

發出怒吼的蜜莉姆闖進會議室，帶著滿腔怒火。

手上抓著變得像塊破抹布的哥布達。

他被人拖行，但似乎還有呼吸。

「嘿嘿嘿，我辦到了……破關了！」

哥布達反覆說些像是囈語的話，不過，他的意識似乎滿清楚的。

大概被蜜莉姆狠狠操過，整個人虛脫。

看起來並沒有變很強。

好像只是吃盡苦頭而已，他還好嗎？

無視我的擔憂，蜜莉姆大力頷首。

「嗯。哥布達真厲害！沒想到他能通過地獄模式。」

她一臉滿足，說這串話誇哥布達。

既然蜜莉姆都誇了，想必哥布達有達成某些目標。

「那我也把『維爾德拉流鬥殺法』傳授給你——」

「不行！哥布達是我的徒弟！」

也不管哥布達快精盡人亡，維爾德拉跟蜜莉姆開始爭吵。

我不想蹚渾水，看哥布達怎麼決定吧。

總而言之，哥布達平安歸來就好。

我只要晚點好好慰勞他就行了。

先是要他好好休息，結果哥布達聽了馬上往休息室去。

還有蘭加。

「頭、頭目，我回來了。」

他搖搖晃晃地靠過來，有氣無力地說著。

哥布達瘡痍周身，蘭加也一樣。

看樣子特訓很激烈。

我不由得摸摸他的頭，只見蘭加開心地瞇起眼睛。

「你很努力，去我的影子裡休息吧。」

話一說完，蘭加馬上潛入我的影子內。

題外話。

我向後來又變成一尾活龍的哥布達打聽，聽說修行內容主要都是實戰訓練。找跟他們同等的魔物或略強的魔物對戰，重複打啊打、戰完再戰。

等他跟蘭加可以完美溝通後，繼續跟卡利翁和米德雷從早到晚對打。

蜜莉姆對哥布達說：「不管你怎麼努力，魔素量都不可能變多。但是你放心。你可以跟蘭加『同化』，這問題就解決了。之後只要活用這股增大的龐大力量就行了！增加魔素量的工作交給蘭加，你只要磨練手法就好！」

「後來就一直接受特訓，用來磨練戰鬥手法。」

這話哥布達是笑著說的。

他還獲得追加技「賢者」，能進行思考加速。

這傢伙真不得了。

＊

那麼，既然蜜莉姆都來了，這下事情更好辦。

昨晚跟阿德曼道別後，我一直在做準備。

總算設法趕上。

我趕緊拿出剛完成的道具。

維爾德拉、菈米莉絲、蜜莉姆。

這三人露出很感興趣的眼神，看著我拿在手上的道具。

「各位，看這邊！這裡有個特殊道具。我已經開發一陣子了，這是劃時代發明，還能協助解決現在迷宮內發生的問題，會替我們的生活帶來新樂趣。」

語畢，我將那樣道具發給他們三人，一人一個。

沒想到蜜莉姆今天會來，不過話又說回來，反正等這東西能實際上線使用，我也打算叫她過來。所以沒問題，我有準備蜜莉姆的份。

這靈感來自以前艾拉多公爵用的人造人。

既然要準備暫代肉體，我想應該能做點有趣的事。

「這是什麼？」

「沒看過這種東西耶。是吃的嗎？」

「嗯，在我看來，這東西的構造跟靈魂之器類似。」

三人分別道出自身感想。

這就算了，菈米莉絲啊。

不可能是吃的吧。

莫非她以為我準備的東西都是食物嗎……

好吧，算了。

維爾德拉的答案最接近正確解答。

這是模仿靈魂容器做出的東西。

要將意識移往人造人體內的那一刻，會用特殊的魔法技術連接靈魂形成迴路。我對其中樞進行「解析鑑定」，用我的方式改造。給德蕾妮小姐的也是這個，用來當「聖魔核」的容器。

正式名稱叫「擬造魂」。

「維爾德拉答得最接近。這是靈魂容器的仿造物。『靈魂』這種東西實在弄不出來，所以我做仿造的替代品。」

「哦。為什麼做那種東西？」

被說答得最接近似乎龍心大悅，維爾德拉問話的語氣很得意。

沒必要賣關子，直接說目的也無妨，但在那之前想要嚇嚇他們。難得我努力把它做出來，稍微嚇一下沒關係吧。

「別急別急，我會仔細說明的。先來看下一樣。你們拿著這個，試著想像自己喜歡的魔物吧。」

有別於「擬造魂」，我拿出黑色珠子放到大家手上。

看到這樣拳頭大的東西，維爾德拉歪過頭。

「嗯？想什麼樣子都行嗎？」

「對。現有的魔物也可，很亂來的也行。」

「那想哥布林或半獸人？一角兔跟食人熊也可以嗎？」

「嗯？可以啊。可是要想自己喜歡的魔物喔。可別想完才抱怨，嫌這樣東西討厭喔。」

「嗯。魔物啊。是要把魔物做出來，拿來擊退迷宮挑戰者嗎……？」

「就是這樣。」

這傢伙還是老樣子，這種時候特別敏銳。

似乎聽懂我的話，他們開始拿著黑珠子在腦中勾勒。

這個黑珠是「魔精核」。

要打造這個，暴風大妖渦的魔核起到作用。

我將它放在「胃袋」內隔離，智慧之王拉斐爾大師已徹底解析。

它是大型魔物的「核」，也是力量根源。

我變成魔王時，似乎將它的負面力量全消耗殆盡。

所以現在完全是個空殼。

而那剛好拿來當保護靈魂容器的媒介。

那正是——

過了一會兒，空氣中的魔素附在「魔精核」上，開始催生魔物。

變成那幾人心目中的理想型態。

「如何，很有趣吧？就照維爾德拉說的，用這些魔物迎擊挑戰者吧。這就是這次找大家來的主因。」

其實原因不只這個，但大家都沒繼續追問。

這幾人看到自己創造的魔物，似乎很感動。

姑且不管那三人，我也創造屬於自己的魔物。

它有輕薄透明的身體，是在空中飄動的靈魂。

是幽靈。

數值省略，具備特殊能力「物理無效」。

因為是幽靈，所以物理攻擊無效。

不具備物理攻擊手段，該魔物只以魔法攻擊為主體。

再來是維爾德拉。

有具骸骨站著。

是骸骨劍士。

不會用魔法，但成長後有機會習得。

若是進化成高階個體，還能學會「氣鬥法」吧。

接著看蜜莉姆這邊。

它有著水潤富彈性的肉體，但沒有手腳。

整體是鮮紅色，顯眼到不行。

是史萊姆。

喂……

「喂，為什麼做史萊姆？在挖苦我嗎？」

「不是啦，因為……你要我想喜歡的魔物嘛。憑什麼抱怨？」

她反過來罵我。

算了。反正她本人很開心，睜著閃亮雙眼說「史萊姆！」。

但我很想問，為什麼是鮮紅色。

最後是菈米莉絲。

騎士？不對，這是鎧甲吧？

是會動的鎧甲。

好歹全身上下都是鎧甲，但不知為何，看起來很破。

不過，在我們四人弄出的魔物裡，它是最大的。

大概是菈米莉絲對她身高太矮的事感到自卑吧。所以才生出巨大魔物，我想理由在這兒。

感覺中看不中用，確實很有菈米莉絲的風格。

大夥兒都興致盎然地望著自己造出的魔物。

不過，讓人驚訝的還在後頭。

「各位，聽好了。就如維爾德拉所說，我們要運用剛才生出的魔物，打退迷宮入侵者。」

「嗯？入侵者——？」

「對。這些魔物就是本迷宮的守護者。既然這樣，來的人就算入侵者吧？」

「原來如此，原來是這樣啊。」

「怎、怎樣？」

「嗯嗯。菈米莉絲啊，我們跟迷宮站在同一陣線，叫他們挑戰者太奇怪。」

「我懂了，聽你這麼說確實奇怪！」

「嗯。我也這麼覺得。」

維爾德拉代替我說明，這下菈米莉絲總算也會意過來。

還有在那裝懂的蜜莉姆。

也不確定她是否了解現況，現在就先讓話題繼續下去吧。

「那麼，要用這些魔物擊退入侵者，你們覺得可能嗎？」

「當然不可能。他們太弱啦。」

「我創造的鎧甲很帥，但應該沒辦法。」

「利姆路啊，我對你好失望。我眼光很利，知道這些魔物不值得期待。」

咯咯咯，如我所料，他們亂給負評。

話說菈米莉絲跟蜜莉姆，妳們憑什麼擺高姿態啊。雖然有點火大，但我是大人，這次就先忍住。

「這個光只是生出來還沒完呢。接下來是重頭戲，你們也去找張椅子坐，調個舒服的姿勢。然後用『擬造魂』對準自己的魔物，喊出『附身』。」

這夥人似乎對我的話半信半疑，但他們還是依言找到自己喜歡的姿勢放鬆坐好。會議室的椅子重視舒適度，連靠枕性能都很卓越。

接著他們同時開口：

「「「附身。」」」

我也一起喊。

一喊完，拿在手上的「擬造魂」便跟著發光，被吸進魔物體內。然後在魔物體內與「魔精核」合體。

附身關鍵「魔魂核」完成。

在此同時——

我的意識也跟著轉暗。緊接著，眼前畫面一轉。

常駐發動的「魔力感知」效果範圍變窄了，感覺視野一口氣縮小。

但有擬造的五感，比轉生初期好多了。然而除了我，其他三人不曾經歷這種事，我想他們會很辛苦吧。

想到這兒，我轉頭朝四周環視……

變窄的視線範圍內出現骷髏兵在做伸展運動，以及用異常速度活動的史萊姆等等。

還有動作僵硬的魔動鎧，看起來像壞掉的馬口鐵製品。

三人三種樣貌，他們各自成功「附身」在自己創造的魔物上。

嗯，我也覺得自己適應了。

比預料中更自然，感覺就像自己的身體。

但性能一口氣下滑，動起來不順。

不過，若能釐清它的動作，要預測反應就很簡單。很快就能隨心所欲活動。

他們三個似乎也一樣。

花點時間確認自己的新身體情況，三人異口同聲地大叫。

「「「這個好棒喔！」」」

「對吧？我的研究成果如何？」

「好棒。真是太棒了，利姆路！」

「利姆路果然厲害！我就知道你這傢伙不簡單！」

「果然沒看錯。我一開始就對你有信心！」

這些傢伙，翻臉跟翻書一樣。

但是看他們這麼開心，真是太好了。

「嗯。看來成功了。那我們現在移到這魔物身上，該做什麼才好。用不著說也知道吧？」
「咯咯咯。蠢問題。不交給魔物代勞，由我們親自出馬是吧。你的點子還真有趣，利姆路。」
「沒錯。其實我真的很想用這姿態攻略迷宮……」
「我懂。對喔，這是遊戲嘛！」
「什麼？真的嗎，維爾德拉？」
「師父！那我們可以用這具身體打倒敵人吧？然後讓這具身體成長……？」
不愧是維爾德拉。
一眼看穿我的企圖。
對，這是在模仿ＭＭＯＲＰＧ。
ＭＭＯＲＰＧ，全稱 Massive Multiplayer Online Role-Playing Game——即所謂虛擬大規模多人共鬥遊戲。
我們玩的規模不大，所以不算ＭＭＯ，該叫ＭＯ吧？
算了，這不重要。
重點是好不容易造出的迷宮，我們自己也想玩，宗旨是這個。
「呵呵呵。你內行，維爾德拉。三兩下就看穿我的想法。但是，你可別會錯意。我開發這個確實是想玩遊戲，但在那之前還有其他事該做吧？」
「嘎哈哈哈，在說那個啊。要我們用這個暫代肉體驅逐造成問題的挑戰者——不對，是驅逐入侵者吧？」
看樣子他確實知道我的意思。
對，我打算用這具魔物身體——假魔體妨礙持續飛速進攻的隊伍「綠亂」。

其實最想像菈米莉絲說的那樣，讓這具身體升級進化，用這原生能力受限的不便軀體學習戰鬥技巧，看看能透過哪些管道找樂子。

在這座迷宮裡打倒魔物或挑戰者，從中找到樂趣，那才是我的真實想法。

沒想到會以這種形式派上用場。

「不過，等我們做足準備，我打算單純體驗攻略迷宮的樂趣。」

「原來是這樣，那樣就能親自測試我們做的迷宮吧？」

「正是如此。再說用這具假魔體就無法使出我們原本的實力對吧？所以說，我想應該能換個觀點，藉此看出迷宮的問題所在。」

「嗯，說得對。迷宮關主下海去當挑戰者，別人會質疑我不夠格當王吧。可是，像這樣附在脆弱魔物的身上……」

「對！不當『魔王』和『龍種』，我們可以光明正大地打倒入侵者。」

「我懂了，好像很有趣！」

蜜莉姆也同意了。

平常都憑那股力量任意妄為，換成這麼不便的身體很有新鮮感吧。她似乎很興奮，覺得新奇有趣。

「那我們趕快展開行動吧。」

「嗯，開始玩遊戲前，我們先把垃圾清乾淨，把這裡弄得漂漂亮亮。」

「是時候展現我的身手了。此刻正期待測試四十八招必殺技！」

「雖然有點狀況外，但我躍躍欲試呢！」

我們意氣風發地起身。

這就來妨礙隊伍「綠亂」，讓他們暫時無法挑戰下面的樓層。

為此——我想到更邪惡的計畫。

＊

首先，我們必須熟悉這具假魔體。

第二個重點是裝備。

不管死幾次都要復活，我們裝上沒有次數限制的「復生手環」。

可是，光這樣還不夠。

我們的假魔體才剛出生，只是低階魔物。現在的我們都是小嘍囉，不管用什麼方式突襲都傷不了隊伍「綠亂」。

不過，若能穿戴某種程度的高級裝備……

「接下來，重點是整頓行頭。我們去找黑兵衛，要他做武器和防具吧！」

「噢噢，我懂了！維持現狀就只是一具枯骨吧。」

「呵呵，蠢材。我的身體是高機動特規史萊姆！現在這樣就很夠用了。」

「問一下，我是鎧甲……還能再穿鎧甲嗎？」

「誰知道？應該能想辦法穿上吧？總之我們去看看吧。蜜莉姆不需要裝備，拜託妳在這留守。」

「說、說什麼鬼話！雖然維持現狀也可以，但我還是要穿裝備！」

這傢伙好任性。一開始老實這麼說不就得了。

我當然也想要裝備，所以暫時解除「附身」，準備外出。

「若要回復原狀，只要默念『脫離』就可以了。那樣就能變回去。」

不僅變回去給大家看，我還將「魔魂核」收進懷裡，一面教大家。

「魔魂核」會記錄曾創造出的魔物。一個核記錄一隻，不能變更擁有者。

這道具是自家分身的核心，我要大家妥善保管。

如此這般，我還做補充說明。

「有了這個，隨時都可以叫出自己的分身。」

「這道具好厲害。『附身』的時候，我們得想想該怎麼安置本體。」

維爾德拉跟菈米莉絲回復原本的樣子，並從椅子上站起。

「為了避免遺失，要不要把它鑲在手環上？」

「也對。我也想這麼做！」

她邊說邊開心地撫摸寶珠──「魔魂核」。

手環這部分，我也會找人製作，是說蜜莉姆在幹嘛？

「喂，蜜莉──」

「我要用這個樣子過去！」

我還沒說完，仍在當史萊姆的蜜莉姆就鑽進我懷裡。

「我們走吧！」

她嚷嚷道，根本不打算把別人的話聽進去，並控制全場。

看來她很中意假魔體。

但這樣很幼稚……好吧，她就是小孩子嘛。
跟小孩說妳很幼稚也沒用。
我放棄理論，早早邁步走人。

我們來到黑兵衛的工房。
「黑兵衛，你在嗎？」
「噢噢，是利姆路大人吶？今天有何要事？」
我一叫完，黑兵衛立刻出面相迎。
看到維爾德拉跟菈米莉絲隨行，他一臉驚訝。
「嗯。想拿一點武器。」
嘴裡說著，我們大剌剌地進入工房。
很久沒來了，工房的人變多——包含魔物在內。
除此之外，這裡還是一樣熱。
我不受溫度影響，所以沒關係，但在裡面工作好像很辛苦。
「看來你的徒弟變多了。」
「是，託您的福。雖然功夫還不到家，但其中不乏優秀人才。」
我們邊聊邊進工房，聽到我們說話，徒弟們紛紛抬臉。
一看到我，他們同時起身行禮。
這陣仗嚇到我，但黑兵衛已經習慣了。

「手別停！快點回去工作。」

他大聲怒斥，逼徒弟們重回工作崗位。

不過，對於他們的心情，我似乎有點感同身受。

若公司社長到大家工作的地方去，人們總是會緊張。

而且愈底層愈緊張。

雖然沒什麼真實感，但在這個國家裡，我是國王。之前都不是很在意，不過，一般而言好像要先派人通報比較好。

我想來就來，也許會造成困擾。

在原生世界的公司裡，若有經理級人物要來職場巡視，我們也會從前天開始大掃除，做些準備之類的。

假如來的人是公司社長，會給人一種絕不允許失敗的感覺。

來的官愈大，若是太過隨性，有時反倒害對方得多費心思。

話雖如此……

我不希望因為我的關係，每次都把陣仗搞很大。

在黑兵衛忙的時候叫他，一方面也讓人過意不去，最好等他有空再來。

「抱歉，突然跑過來。但我之後也會三不五時過來玩，你們用不著那麼緊張。」

綜上所述，我跟大家知會一聲。

若他們過來跟我裝熟或許會構成問題，但用不著那麼緊張吧。

我也喜歡耍威風，卻不愛給人帶來困擾。要是他們緊張過頭變得毫無反應，對我來說也是種困擾。

我喜歡哥布達那種白痴反應。

ＴＰＯ——時間、地點，什麼場合該用什麼態度——能明白這些就好。

徒弟們因我這番話放鬆下來。

看到這一幕，我點點頭，進到後方的房間。

——此外……

這件事我不曉得，但那些徒弟會緊張的原因不僅僅因為我是魔王。

在我沒察覺的情況下，魔國聯邦展開人氣投票。

我被選為投票活動中的三大偶像之一。

有我、朱菜、紫苑。

聽說受歡迎的程度高到嚇人。

除了我們，好像還有菈米莉絲跟蜜莉姆。

排名就不提了，不過，據說我跟蜜莉姆遙遙領先。

真是的，該為此悲嘆，還是為他們的成長感到喜悅啊？

事後我問他們背地裡在做什麼，聽完好傻眼。

＊

「您需要哪種？」

來到黑兵衛的私室，我們切入正題。
「這個嘛——」
聽他問我有何要求，我們各自闡明自己想要的東西。
「我想請葛洛姆製作防具，你們再次合作應該也滿有趣的。」
「說得也是，那俺也去葛洛姆那看看。」
既然都說到這裡了，我們就與黑兵衛相伴，朝葛洛姆的工房去。
那裡也出現一陣騷動，但我裝作沒看到。
「魔物用的裝備？哎呀，少爺還是老樣子，都想些有趣的點子。」
葛洛姆一陣錯愕，當著他的面，我們各自「附身」到自己的假魔體上。
「俺知道了。那就按要求，不，讓俺準備更棒的東西！」
「包在我身上。我也湧現創作慾了，要做出人類不能用的超強作品！」
黑兵衛跟葛洛姆二話不說答應製作裝備。
真教人期待，我邊想邊和大夥兒一同離去。

因為製作起來要花好幾天，期間為了習慣假魔體，我們進行訓練。
像是在迷宮上層與魔物對戰，或是襲擊新手比例高、看起來像冒險者的人。
這幾天下來，我們分工起來也變得有模有樣。
在這之前，我們吃盡苦頭。
剛開始在上方樓層還輸給初學者隊伍。

此外我們甚至發生過被迷宮的陷阱害到全軍覆沒，讓人笑不出來。

因為很火大，所以我們就製作不讓迷宮陷阱發動的魔法道具，這些以後可能會變成很棒的回憶。

菈米莉絲中陷阱，維爾德拉遭受波及。

我浮在半空中，蜜莉姆一直貼在天花板上。不會掉到陷阱洞裡，一時疏忽才忘記叫他們多加留意。

這是一大失誤，可是話又說回來，菈米莉絲啊……

妳怎麼會掉到陷阱裡？怪不得大家都吐嘈她。

就是這樣，一邊吃苦，我們連睡覺都捨不得，從早到晚做訓練。

戰鬥時，最重要的就是合作。

在一般情況下，我們會對彼此出聲，或是用眼神等打暗號。

然而那種技巧對我們來說，有跟沒有一樣。因為維爾德拉跟蜜莉姆都想強出頭。

不過，我有項犯規技能。

可以用「思念網」跟大家取得聯繫，傳遞正確指令。

我當司令塔，維爾德拉、蜜莉姆、菈米莉絲則當手腳。

就這樣，我們的力量急速提昇，實力來到一定水平。

能活動到某種程度後，我們一面審視自己的合作情形，邊等那些裝備完成，日子一天天過去。

這時有人來跟我們通報，說隊伍「綠亂」已突破四十層。

「這下糟了。那些傢伙終於連嵐蛇也打倒了。」

「他們的作戰方式非常縝密。第一批隊伍負責蒐集情報，接著派別隊消耗敵人體力，並由主隊去打倒。」

就算被打倒，關卡魔王復活時仍會徹底復原。可是關卡魔王戰勝的情況下，損傷跟疲勞度都會繼續留在魔王身上。若是連續作戰，明顯對挑戰者有利。

「算我們失策。還是讓關卡魔王多些回復手段較好……」

「可是，那些魔物都靠生存本能過活。」

這些魔物沒聰明到能用回復道具，以上意見來自維爾德拉。

話是這麼說沒錯，但還是有辦法。

「去拜託德蕾妮小姐看看？如果是迷宮管理者，應該能治癒魔物吧？」

「啊，對喔。去拜託她看看！」

如此這般，德蕾妮小姐的妹妹們會在魔王連戰時幫忙回復。

就這樣，我們逐一將問題改善。

接著——

「那些傢伙就快逼近四十九層。該怎麼辦，利姆路？」

蜜莉姆這話問得很焦急。

如她所說，隊伍「綠亂」可能明天就會踏入決戰之地。

「就算沒裝備，我們聯手出擊也夠看。直接突襲他們吧？」

「我贊成！總算換我大顯身手，要將那些傢伙打成豬頭。」

維爾德拉跟菈米莉絲血氣方剛。

但老實說，就算我們認真作戰，獲勝機率依然不高。四十九層有我放的最強陷阱，那裡是唯一能扯隊伍「綠亂」後腿的地方。

「看樣子沒辦法了。那起碼穿些應急裝備——」

反正就算穿了黑兵衛跟葛洛姆做的頂級裝備，我們也無法正面迎戰。雖說作戰計畫的成功率大幅變動，但並非不可行。

想到這兒，我打算做出決斷，說時遲那時快——

叩叩。

會議室響起敲門聲。

「利姆路大人，黑兵衛跟您聯絡，說他『準備好了』。」

紫苑淡淡地出聲告知。

我們聽完面面相覷，朝彼此露出壞笑。

專供我們這幾具假魔體使用的裝備完成。

我的武器是死神鐮刀與冥府之衣。

幽靈也能裝備，這是魔法裝備的特徵。

維爾德拉得到死神單手劍與冥府全身鎧一套。

左手裝備獄門大盾，全副武裝。

至於蜜莉姆扮的史萊姆，她只能穿簡易裝備。

先是吞下死神一擊，再披上紅色羽衣。

她剛穿完就長出紅色翅膀。

出現不可思議的變化。

「裝備沒穿就不會顯現效果呢！」

開心的蜜莉姆說出這番話。

她本人很開心，沒我插嘴的餘地。

再來是菈米莉絲。

她跟黑兵衛要厚重的全身鎧。

鎧甲本身做得很棒，問題是能不能穿。

只見菈米莉絲不安地「附身」在魔動鎧上，試著穿上那套鎧甲。

不料剎那間，鎧居然交換了。

伴隨「喀啷」一聲，破爛的鎧甲掉到地上。然後變成灰塵，被風吹個一乾二淨。

菈米莉絲的魔動鎧變成重裝魔動鎧。

這並非進化。

看來不是裝上去的，而是裝備本身與它置換。

「欸，動起來變好順喔！」

正如菈米莉絲所說，原本好像沒油一樣，動起來很僵硬，現在動得很順。看來今後聯手出擊會更順利。

沒想到鎧甲性能也會影響動作。

真是意想不到的發現。

看菈米莉絲這麼開心，我要她選武器跟盾。

「哼哼！盾那種東西對我來說是多餘的！」

她說完就選用雙手拿的大型武器。

這是死神大斧。

光看威力是最頂級的武器，但用起來有難度。

算了，都好。

平常老被笑弱雞，這種時候就想弄得氣派點吧。

有趣的是，性格也體現出來。

就這樣，大家各自換上新裝備。

這些按等級區分屬於特質級。但是做了些調整，讓魔物也能裝備，性能上相當偏頗，屬於充滿玩心的裝備。

然而對初學者而言，它們已經強過頭了。

我們還用某種咒術登錄持有者，所以不會被盜裝。

對現在的我們來說，那可以說是頂級裝備了。

心情也跟著煥然一新。

大戰在即，我們心滿意足、滿心雀躍。

並對各自的假魔體進行確認。

我的幽靈捨棄物理攻擊，專攻魔法和精神攻擊。

職業是法師。希望過一陣子能學會「精靈魔法」和「幻覺魔法」，目標是當魔導師。

除了那些，我還想學「神聖魔法」。

自己信自己會怎樣？這也算實驗的一環。

維爾德拉的骸骨劍士屬於萬能型，什麼都能做。

職業是重戰士，但他似乎想學魔法當魔法戰士。

蜜莉姆的史萊姆則專精速度，著重一擊必殺，屬於超強化型。或者也可以叫她浪漫型？

職業是刺客。或許能向蒼影拜師學藝，但我不准她抱著玩玩的心態給人添麻煩。

她的作戰計畫似乎是打算從天花板發動突襲，藉此幹掉敵人。

若敵人上當，她就顯得強勁，但是碰到不吃這套的敵人又有何打算？

好吧，我想她會逃走吧。畢竟移動速度夠快。

從某方面來說，可謂史萊姆的理想型態。

菈米莉絲的重裝魔動鎧，是強化攻擊型。具備某種程度的防禦力，搞不好很穩也說不定。

職業是狂戰士。

並非她真的發狂，但菈米莉絲完全沒把防禦力考量進去。變成專精攻擊的危險魔物，所以我這樣叫。

等她熟悉，我想叫她跟維爾德拉組成雙人隊伍，讓維爾德拉負責擋招。

*

都準備好了。

我們不會肚子餓，唯獨續戰能力特別突出。

讓我們卯足幹勁，努力妨礙隊伍「綠亂」吧。

燃起鬥志，我們就此踏上戰場。

然而——

讓人跌破眼鏡的是，我們三兩下就把隊伍「綠亂」搞垮……

冷靜。對，我要冷靜。

我冷靜地「解析鑑定」自家假魔體，發現其力量直逼A級。

大多是拜裝備所賜，不過，若能將這股力量運用自如就沒問題了。

但我們誤判了，本體的技量會反映在假魔體上。

雖不能使用所有技能，但就算只有「思念傳達」或「思考加速」，也能讓戰況有利於我方。

我這邊則是魔法發動快到很犯規。

受魔力左右，無法使用所有的魔法，然而論知識還是有的。比起三流的宮廷魔法師，我能用的魔法應該強上許多。

我不須詠唱那些魔法，還能在幾乎無延遲的情況下連續發動，對手根本受不了吧。

至於維爾德拉，甚至令人懷疑他背後有長眼睛，揮起劍來有如劍術高手。

「嘎哈哈！在我的『維爾德拉流鬥殺法』裡，劍招是數也數不清。喔，這樣不行——」

邊講些有的沒的，維爾德拉學起疑似在漫畫中出現過的招式。還以為漫畫都亂畫，看來確實存在能實際運用的招式。

維爾德拉原本就很亂來。

所以無論發生什麼事都不奇怪。

認真去想是種白痴行為。

再來看蜜莉姆。

她說自己特別著重速度不是說假的，速度快得誇張。

一般人無法駕馭這種速度，但靠蜜莉姆的反應速度對應，似乎只是小菜一碟。該說史萊姆若認真起來是能動這麼快沒錯。

她無視摩擦力，在地面上滑行，運用彈力彈牆逼近敵人。而且在天花板上動得一樣快，一般人要看清很困難吧。

我明明也是史萊姆，卻發現至今都沒察覺的事，為此大感震驚。

「哇哈哈哈哈！好慢，太慢啦。遲鈍的傢伙，吃我一擊！」

蜜莉姆一整個得意忘形，悄聲無息地竄到對手背後，拿死神一擊射對手的脖子。一場場對決大多是這樣結束的。

物理攻擊不容易傷到她，要發動魔法又得看清對手。

這樣一想，蜜莉姆扮的史萊姆一旦變成敵人就很可怕。

負責襯托維爾德拉跟蜜莉姆的就是「稱職綠葉」菈米莉絲。

「唔喔——！讓你們見識我的厲害！」

一看到敵人，她就率先跑過去。此外，菈米莉絲的戰鬥類型是跟人正面對決。

在正常情況下，這是對自己不利的險招。跟笨蛋沒兩樣。

但是對我們來說，這樣打就對了。我們提醒她好幾次，她都沒改，所以我們反過來利用這點。也就是拿菈米莉絲當餌，另外三人趁機發動攻擊。

一般而言，要用這招沒那麼容易。

然而菈米莉絲大失控，完全不去管防禦面。

一座巨型鎧甲揮著死神大斧逼來。看到這一幕，就算不想也得面對。

由於她無視防禦，所以攻擊全集中在菈米莉絲身上。可是菈米莉絲有「痛覺無效」，所以她毫不在意，持續發動攻勢。

此外，鎧甲本身也很堅固。

重裝全身鎧沒把輕量化考量進去，下重本狂用「魔鋼」製作。具備某種程度的「自我修復」機能，受點傷不成問題。

一般人裝備這樣東西會被重量壓到動彈不得。這樣的巨大鋼塊殺過來，對敵人來說無疑是種威脅。

再說還有我的回復魔法。

作為實驗的一環，我試著發動「神聖魔法」，結果輕鬆發動，簡單到令人驚訝的地步。

與其說是自己信自己，倒不如說是拿祈禱當代價，操控原本碰不到的「靈子」。

這次我變成幽靈，這身魔力與禱告詞一起傳給我的本體。我再藉本體的力量發動魔法。

禱告詞的目的似乎是為了傳達那個意念。

在操作「靈子」時，一一聽取對方的希望並按其希望執行——要做這麼複雜的處理，演算能力再高也追不上。所以我採用別的方法，就是委託個體進行演算處理。

祈禱者——我的信眾——一旦增加，魔力就會增強。

換句話說，就是「神」格提昇。

此外，由於跟信眾連結，還能用一種祕技，就是借用自家信眾的「腦」擴增自己的演算領域。逐步借用他們的魔力和演算能力。

原來如此，魯米納斯增加信眾的目的就是這個吧。有了為數龐大的信徒，她就能瞬間行使大規模魔法。

「信仰與恩寵的奧祕」——我學到超可怕的技能。

現在先不談那個。

有鑑於此，我也能用「神聖魔法」了。

所以說，由我們組成的隊伍非常強勁。

眼下，在充滿惡意的四十九層，我們將隊伍「綠亂」全數殲滅。

不管面對任何事都不該懼怕，要勇於挑戰。

若正面迎擊早就敗給對方。

但我們磨練默契，還利用陷阱。

命史萊姆假偶消耗對手的武器。

用史萊姆之雨剝奪對手的專注力，讓他們累積疲勞度。

趁機發動突襲，將他們打進史萊姆之池。

菈米莉絲大吼吸引敵兵注意，這時蜜莉姆出手偷襲，將敵方的聯盟打亂，維爾德拉則截斷那些隊伍，孤立後方支援者。

靠巨大史萊姆擊潰脆弱的法師和盜賊，再由維爾德拉和菈米莉絲將剩下的主力隊員沉進史萊姆池。

目的是藉強酸破壞裝備。

破壞隊伍「綠亂」的主武裝，讓他們的攻略速度停滯，就是我們的作戰目標。

「討厭！先前賺的都白費了——！」

這聲悲痛叫喊讓我發現隊長是名女子。這令我有點吃驚，但後續對話更讓人在意。

「也該見好就收了，算是來得恰到好處吧。」

「說得對。反正『母國』也下令了。」

她與看似部下的男性倖存者對話，剛才確實說到「母國下令」這幾個字。

聽說「綠之使徒」這個傭兵團不屬於任何國家，是流浪組織。

據聞金主好像是英格拉西亞王國，莫非他們被人整團包下？

剛才提到的「母國下令」這說法，感覺那忠誠度已經不是在對待顧客了。

看來要多加留意。

既然要用地下迷宮吸客，底細不明的人也會蜂擁而至。

關於這點，我一開始就做好心理準備，看來要再跟大家提醒一下。

這次隊伍「綠亂」挑起的事件讓我重新體認此事。

還有——

「太好了。」

「對。我們贏了！」

「那還用說。我們可是天下無敵呢！」

若不對這幾個笨蛋鄭重叮囑，他們馬上就會為眼前的勝利得意忘形。

想歸想，眼下就連我也沉浸在達成任務的喜悅裡。

中場　瑪莉安貝爾

瑪莉安貝爾是「轉生者」。

她記得自己以前是統治歐洲的帝王。

前世的她隨意操控金融，就連戰爭都是她的一顆棋子。

戰場上槍林彈雨。

人們互相殘殺，造就血洗的悽慘地獄。

房子被燒燬、失去家人，人們為此悲嘆。

她將自身榮華建立在這些不幸之上。

對此沒有任何疑問。

瑪莉安貝爾過得很幸福，壽滿天年——

今生依然如此。

她一生下來就是小國西爾特羅斯的公主。

該族統領西方諸國，是支配者，她則是其中一名成員。

在這魔物蔓延的暴虐之世，國與國不會自相殘殺。在這樣的環境下，西方諸國評議會必然會誕生。

有人在數百年前統整該評議會，就是偉大的羅素高祖——格蘭貝爾・羅素。

這個怪人年齡不詳。
五大老掌握評議會的實權，他是大長老。
且羅素一族在西方諸國紮根盤踞，他是該族首領。
對這樣的格蘭貝爾．羅素而言，就連直系公主都無緣與他會面。
當時就連瑪莉安貝爾的兄長們都無緣會見五大老，誰都沒那個福分。這很正常。
然而瑪莉安貝爾不一樣。
她的記憶與意志就連格蘭貝爾都無法忽視。

＊

文明發展少不了貨幣。
從前拿米跟小麥等穀物當通貨，後來進入貨幣經濟時代，文明跟著大躍進。
原因在於經濟規模三級跳。
此外，貨幣的價值也出現變動。
金幣和銀幣這類貨幣都由價值高昂的金屬製成。如此可保證貨幣價值。
然而另一個時代到來，交易時可用受領明細或證書代替貨幣。
紙幣經濟誕生。
因此催生流通上不可或缺的機構，名喚銀行。
存放金幣會拿到受領明細。

可以拿那個去往來銀行兌換。

而銀行可擅自動用寄放的金錢。人們想出另一種商業模式，就是開受領明細借給沒錢的人，藉此收取利息。

這是比鍊金術還惡質的魔法。

本來是沒那筆錢的。

可是卻生出利息。

一邊是流通的現金，一邊是受領明細的總額。兩者相比就出現無法回收的差額……

必定有人無法支付這筆憑空冒出的價差，最後落得下場淒慘。

借錢收取利息，該機制必定伴隨這個根本問題。

在貨幣被紙幣取代後，這些現象變得更加猖獗。

拿利息當誘餌，向許多有錢人募資。

然後拿那些錢投資，用錢滾錢。

這些貿易跨越國家藩籬，遍及全世界。

以國家保證為名，印鈔無上限。

此時再利用國力差距操縱匯率，經濟規模將膨脹幾十倍。這些通貨的發行張數也在計算之內，市場由瑪莉安貝爾主宰。

這些都是虛構的，與實體經濟相去甚遠。

總有一天，這個泡泡一定會破掉。

前世的她也讓泡泡盡可能膨脹。然後無法回收的負債就推給弱小國家，要他們擔起責任。

——總而言之，這是一場呆帳戰爭。
就這樣，弱小的國家滅亡，有錢人變得更加富有。
只是滅掉的人換成國家罷了，做法基本上沒太大差異。

瑪莉安貝爾熟知這種手法。
前世的她被人稱作金融界神童，她擁有這些記憶，再加上強烈的支配慾望。
這些給了瑪莉安貝爾力量，那正是獨有技「貪婪者」。
獨有技「貪婪者」源自人類的初始之罪，屬於大罪系技能。
若感情與願望會以獨有技的形式實現，大罪系能力就代表慾望泉源，在獨有技中仍屬特殊存在。
事實上——
瑪莉安貝爾一生下來就是羅素一族裡最強的人。
可以支配人類的慾望——這就是「貪婪者」的力量。
她可以看見別人的慾望。
慾望愈大，操控起來愈容易。
是人都有慾望，只要刺激它，對方就會隨瑪莉安貝爾的意思起舞。先從身邊的人開始，她逐步增加自己的棋子。
用不著慌。
因為她觀察周遭狀況，看出這個世界的文明水平不高。
雖有貨幣經濟，在該經濟圈卻統一使用一種通貨。

沒有語言的隔閡，這世界跟前世很不一樣。

可是換個角度看，這剛好是便於利用的環境。

甚至讓她覺得，眼前有一片供她玩樂的專屬遊戲場。

（對，沒錯。在這個世界裡，我也會成為主宰者。）

要主宰這個世界——對瑪莉安貝爾來說，那是很自然的想法。

等她長大、說話變得有分量，世界將變成瑪莉安貝爾的囊中物。

可是在那之前，知道她有何野心的人愈少愈好。

想到這裡，瑪莉安貝爾行動時慎重再慎重，以免暴露自己的真實身分。

當她長到三歲。

瑪莉安貝爾遇上格蘭貝爾。

＊

「妳就是瑪莉安貝爾嗎？」

「是的。初次見面，請多指教，爺爺。」

這招呼不像三歲小孩會做的。

這也在瑪莉安貝爾的計算之中。

格蘭貝爾跟城裡的凡夫俗子不一樣。

對她來說，就連父王都是一介棋子罷了。

還有幾個哥哥、奶媽、僕役等等，多不勝數。

瑪莉安貝爾看穿他們的慾望，暗中支配這些人，當成自己的棋子。

但格蘭貝爾不同。

他是特別的。

「妳為何不打算操控我？」

面對不再演戲的瑪莉安貝爾，格蘭貝爾提出質疑。

裡頭不含半點對直系親屬的溫情。關係僅限於支配者與受支配者。

接著瑪莉安貝爾發現自己的直覺是對的。

假如她打算欺瞞格蘭貝爾，肯定在那瞬間就被對方殺掉。

瑪莉安貝爾的「貪婪者」並非萬能，有時會遭到抵抗。一點一滴反覆執行或許有機會支配格蘭貝爾，但對方可不容許她這麼做。

做此判斷後，瑪莉安貝爾決定坦承一切。

反正她需要幫手。這樣一想，格蘭貝爾可能是最理想的幫手。

「我可以看見人的慾望，看得見啊。藉著刺激慾望，我可以隨意操縱他人。可是，爺爺不一樣。你的野心比誰都大，意志卻強到足以將其完美壓抑。所以——」

「哼。居然連這些都看穿了，小姑娘——不，瑪莉安貝爾。妳是什麼人？」

「我？我是瑪莉安貝爾。『貪婪』的瑪莉安貝爾。」

「呵呵，哈哈哈哈！有趣。竟敢當著我的面，理直氣壯地主張自我！」

羅素一族的大老（格蘭貝爾·羅素）看上瑪莉安貝爾。

後來兩人敞開天窗說亮話，分享彼此握有的祕密。

格蘭貝爾道出西方諸國的現況，還有支配世界的魔王們。

瑪莉安貝爾則分享前世的知識，以及今生獲得的獨有技「貪婪者」具備哪些能耐。

對瑪莉安貝爾來說，這是一生一世的賭注。

智能另當別論，肉體只到三歲小兒的水準。她認為這樣的自己要獨自活下去並不容易。

（無論如何，不管用什麼方法，我都要在這鞏固我的地位。因此——）

她必須讓支配者格蘭貝爾．羅素覺得瑪莉安貝爾這個人很有用。

本能告訴她，這麼做是讓她當上支配者的最佳辦法。

而在這場賭注中，瑪莉安貝爾賭贏了。

「瑪莉安貝爾啊，要是我有什麼萬一，妳要繼承我的野心。我希望這個世界平安。在我們羅素一族的支配下，創造人人平等的世界。」

「好，我明白，我知道了，爺爺。我發誓會全力協助爺爺。」

就這樣，兩人締結他人無法介入的深刻關係。

祖父與孫女。

前「勇者」與「貪婪」結盟，於此刻生效。

之後格蘭貝爾花數年指導瑪莉安貝爾。

她得知羅素一族的支配全貌，還得到諸多幫手。

不僅如此——

連神魯米納斯的真實身分和格蘭貝爾的祕密亦為她所知。

格蘭貝爾為了守護真身——「七曜大師」的寶座，背地裡頻頻搞小動作。還有真相是西方諸國靠魔王魯米納斯的力量守護。

格蘭貝爾將一切全說給瑪莉安貝爾聽。

時間來到現在。

瑪莉安貝爾現年十歲，地位僅次於格蘭貝爾。

她開始採取行動，使出渾身解數，就為了對付利姆路。

第三章

評議會

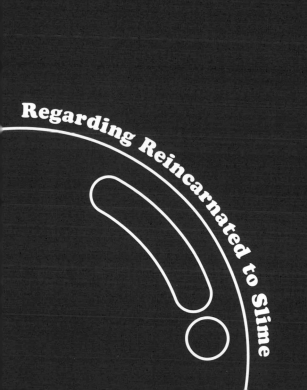

一場會談揭開序幕。

地點是北方小國西爾特羅斯王國。

一名少年與老人面對面。

少年是自由公會總帥神樂坂優樹。

老人名叫約翰・羅斯帝亞。

他是自由公會的高額出資者，同時也是評議會的重鎮，羅斯帝亞王國的公爵。姓氏為羅斯帝亞，顯見此人就是現任羅斯帝亞王的哥哥。

他的真面目是在評議會執牛耳的五大老之一。

他們常在這塊土地——西爾特羅斯王國進行密談。

要騙過西方諸國的眼睛，這個邊境小國最合適。因為這裡有諜報機關的祕密據點，那是西方諸國最厲害的諜報機關。

名叫西爾特對外情報局。

該組織注意力放在人類生存圈之外，為因應魔物的威脅而設，目的在於危機管理。

因此內部探員的素質很高。

成員都在B級以上。

人數極少，正是所謂的少數菁英。這裡由那些探員把守，來自他國的奸細根本沒機會入侵。

所以才在這進行機密會談。

「那就開始報告吧。」

「好。魔王利姆路似乎徹底看穿了，覺得我很可疑。雖然派東方商人在各方面迂迴，沒留下證據就是了。」

「既然這樣，應該能找藉口不是嗎？」

「部下們也對我這麼說，但找藉口也不保證我的人身安全不是嗎？對方可是魔王喔！不小心將他惹毛，那跟踩老虎尾巴無異。」

面對約翰的問題，優樹給出答案。

利姆路在懷疑他，這點優樹直言不諱。

對，這個五大老約翰就是優樹的上司。

話雖如此，他們公事公辦不留任何情面。之所以能維持，全因雙方有利可圖。

評議會對自由公會出資，自由公會則接下各類工作當回報。

那是對等關係，雙方互助。

——以上都是假象。

自由公會須接受外界的資金。在各國工作時，須請對方通融，少了各國的支援就無法持續下去。

雖然影響力比以前還是冒險者互助會的時候還大，但以權力關係來說，評議會依然占上風。

此外，優樹只花數年就將自由公會發展起來，背後是五大老約翰在幫他。優樹鋌而走險的原因也出在這兒。

「連你也無法打倒魔王嗎？」

「別強人所難了。依我看，對方那邊A級成員高達白人，行不通啦。」

「有這麼多啊。果然，別跟他們敵對也許才是明智之舉。不過——」
約翰說到這裡頓住，並用銳利的眼神盯著優樹，接著續言：
「大老說魔王利姆路很礙事。優樹，原因就是你的失誤呢？」
「喔——什麼意思？」
「在說你跟魔王克雷曼共謀的計畫。若該計畫成功，即使沒透過棘手的東方商人，我們也能跟帝國貿易。再來就等數百年後，維爾德拉消滅，到時朱拉大森林就不構成威脅了吧。不僅如此，卡利翁和芙蕾這兩個魔王還會變成守護我等的屏障。你卻……」
「話不能這麼說，那不是我能控制的啊。沒想到會發生那種意外插曲，當初訂立計畫根本看不出這點。」
關於優樹等人的計畫，約翰也是知情人士之一。
他們加入魔王們共謀的遊戲，想讓事情變得有利於己。正因那有機會實現才——
「是啊，說得對。這不是你能控制的。沒想到那種怪物會妨礙我們。不過，你應該能戰勝他吧？」
一名少女悄聲無息，穿過大開的門入內——她是瑪莉安貝爾・羅素，正是此人訂立整個計畫的雛形。
房內變成三人。
瑪莉安貝爾朝豪華的椅子落座。
「噢、噢噢，原來是瑪莉安貝爾。格蘭貝爾大老呢？」
「爺爺他不在。今天只有我一個。那不重要，我想聽答案。」
瑪莉安貝爾要找的不是約翰，她在看優樹。
在她的注視下，優樹開口了。

「——我沒辦法。光對付魔王利姆路就很吃力了，還有『暴風龍』在呢，實在應付不來。這不是人類可以應付的對手。」

「你看過維爾德拉了？」

「對。雖然變成人類模樣，但他自稱維爾德拉。」

瑪莉安貝爾問什麼，優樹都老實回答。

對瑪莉安貝爾來說，這是理所當然的事。

「也對。魔王利姆路是封印維爾德拉的關鍵。放著那隻邪龍不管，會給世界帶來災難。爺爺是這麼說的。」

「正是。格蘭貝爾大老曾走過那隻邪龍肆虐的時代。怪不得『神』如此警戒，總是將這句話掛在嘴邊。」

「邪龍維爾德拉被魔王利姆路馴服，對他們出手很危險。不過……為了我們羅素一族的繁榮，無論如何都得擊潰魔國聯邦的頭頭。」

「這件事很棘手。優樹啊，若你拿出真本事，不就能打倒魔王利姆路嗎？」

約翰問了第二次。

加上瑪莉安貝爾的質問，問題剛好重複三次。

如果是優樹，應該能打倒魔王利姆路吧？

面對這些問題，他三次都給出相同答案——實則不然。

「連日向都是他的手下敗將呢，就算我出戰也很難獲勝吧。但是依條件而定，勝算或許會一口氣提昇喔。」

聽起來就像在說「只對付魔王利姆路還能想想辦法」。

瑪莉安貝爾盯著優樹瞧，一面思考。

「……那麼，你打算怎麼做？」

「基本上，要避免跟魔王利姆路敵對。我猜就算戰勝也撈不到好處，犧牲過大。」

說著說著，優樹道出他們今後的預訂計畫，還有卡嘉麗將去調查遺跡。

如此這般，在瑪莉安貝爾的命令下，優樹連克雷曼給的情報也全盤托出。瑪莉安貝爾跟約翰再利用這些展開行動。

瑪莉安貝爾有些想法。

除掉魔王利姆路，或是讓他不再構成威脅，這兩件事無論如何都要辦妥。

否則羅素一族的悲願無法實現。

若跟魔王利姆路聯手，也許能輕易掌控世界。但瑪莉安貝爾認為這是下下策，沒有選擇那麼做。

理由在於想法迥異。

今生瑪莉安貝爾也想撤換以黃金為主的統一通貨，推行由各國主導的紙幣經濟。並非讓現在的通貨消失，只要讓每個國家設定自己的貨幣就行。

素材不是紙也無妨，看要用銀幣銅幣還是其他東西都好。只要能創造依國力改寫匯率的環境就可以了。

匯率依國力而定。

由評議會設定。

且依循五大老的意思。

由他們決定價值，這是獲勝必備的條件。

可對小國課重稅，或以擊退魔物為名，讓他們負擔兵役。透過合法手段，讓他們成為強國的屬國。

條件都齊備了，沒什麼問題。

用經濟支配加入西方諸國評議會的國家——該計畫出自瑪莉安貝爾，格蘭貝爾將它順利完成，結果令人滿意。

這幾年來，基礎都打好了。

可是卻遭人拆台。

因魔王利姆路的魔國聯邦抬頭，一切全亂了套。

別說是現在了，瑪莉安貝爾甚至能預見未來。

魔王利姆路打算提供防衛力，博取西方諸國的信任。

以巨大的軍事實力為背景，容許適度的經濟關係。這就是魔王利姆路的方針。

以小國布爾蒙王國為據點，跨足西方諸國。

支配物流，讓人們覺得勞動是件開心的事，並擔保他們的安全。

開什麼玩笑——瑪莉安貝爾在心裡暗道。

像德瓦崗跟薩里昂這類大國，他們能自給自足。雖然感到不滿，但瑪莉安貝爾還能忍受。

然而如今——

魔國聯邦刻意進犯瑪莉安貝爾他們的場子。

並表態欲加入西方諸國評議會，這無疑是在宣戰，要攪亂瑪莉安貝爾等人的獵場。

這點說什麼都無法接受。

瑪莉安貝爾確定自己跟魔王利姆路將是一山容不下二虎。

支配者總是只有一人——為單方勢力獨大。

不當訂定遊戲規則的人，勝算就不再是百分之百。

既然羅素一族要統治全人類，魔王利姆路無疑是種障礙。就算一開始能協調，未來也會因利害關係對立。

所以瑪莉安貝爾將魔王利姆路當成威脅看待。

要除掉魔王利姆路——嘴上說說很簡單，做起來卻不容易。

為了親眼觀察魔王利姆路，瑪莉安貝爾跑去參加開國祭。她說服格蘭貝爾，約好不會輕舉妄動，自行前往該國。

結果她發現自己想得沒錯。

魔國聯邦這座都市太有魅力。

想必那兒將成為慾望之都，最後變成引領風潮的都市，開創新時代。

今後與他國締結邦交，與各國的交流愈深入，該國的價值就愈高。

到時羅素一族就不能隻手遮天。

（對，沒錯。一切都照魔王利姆路的意思走……）

光想到這兒，瑪莉安貝爾就很煩躁，萌生想大鬧一場的衝動。

但她想辦法忍住，開始思索今後的對策。

打倒對方被剔除在選項之外。

就算成功好了，剩下那個維爾德拉，不確定會如何行動。

這超級怪物單槍匹馬滅掉兩萬精銳部隊，放他在外面撒野是愚蠢至極的選擇。

既然這樣，只好解除對方的威脅性——但要用哪種手段，施壓或懷柔？

選擇施壓，莫查公爵的失敗值得借鏡。

在瑪莉安貝爾精心策劃下，要按遊戲規則對魔王利姆路施恩。結果對方不但遵守規則，還反過來報仇。

誤判局勢的莫查公爵確實很蠢，但魔王利姆路的人脈更值得讚賞。

（對。隨隨便便打草驚蛇未免太愚蠢……）

魔王利姆路希望加入評議會。

要反對輕而易舉。

瑪莉安貝爾曾預知戰事，先買穀物囤積。而這次因法爾姆斯王國內亂，人民儲備的糧食也在市面上流通。

（找人在晚上扮賊燒燬都市周邊的村莊也行。那樣一來——）

可就此拉抬食品價格，限制在市面上流通的麵包數量。如果是小國，光是稍微限制一下，連每天吃飯都成問題。

食物引發的怨恨是很可怕的，怒火會燒向挑起戰爭的人。煽動無知之人很簡單，將所有的責任全推給魔王利姆路也非難事。

到時——那些小國代表就會反對魔王利姆路加入評議會。

對瑪莉安貝爾來說，這計謀將能順利執行。

但她有疑慮。

（不行，那樣不好。雖說無法用魔法搬運糧食——這是常識，但那個魔王可能會讓那成真。看他在晚餐會上用新鮮佳餚妝點，肯定是這樣沒錯。而且他跟矮人王蓋札、薩里昂皇帝艾爾梅西亞這類大人物有接觸，接受魔王利姆路較不會引發問題……）

若靠糧食缺乏壓迫小國，反倒給魔王利姆路發糧支援的好機會。

弄策威壓對方——假使失敗，她將變成莫查公爵第二。

回頭實施上次沒成功的對策，他可能會用某種手段回敬——這是瑪莉安貝爾得出的結論。

親自出馬將能完美執行計畫，瑪莉安貝爾可沒這麼自戀。

她只是淡淡地、謹慎地做自己能做的事。

這樣算下來，只能用懷柔之策。

（若要採懷柔之策，首先要去見他，跟他商量聯手的事。只要條件談得攏——不，這樣不行。不能退縮。我是「貪婪」的瑪莉安貝爾。就算對手是魔王，我肯定也能支配他！）

必須這麼做——瑪莉安貝爾心想。

獨有技「貪婪者」有股力量能讓對象物隨自己的意思起舞。

先支配對方的慾望，再讓對象照自己的意思行動。

就像她對優樹做的那樣，在本人毫無自覺的情況下，被瑪莉安貝爾支配。

而且方法不只一個，共有兩種。

首先是第一種。

用瑪莉安貝爾的慾望蓋過對方的慾望，讓雙方目的一致，將對方變成幫手。

至於該方法的弱點，就是只能在可對話的距離下發動。此外就像延緩發作的毒，要產生影響須花點時間。

若是不希望對方起疑，必須分數次掌握機會，以免看起來不自然。除了談話需要找名目，每次注入的「慾望」量也有限。

要有耐心，花時間慢慢做。

第二種方法比較快。

就是靠獨有技「貪婪者」的力量強行支配。

不用花時間，可一口氣注入「慾望」，將對方的自我意志破壞殆盡，變成一具傀儡。

但這項技能太過危險。隨對象的慾望大小而定，需要花一定程度的時間。

就算只是幾秒鐘好了，對魔王利姆路這樣的強者來說，那段時間夠他殺瑪莉安貝爾了。

好比年幼的瑪莉安貝爾碰到格蘭貝爾就放棄施行，要採用這個方法須做好萬全準備。

這兩種就是獨有技「貪婪者」用來支配他人的方法。

該技能不愧來自人類的根本慾望，沒人抵擋得了。

問題在於時間。

還有對方的慾望大小。

不管用哪種方法，為了讓瑪莉安貝爾支配他人，前提是對方的慾望要大到一定程度。他人的慾望愈大，瑪莉安貝爾支配起來就愈穩。

若是反過來，對方的慾望太小呢？

瑪莉安貝爾的「貪婪者」可以操縱他人慾望。慾望小，影響力自然就小。是可以刺激慾望，讓它大到足以讓瑪莉安貝爾支配，但這也要花時間，而且對方可能因此起疑。

不支配聖人日向的原因就在這兒。

見面機會頻繁另當別論，但沒頭沒腦跟對方見面，日向應該會起疑。不值得冒這種險，所以瑪莉安貝爾放棄支配日向。

就這點來看，優樹這邊會透過五大老約翰牽線，讓他與瑪莉安貝爾密談。支配起來也容易。

那麼，問題人物就變成魔王利姆路。

（雖然就近看了，但魔王利姆路的慾望好像很小。明明就搞大動作，這樣太犯規了吧……）

瑪莉安貝爾有參加晚餐會，她親眼看到利姆路。當時已做過確認，若問利姆路的慾望是否足夠她支配，答案是量勉強達到標準。

雖說好處是要不了幾次就能支配，但缺點是影響不夠深遠。話雖這麼說，只要成功支配，之後總會有辦法……

若情況不樂觀，大不了出殺手鐧——

再說一旦成功，魔王利姆路就會對她言聽計從。這樣一來，被魔王利姆路馴服的維爾德拉也會任瑪莉安貝爾使喚。

連神都怕的邪龍被瑪莉安貝爾支配——想到這裡就覺得很吸引人。

（首先還是要觀察一下。然後再想對策，肯定能用更安全的方法操縱魔王利姆路！）

瑪莉安貝爾下定決心。

既然決定了，接下來就剩訂立作戰計畫。
優樹說他要避免跟魔王利姆路對立。
照這個方針走，據說魔王卡札利姆——也就是卡嘉麗，要去遺跡裡帶路。
遺跡裡似乎有危險設施存在，但她似乎打算在不引發風波的情況下平穩導覽。
這可以當作計策的一環，拿來利用。
「我要寄信給他。邀魔王利姆路參加評議會，觀察他的反應。」
「魔王會應邀嗎？」
「沒問題。他很想加入西方諸國評議會。」
「真教人匪夷所思。」
「利姆路先生希望與人類共存。要對外表示他們會守規矩，證明在他底下做事的魔物都很安全。」
聽優樹解說，瑪莉安貝爾恍然大悟。
同時也覺得對方很蠢。
被規矩綁住等同失去自由。
捨棄身為魔王的武力，想跟人類站在相同的立場上，在瑪莉安貝爾看來只覺得愚蠢至極。
「那就實現他的願望吧。然後用我的『慾望』汙染他。」
「真可怕。照理說神樂坂優樹是跟聖人日向並駕齊驅的強者。認真起來作戰，應該有機會戰勝魔王利姆路。不但支配這樣的強者，現在連魔王都不放過嗎？」
「優樹的野心太大。本人甚至沒發現自己被我操控，還以為靠他自己的意思跟人交涉呢。」
當著優樹本人的面，瑪莉安貝爾還說「那是很幸福的事」。

因為被她支配，才不會被過度的慾望壓垮。

優樹不發一語，將瑪莉安貝爾這番話當耳邊風。

瑪莉安貝爾的支配就是這麼完美。

「——魔王利姆路也無法倖免，瑪莉安貝爾，在妳面前，他就跟嬰兒一樣吧。對了，妳的支配萬無一失是嗎？」

「這話什麼意思？」

「沒、沒什麼。只是擔心妳的支配被人破解罷了。」

約翰答得狼狽，瑪莉安貝爾則用冰冷的目光看他。

「擔那種心是多餘的。一旦被慾望汙染就再也回不去了——只要沒超越我的慾望。」

瑪莉安貝爾是貪婪的化身，甚至令獨有技「貪婪者」現身。這世上沒人擁有強過她的慾望吧。

瑪莉安貝爾如此確信，將約翰的疑慮一笑置之。

「說、說得也是。我也對妳有信心，瑪莉安貝爾。」

五大老約翰怕瑪莉安貝爾不悅才這麼說。

僅次於格蘭貝爾，瑪莉安貝爾是如假包換的第二大老。就算約翰是五大老也無法全身而退。

再說瑪莉安貝爾一旦動怒，約翰本人可能也會受到精神支配。

他與格蘭貝爾歃血為盟才逃過一劫，但瑪莉安貝爾若成了當家主宰，這就不一定了，約翰如此盤算。

所以約翰說什麼都不敢觸怒瑪莉安貝爾。

「在這聽到的話可別說出去啊。」

「當然不會，瑪莉安貝爾。因為我還不想死。」

「聰明的判斷。那麼約翰，你去寄封信給魔國聯邦的魔王利姆路。內容我待會兒就擬，拜託你在下次開會前寄給他。」

話說到這兒，不等約翰回應，瑪莉安貝爾著手寫起書信。

看她在高級紙張上振筆疾書，約翰只覺得害怕。

雖是未滿十歲的小女孩，但看看瑪莉安貝爾展露的態度，可見她覺得利用人是件理所當然的事。

面對一身支配者風範的瑪莉安貝爾，就連五大老成員約翰都抬不起頭。

「知道了，瑪莉安貝爾。就交給我辦吧，妳大可放心。」

約翰做出回應。

之後他不想妨礙瑪莉安貝爾，帶著優樹靜靜地離開房間……

即使優樹跟約翰離去，瑪莉安貝爾仍持續盤算。

因為她什麼沒有，唯獨時間特別多。

她出謀劃策，訂立計畫，接著付諸實行。

瑪莉安貝爾的棋子多不勝數。

這次也一樣。

（好期待，真教人期待啊。）

不相信任何人的瑪莉安貝爾，今天也獨自一人陷入沉思。

在眼前噴灑疑似鮮血的紅色粒子，一名男子倒下。

大概還沒反應過來吧，男子驚訝地張大眼睛。

「哇哈哈哈哈哈！太大意啦，笨蛋！」

蜜莉姆發出開心的呼喊，剩下那五名男性夥伴也跟著緊張起來。

男人們靠在一起保持警戒，但這也沒用。

「狂風啊，變成龍捲風，將敵人斬斷吧！吹吧，龍捲大魔刃！」

聚在一起算你們失策。

像在嘲笑保持警戒的人們，我放出的龍捲大魔刃砍中他們。

龍捲大魔刃是把風切大魔斬變成大範圍魔法。雖然得消耗較多魔素，但這種魔法可同時攻擊特定範圍的複數敵人。

用來對付整團的敵人正好。

蜜莉姆偷襲走在前頭、負責調查陷阱的人。迅速殺傷對方後，在我發動魔法前離開現場。

後來居上的人都不曉得發生什麼事。

當他們進入警戒狀態，再用我的風切大魔斬攻擊。

不會失手波及蜜莉姆，我的魔法逐步掃蕩擠成一團的敵人。

「糟了，是紅色流星！大家小心！」

「可惡，馬查跟納茲被魔法幹掉。基恩也斷氣了！」
「混帳，你們這些王八蛋！竟敢殺了他們！」
似乎反應過來了，敵人鬼吼鬼叫。
敵人就是攻略迷宮的挑戰者們。
這次好像是一群冒險者，隊伍平衡性佳。然而我們的實力與經驗都在該隊伍之上。
首先發動突襲，幹掉敵方的探索系隊員。
不讓對手知道我方靠近，拿專門用來對付集團的魔法先發制人。
還未發現敵方小隊前，我們行動時總是加上隱形魔法。
敵人會先被我方發現。
雖說一旦發動攻擊，隱形魔法就會隨之解除，但這時敵方人數已經少一到兩個了。
還是負責在後方支援的法師或治癒師。
等同在這一刻分出勝負。
發現正式顯形的我們，滿腔怒火的前衛全衝過來。
「嘎哈哈哈！太嫩啦！」
「喔————呵呵呵！別想從這裡過去！」
正在興頭上的維爾德拉跟菈米莉絲負責應付這陣突襲。
再來就沒我出場的餘地了。之後只要四處做點支援，讓維爾德拉他們便於行動就好。
我還用解析魔法調查向我們出手的幾名戰士。可看到頭頂上有數值掉到一半以下的紅色橫桿。
「那些傢伙的HP（體力）剩不到一半。之後靠你們兩個打倒敵人應該綽綽有餘吧？」

我沒有得意忘形，而是確認敵人的狀態。

對，戰士頭頂上出現的紅色桿子代表敵人剩下多少體力。

只有我用該魔法才會看到這種樣貌。為了一目了然，我把它想成遊戲會出現的東西。就算其他人使用相同魔法，看到的大概也不一樣吧。

那些姑且不談，對我來說使用便利，這樣就夠了。

看著令人熟悉的顯示方式，我迅速確認狀況，做出適當的指示。

事情發展到這邊，我們穩贏。

少了後方支援的前衛，根本不是維爾德拉等人的對手。沒有降低傷害的魔法或回復魔法，體力一被削弱就沒戲唱。

換成行事慎重的隊伍，他們會時時架起「結界」……但這次的隊伍似乎不屬於那類型。

果不其然，維爾德拉跟菈米莉絲開開心心將剩下的三名敵人血祭。

贏得輕鬆愉快。

靠蜜莉姆偷襲再加上我的魔法，先幹掉斥候跟後衛——這是我們的必勝戰術。

不過，最近我們濫捕過頭，效率有點低落。雖然對應方式還不完美，但想對策的人變多了。

迷宮挑戰者也不是傻瓜，他們每天都在努力精進。

這點固然令人開心，但我們也得思考之後的作戰計畫。

——想到一半，最後一人在眼前變成光珠消失。

戰鬥結束。

這情景也看慣了。

「太好了！這些三腳貓不是我們的對手！」

「唔呵呵。就是這樣！我們天下無敵。堪稱最強！」

「嘎哈哈哈！都是些雜碎，有點不夠味呢。」

我的夥伴們得意忘形，在那大言不慚。

對，我們四人一起組隊。

——咦，問我們在幹嘛？

那還用說，在拿迷宮挑戰者當戰術研究對象啊。

我們熱心向學，每天都孜孜不倦地努力著。

…………

……

……

喏，之前不是還有隊伍「綠亂」嗎？

上次贏得漂亮，但可不能這樣就滿足。

話說之後都沒再看到隊伍「綠亂」。

他們疑似被什麼母國召回，可能再也不會回來了。

話雖這麼說，可能只是在新裝備調度上有困難也說不定，不知道他們何時會捲土重來，我們得在那之前做好迎戰準備。

所以說，即使打退隊伍「綠亂」，我們仍一天到晚潛伏在迷宮裡，與挑戰者對決。

此外，迷宮的活化也是理由之一。

結束與隊伍「綠亂」的死鬥後，幾天過去，正幸他們突破四十層。

正幸真的是如假包換的幸運兒，不費吹灰之力就蒐齊大鬼系列。有了大鬼系列助勢必定能打倒嵐蛇，眼下目標是突破五十層。

由於正幸等人突破四十層，挑戰者們變得更有幹勁。

雖然事情發展如我們所願，但有實力的人紛紛將目標放到四十層。

我們公開魔王戰的影像做測試，這也引起廣大迴響。

正幸小隊與嵐蛇的作戰紀錄透過放映機公開。在鎮上也引發熱烈討論，人們不斷提出請求，希望能重播那個片段。

這很有商機——我跟摩邁爾心想。

這個世界連電視都沒有，迷宮裡的戰鬥畫面就是頂級娛樂。但可能會播到殘酷的畫面，或許得先經過剪接。

反之，似乎有人偏好一刀未剪版，這方面仍有交涉的餘地，就看對方能出多少錢。

事關放映權、肖像權等等。

繁雜的手續制定全交給摩邁爾處理。

正幸的笑容應該能替商品做宣傳，還能靠專屬契約大賺一筆。

那樣正幸有甜頭吃，我跟摩邁爾也幸福。

除了從錯誤中學習，也期待後續發展。

影像紀錄不限於靠影像記錄魔法道具拍下的成品。

其實我們保存更多東西。

智慧之王拉斐爾大師從迷宮讀取大量情報。那些經過「解析鑑定」可還原成影像。

我們利用它編成挑戰者的帥氣畫面特選輯，試著播送看看。

這也大受歡迎。

好像還有人說「多虧這些影像，我交到女朋友了！」，一些想出名的人都躍躍欲試。

就連之前不夠認真的人也開始展現幹勁。

好吧。

我懂他們的心情啦。

雖說這樣有點現實，但提起幹勁是好事。

然而在他們面前出現一道名為現實的高牆。

別想得太美！正所謂愛之深責之切，我們開始妨礙挑戰者。

如今我們被稱作「喚來死亡的迷宮意志（Dungeon Dominator）」，人見人怕。

外觀上也出現劇烈變化。

由我操縱的幽靈開始浮現妖氣，看起來像藍白色火焰——身上多了青白鬼火。這樣很帶感，我個人也很喜歡。

至於維爾德拉的骸骨劍士，全身骨頭都煥然一新。

看到菈米莉絲的鎧做過調換，維爾德拉說他也要換。

我問他有何要求，結果他亂回「黃金骷髏比較適合我」。

本來想聽聽就算了，不過，反正還要處理迪亞布羅的請託。所以我換個角度想，既然有機會，大可叫維爾德拉配合我做實驗，用來製造暫代肉體。

就拿想測試性能的金屬製作骨骼，用那個跟維爾德拉的身體交換看看。

一般的黃金強度上有問題。

因此我採用強度最強的素材，雖然還在實驗階段。

那剛好是金色的，可以拿來用用。

這叫「神輝金鋼（奧利哈鋼）」，是「魔鋼」混「金」，並注入超越一般水平的濃密魔素，精製出這種特殊合金。

重點是金這種稀有金屬的「持久」性，想替「魔鋼」一併加上這種性質，懷著這份期待製作。

結果非常成功，不單只有強度，整體來說都超越「魔鋼」，變成不得了的金屬，神輝金鋼就此誕生。

問題在於產量稀少。

金子本身就是稀有物品，無法量產。

不過呢，這次是應維爾德拉要求。

所以我大手筆放神輝金鋼，做出人型骸骨。

就跟菈米莉絲換裝的時候一樣，有「魔精核」就夠了，骨架是什麼都無所謂。轉眼間變換成功，金色的骸骨劍士問世。

強度非之前的骨骼可比擬，性能高得誇張。

我觀察維爾德拉的骸骨劍士，看耐久度多強，是否有什麼問題，現正仔細調查。

蜜莉姆則名聲響亮。

人們叫她紅色流星，大家都怕她。

她靠異常的速度移動，殘影疑似紅色流星。

捨棄速度以外的一切能力，靠速度與致命一擊取勝，該戰鬥形態除了令人畏懼，更成為一個傳奇。

菈米莉絲的姿態也默默出現變化。

變成愛衝第一的武鬥派，渾身散發詭異氣息。

紫色幻焰——那股死亡氣息包住菈米莉絲的重裝魔動鎧。

她揮動死神大斧蹂躪敵人。打起戰來不知退縮，結果鬧得人盡皆知，大家都說她是瘋狂的重裝魔動鎧。

搞不好比本體還強……不，沒什麼。

為了菈米莉絲的名譽著想，就別談這件事吧。

就是這麼一回事，才過幾天，我們也變成名人了。

挑戰者的反應也很不錯。

他們似乎很怕我們，對我們保持警戒。

我們比三流關卡魔王還強，也比他們邪惡。

挑戰者當然會有這種反應。

正如先前所說，主要目的是研究在迷宮內該如何作戰。

絕對不是在玩。這點萬萬不能搞混。

我們日日努力，埋首研究。像這樣紮紮實實地努力，總有一天會派上用場吧。

事實上，我們看到挑戰者使用罕見的追加技，或者看似自行開發的原創魔法，讓我們獲益良多。

如今智慧之王拉斐爾大師可汲取迷宮內部的情報，在迷宮內展開的行動都不例外，全都是我的研究對象。

由於智慧之王拉斐爾大師會替我做「解析鑑定」，所以迷宮就變成知識寶庫。

此外，正如我們的技量會反映在假魔體上，假魔體學到的事也會回歸本體。

這是意想不到的誤判，正考慮將其納為新的修行方法

如此這般，我們每天都在做研究。

自然有不少斬獲。

有次我們自我感覺良好，全力挑戰，想靠這支隊伍攻略迷宮。

結果慘敗。

憑我們的實力，打不過五十層的關卡魔王——哥杰爾。

若是用堂堂正正的正攻法，根本傷不了A級以上的對手。

雖說要看突襲能發揮多少效用，但對哥杰爾行不通，他就像一堵高牆，仍擋在我們面前。

一方面覺得他很可靠，一方面又想「這下非打倒他不可」。

有鑑於此，我們才像這樣認真鍛鍊自己的角色。

再怎麼說，這都是一種學習。

是鍛鍊自我的修行與學習。

不是在玩喔。

真的，唯獨這點請大家別搞錯喔！

……

…………

………………

就這樣，我們目送逐漸消失的挑戰者。

「贏得輕鬆愉快。」

聽我說完，三人全跟著點頭。

這裡是地下迷宮第三十八層左右。

A級嵐蛇近在眼前，果然不是放假的，實力可見一斑的強大挑戰者也多。對現在的我們來說，稍有疏忽就會陷入苦戰。

考慮到成長率，這裡是絕佳的獵場。

接下來，就照這個步調前進吧。

剛想到這裡，待在辦公室、用於聯繫緊急事項的「分身」跟我取得聯繫。

究竟出什麼事了？那念頭剛閃過，傳來的訊息就指出「有位客人須緊急處理」。

看樣子現在不是玩的時候。

不，不對。

我們不是在玩，是在學習。

這很重要，我們提醒大家多加留意別弄錯，並跑回辦公室。

*

回到辦公室後，朱菜跟利格魯德已經在那裡等了。

另外還有一個人。

是名眼熟的女性，對，就是她——前魔王芙蕾就坐在椅子上。

看樣子貴客指的是芙蕾。

她先看著進入屋內的我，接著略過維爾德拉，目光停在隨後進屋的蜜莉姆身上。然後露出一抹微笑。

這是為什麼？總覺得那抹笑很不祥。

「哎呀，蜜莉姆。原來妳在這裡？話說我有交派工作給妳，妳做完了嗎？負責把守的人被綁住倒在一旁，這中間發生過什麼，妳可否跟我說明一下？」

芙蕾續言，臉上笑意不減。

這不叫提問，更像質詢。

說真的，感覺超可怕。

照理說我不是當事人，卻覺得如坐針氈。

對，我的朋友應該都把功課寫完了，才在那兒玩耍，但她其實連碰都沒碰，結果被父母發現，遭人臭罵一頓——眼前彷彿遇上這一幕……

令人有種懷念的感覺。

至於當事人蜜莉姆——

「咦！芙、芙蕾？不、不是那樣。這其中有很深刻的理由——！」

一跟芙蕾對上眼，她就慌到六神無主。

這……

妳完了，蜜莉姆。

我要特別聲明一下，這件事跟我、跟我們都沒關係。

是這樣對吧？

「哈、哈哈哈，蜜莉姆。有工作要處理就跟我們說嘛。我也不方便挽留，妳快回去，早點把工作弄完吧！」

「嗯、嗯嗯。說得對。抱歉，要妳花那麼長的時間配合我們做研究。既然妳有要事在身，大可跟我們說一聲。害妳刻意配合我們，這點要跟妳說聲對不起！」

「對、對啊，就是說嘛！蜜莉姆真見外，只要妳開口，我們就不會攔妳嘛！」

懂得察言觀色，維爾德拉跟菈米莉絲出面幫腔。

果然厲害。這就是我們心照不宣的默契。

這下我們就置身事外了，還能撇清關係。

蜜莉姆用泛淚的眼看這邊，但我們只能說聲抱歉，好像沒機會救妳。

該說拜託妳別把我們拖下水。

「不、不是那樣。妳、妳聽我解釋，芙蕾！」

她到最後都堅持自己是無辜的，卻被芙蕾的鐵面笑容擊沉，那些抵抗淪為徒勞。

就這樣，蜜莉姆被芙蕾抓住。

後頸被芙蕾的爪子掐住，蜜莉姆無力抵抗。弄到最後，無疾而終的蜜莉姆就此被人拖回她的國家。

呼，好可怕。

差點被拖下水，看樣子順利挺過去了。

對，正當我感到心安——

「話說回來，利姆路大人，您之前都待在哪裡，又在做些什麼呢？」

朱菜悄悄地站在我背後，對我厲聲質問。

照理說我不會流汗，卻有種額頭冒汗的感覺。

不，沒問題。不會有事的。

我們絕對不是在玩。

那是研究，對！我們一直在做研究。

打定主意後，我試圖辯解。

然而維爾德拉搶先開口：

「看來我們挺礙事的。我還是去自己的房間研究魔導學吧。魔導既高深又能增加知識——」

他嘴裡碎碎唸，一面拿出愛看的漫畫轉身欲走。

你想逃嗎？

當我為此焦急，一切都太遲了。

「那、那我也一起去吧……」

不僅胡扯一通，連菈米莉絲都背叛我。

她跟維爾德拉一起，兩人結夥開溜。

這些傢伙搞什麼鬼！

只有這種時候才特別有默契。

但是，現在沒空想那些不夠情義的朋友。

若是不快點找些理由搪塞，朱菜生起氣可是很恐怖的。

隨便找藉口可能會把我自己害死。

事情變成這樣，堅持在學習有點站不住腳。

眼看維爾德拉跟菈米莉絲逃走，我的腦細胞全體出動，想找出最適切的答案。

不行，想不出好點子。

不過，現在也用不著慌。

既然走到這一步，只好使出最後手段。

該你出場啦，智慧之王拉斐爾大師！

沒什麼好怕的。

我有睿智的結晶智慧之王拉斐爾大師當靠山。

拜託你幫忙想能度過這次難關的超棒藉口——我暗中祈禱，並詢問智慧之王拉斐爾大師。

結果如下。

《答。不須找藉口。光明正大的面對就能解決問題。》

什麼？你說不用找藉口？

光明正大面對就能解決問題，那究竟是什麼意思——

「啊，原來您在這兒。利姆路大人，我一直在找您！」

有人邊說這句邊慌慌張張地跑來，是我的好友摩邁爾老弟。

原來如此，是這個意思啊。

天助我也。

摩邁爾老弟是救世主！

「噢噢，摩邁爾老弟。我才在想你也差不多該來了。」

智慧之王拉斐爾大師要我光明正大面對，我按照它的建議行事，展現一切都按預定計畫走的態度。

聽我如此回應，摩邁爾瞬間露出驚訝的表情。但他似乎在第一時間有所領悟，開始頻頻點頭。

「您果然厲害，利姆路大人。評議會寄信來了，您早就看穿了嗎？這封信封得相當嚴實，我猜可能在邀您出席會議，他們要開會評斷我國可否加入——」

什麼，你說評議會寄信過來？

評斷我國可否加入，意思是他們要開會決定是否讓魔國聯邦加盟嗎？

這是令人期盼的發展。

話說回來，智慧之王拉斐爾大師果然厲害。

連評議會將在這個時間點採取行動都算好了？

不，怎麼可能。那不可能——

《答。隊伍「綠亂」受英格拉西亞王國僱用。按時間點推測，顯然他們的主要目的是調查魔國聯邦內情。此外，據個體名「蒼影」回報可知各國諜報機關同時向母國報備。綜合以上情報推測，評議會在這幾天採取行動的可能性極高。》

原、原來算得出來。

一切都在智慧之王拉斐爾大師的計畫之中！

——是說蒼影有來回報，我怎麼都沒聽說……

《答。主人您忙著玩遊戲，推測將他的話當耳邊風。》

它說這是遊戲！

人無法欺騙自己，看樣子也騙不了智慧之王拉斐爾大師。

好吧，這也難怪。

一直到我們打倒隊伍「綠亂」，一路上都很認真，但後來就玩得不亦樂乎，這是事實。

不過可以確定的是，智慧之王拉斐爾確實救了我。

幸好沒亂找奇怪的理由，我邊想邊開口，說得好像一開始就看穿一切。

「肯定是那樣沒錯。他們的調查團也在迷宮裡，我就稍微陪他們玩玩。後來他們慌慌張張地跑回母國，我猜也差不多該展開行動了。」

「噢噢！您說的該不會是隊伍『綠亂』？」

「就是他們，摩邁爾老弟。他們有點強過頭了，我覺得可疑才著手調查。」

這是天大的謊言。

全都從智慧之王拉斐爾大師那現學現賣。

但不要緊。

「原來是這樣啊，您暗中調查……不愧是利姆路大人！」

只見朱菜滿意地笑著頷首。

多虧我說得理直氣壯，這才設法蒙混過去。

危機解除。

我從摩邁爾手中接過那封信，開始確認內容。

上頭確實寫到邀請我國入評議會。

證明智慧之王拉斐爾大師是對的，同時保住我的面子。

不過，這次真的好險。

遊戲玩到太過沉迷會導致失敗——我記取這個教訓，發誓以後玩遊戲要適可而止。

凡事都該「適可而止」。

今後要多加小心，我在心裡暗自反省。

評議會——西方諸國評議會由朱拉大森林周邊各國組成。

從各國選出的議員每個月都在英格拉西亞王國開會。嚴格說來，有別於國家營運，主要目的在於調整全體利益。

不會因對方是小國就輕視，從平等的觀點出發，大家互助合作。守護全人類的利益正是其理念。

所謂利益在於維持人類的生存圈。

除了對付魔物，還要應付旱災、瘟疫、颱風和地震。為各類災害擬定對策就是評議會的職責所在。

話說各國多餘的糧食和特產等物品之進出口調整，因各國方針不同，協議上窒礙難行。所以評議會只討論與實質支援有關的事項。

發生饑荒就發食物援助，若出現大量魔物則加派援軍，像這樣做些調整。

這也不容易，會引發一堆問題。

評議會的預算由各國出資，比例自然有差。金額根據各國規模浮動，卻享有相同的發言權。這會引發不滿，因此要因應負擔額增加遴選的議員人數。

然而放任此制度無限上綱，國與國之間將不再平等。

所以另行規定，每增加一名議員，須繳交的援金比例就大幅提昇。

然而議員數增加代表說話更有分量。大國早已看出這點，有時會支付一般價額的數倍援金送數名議員進場。

如剛才所說，評議會的活動未與國家利益直接連結。即使如此，此處依然方便大國炫耀實力。

對議題的發言權愈大，愈有可能輾轉讓自己的國家獲得優待。若遭遇危機，他們也能優先保護自己的國家。

動用徵收來的資金做各類調整，這些全靠加盟國議員採多數決決定。

假設有高危險度的魔物出現。

聽命於評議會的組織自由公會將出面對付魔物。

評議會會委託他們討伐魔物，請公會派遣冒險者，但魔物不會只出現一隻。

假如危險的魔物同時在數個國家出現？

說話較有分量的大國會讓該國優先受保護，網羅身手較好的冒險者吧。

這是理所當然的事。

援金出得比例愈高，光這樣就足以代表該國在西方諸國的價值較高。

人們投入有限的資源並非用來守護廢物。

有餘力要幫也行，否則就割捨掉──點出人人均會捨棄弱者的現實。這是非常現實的數字論。

正因如此，評議會不許會員遲繳分擔金。並確實訂立最低援助金額，若是繳不出來就逼該國退出評議會。

對弱小的國家來說，這攸關生死。表示遇到困難將無人救援。

做這些判斷也是評議會的職責之一。因此議員席次較多的國家權力較大，發展成這樣天經地義。

話雖如此，分擔金並不便宜。

會隨每國擁有的議員人數向上累積，就連擁有最多議員的法爾姆斯王國最多也只能送五名議員。

而這個法爾姆斯王國滅亡是一件大事，連評議會都無法忽視。

他們要與新興國法爾梅納斯對應，更頭痛的問題是魔國聯邦崛起。

免不了令評議會動盪。

魔國聯邦開國祭結束後，他們召開臨時會議。

這天場面大亂。

議員們激聲嚷嚷。

坂口日向也來作客，將這樣的議會盡收眼底。因為她認識魔王利姆路，所以被邀來當目擊證人。

其實日向可以拒絕。跟自由公會不同，西方聖教會非評議會的下級組織。該說雙方雖有互助關係，

但這兩個組織分屬不同系統。

日向身為該外部組織的首腦，沒道理應邀。

不過，聽說議會這次要討論的議題，日向決定參加。

議題如下——是否該讓魔國聯邦加入評議會。

為了掌握西方諸國今後的動向，此次決議的結果事關重大。基於這層想法，日向才出現在這裡。

而來與會的日向對會議陷入紛亂一事感到嗤之以鼻。

（一群無能的人聚在一起，居然可以讓會議亂成這樣……）

他們自己在開會時，全由日向主導，所以不至於起太大的糾紛，議題表決要不了多少時間。

大不了靠武力叫其他人閉嘴——強行推動該做法，至今日向的方針都是如此。

還有之前參加的魔國聯邦會議，明明都是些令人嘆為觀止的大人物參加，重大事項卻三兩下敲定。

這宛如夢境的景象就連日向都難以置信。

（就算那是特殊情況好了，也該用更有建設性的方式討論吧？）

這念頭一直在日向心中盤旋。

她參加過的會議都較積極，在她看來，如今於眼前上演的爭執儼然是場鬧劇。

「那個國家值得信賴！我認為一定要讓他們加入才行。」

「就算你這麼說，對方可是魔王呢！他好像能跟那隻『暴風龍』交涉，但把他惹火，難保他不會唆使那隻龍啊？」

「用不著擔心。俗話說『狐假虎威』，魔王本身並沒有多大的力量吧。」

「愛說笑！那他跟那邊那位日向小姐打成平手，這又該如何解釋？我們該假設那個魔王本身也具備相當的實力吧！」

如上所述，多方各執醜惡的意見，彼此僵持不下。

（真夠蠢的。我人就在這，竟敢聊那種事。神經能粗成這樣也挺厲害。）

日向心想。

她本人就在現場，虧這些人敢討論誰強誰弱，著實令她佩服。

「你們聽好了。魔王利姆路已經放話，說朱拉大森林歸他管。但同時也說不會讓魔物跑到森林外圍，他在開國祭上說過這段話。這句話意義重大。各位，請仔細想過再下結論！」

「正是。在我們的祖國裡，許多人民日日都在魔物帶來的恐懼中度過。魔王的話形同救命丹，事實上，自從魔國聯邦誕生，魔物帶來的災害也跟著減少了。」

「少說蠢話！你們都被魔王洗腦了不成？」

朱拉大森林的魔物受魔王利姆路控管。一條長長的國境線與朱拉大森林鄰接，面向這條國境線的國家都蒙受其恩惠。

還有與魔國聯邦相連的國家。

一些國家則受其他因素威脅。

某些國家坐落於相對安全的內陸。

立場不同，想法也不一樣。

歡迎魔王利姆路統治的國家都與魔國聯邦相連。他們都有參加開國祭，見識過那片榮景。

就算魔國聯邦是魔物王國也無妨，若能直接為自己的國家帶來助益，歡迎它進駐——那些國家如此主張。

相對的，須面對其他威脅的國家則難以抉擇，不知該如何對應。

這些國家受自由公會與聖騎士團庇護，藉此處理魔物帶來的災害。國軍規模小，不敢輕舉妄動。每個國家幾乎都是如此，光是設法維持現狀就費盡心力。

而眼睛夠利的國家則開始策劃，看能否利用魔國聯邦。不過，有些國家並未參加開國祭。這些國家一開始就不信任魔物。

人們爭吵不休，弱小的國家只能當牆頭草。

至於安於逸樂的大國與其從屬國——基本上都傾向接受。

他們從安全的立場主張，論己方能得到多大的利益。

對魔王利姆路的政策存疑之人則持反對意見。

要是有什麼萬一，他們面對魔王可是首當其衝——因為盲目地相信這點，這些人才激烈反對。甚至開始叫囂，說實際上面向魔國聯邦的各個國家都被魔王收買，是背叛者。

利害關係如此對立，怪不得會議一片混亂。

從神的視角來看，沒有比這更愚蠢的事。然而大多數的議員都拚命維護國家利益。

日向能體會他們的心情，所以她一直隱忍，但……

「就同意讓他們加入吧。既然對方想當我們的夥伴，歡迎他們加入便是。再請他們帶伴手禮來。」

「嗯，此言甚好。與之相爭只會步上法爾姆斯的後塵。」

「只是，要讓他們搞清楚自己的立場。看他們是否願意遵守我等制訂的國際法——」

「這方面應該沒問題。大家都知道莫查公爵失勢的事吧？」

「是啊，這件事眾所皆知。」

問題出在大國派來的議員身上。

他們原本就掌握某種程度的情報。

且替混亂的議會火上加油，讓它更加混亂。

目的顯而易見。

這些人早就得出結論，只是誘導大家走上那條路，盡量做得自然些。

（可憐那些小國議員。在不知情的情況下被迫做出選擇。這樣跟作廢自己手上的票沒兩樣……）

無知也是一種罪，不知道正確資訊，光這樣就是一大損失。

弱者受人誆騙，被迫捨棄貴重的一票。

不過——

（結論就是他們想讓魔國聯邦加入評議會吧。那對我來說正好。）

大國的企圖與日向的目的一致。

雖然對弱國不好意思，但日向認為不替他們幫腔才是正確選擇。

只是需要忍耐一下。

「魔王利姆路有何盤算並不重要。而是能否利用他，這才是重點。」

「沒錯。如今我們擔心『東邊』的動向，魔王要挹注戰力，沒道理拒絕。」

此時在議員中地位崇高的成員之一、羅斯帝亞王國的公爵約翰·羅斯帝亞暗示東方帝國也在蠢動。

「你說『東邊』？莫非是帝國？」

「他們開始蠢動了嗎？可是，現在朱拉大森林有維爾德拉……」

約翰的話令議員們一陣譁然。

接著，全場的注意力都集中在約翰一人身上。

總算切入正題了——日向心想。

前置作業太長，但貴族就是這樣。他們會互探虛實，看對方握有什麼樣的情報、了解多深。確定自己占上風才會露出獠牙，這是他們的行事風格。

就如現在的約翰支配全場那般。

「我想各位都知道了，東方帝國——納斯卡·納姆利烏姆·烏爾梅利亞東方聯合統一帝國的軍事單位出現動靜。在那出入的商人前來匯報，聽說最近他們勤做軍事演練。」

約翰一席話讓會場頓時安靜下來。

日向也知道這件事。

還有矮人王蓋札，該國是鄰接帝國的大國，當然知情。

八成透過回復藥或裝備買賣掌握帝國動向。矮人王國是中立國，蓋札王為盡守密義務才保持沉默吧。

除此之外，利姆路當然也曉得。

證據就是在開國祭上對外公開技術。

利姆路裝傻說「這是那些傢伙的自由研究內容——」，事實上並非如此。

那是在威脅蓋札王吧。

說威脅似乎太超過，但利姆路在暗示，說現在生產回復藥的是魔國聯邦。

（真是不容小覷。他掌握帝國的動向，而蓋札王隱瞞真相不說，利姆路順便牽制對方。他是看得多遠，跑得多快啊。只能說真有你的——）

以上是日向的感想。

在利姆路一無所知的情況下，日向對他產生天大的誤會。

再來看後續，日向早就知道這個消息，然而對聚集在此的大半議員來說，那是令人震驚的訊息。

帶來莫大的衝擊，大夥兒都在等約翰發話。他們要盡可能蒐集情報，為了保家衛國，必須擬定對策。

有常備軍的大國姑且不論，小國平日裡就沒餘力養軍隊。誠如前述，國軍規模不大。

戰時僱傭兵是主流做法，但各國同時進行戰力儲備，人手必定不足。

「各位，稍安勿躁。帝國出動並非一時半刻。我們該冷靜商討對策才是！」

約翰用洪亮的聲音說道。

日向猜得沒錯，現在才要開始切入正題。

「那你說該怎麼辦？」

當其中一名議員出聲，後續便有一堆人跟進。

「擬對策？那你說我們還有什麼招數好出？」

「如今法爾姆斯王國也沒了！就算要布防線，光靠我們這些小國也奈何不了啊！」

「冷靜！帝國之所以按兵不動，全因朱拉大森林有那玩意兒坐鎮。還遭到封印就算了，幸虧他現在復活啦！」

「不，等等？要靠那隻邪龍……」

「所以才要你們冷靜嘛！那個維爾德拉現在不是被魔王——被利姆路陛下馴養嗎？而利姆路陛下希望加入評議會吧？既然如此，答案就呼之欲出了。」

出聲喝斥的是英格拉西亞王國議員葛芬伯爵。與這個葛芬一搭一唱，約翰繼續補充。

「葛芬議員說得對。我們正面臨東方的威脅，現在不是爭吵的時候。只要魔王利姆路參加評議會，那武力也會成為我等的助力吧。」

「噢、噢噢……」

「的確是那樣沒錯……」

聽約翰說完，人們陸續表示贊同。

這似乎讓他心情大好，約翰再補一句。

「我認為應該讓魔國聯邦加入。」

像在試探大家的反應，約翰鄭重地道出結論。

光只是這句話就讓會場氣氛改頭換貌。

某些人原本還怕那個底細成謎的魔王，這下也想起還有個具體威脅，也就是東方帝國。

魔國聯邦雖是魔物王國，卻是可以交涉的對象，適用人類世界的常識。

反之帝國則是貪婪的敵人，想併吞一切。正因同是人類，大家才預見與帝國對戰若戰敗收場，將遭人併吞。

統治階級格殺勿論──這點八九不離十。

帝國乃巨大的軍事國家，回顧以往的歷史，他們侵吞許多國家，並成長茁壯。對敵國出手絲毫不留情面，就連西方諸國都怕他們。

「嗯，約翰議員的意見有幾分道理。我也認同他的看法。」

「噢噢，你能諒解啊，葛芬議員！除了他，我想還是有人認同我的看法。所以我想先進行表決，看是否讓魔國聯邦加入，大家覺得如何？」

「好，首先我們西方諸國必須團結起來。」

「說得對。現在不該自己人起內鬨！」

面對約翰的提議，數名議員都表示贊同。這下事情已確定會朝該方向發展，議長出面喊了聲「肅靜！」。

然後在議長推動下，大家開始投票。

先撩起人們的恐懼，再施以同儕壓力。真像貴族會用的手法，非常高明。

（這也在他們的計畫之中？話說回來，切入正題之後，還是拖很久呢……）

看也知道約翰跟葛芬是一掛的，另外還有幾人負責唱和。身為局外人的日向不具表決權，她冷靜地切入、觀察會議，並看穿此事。

這一切都是照劇本跑的鬧劇，這下總算結束了，日向暗暗地鬆了一口氣。

打會議開始，時間已經過去八小時，中間雖然有休息時間，但疲勞依舊不停累積。這不是肉體上的疲勞，而是精神上的，所以更讓日向感到痛苦。

（話說回來，他們問了許多無聊問題。明明大可更直截了當，拜託我們監視魔王利姆路，以免他失控──）

到頭來，把日向叫來的理由就是這個。

認識利姆路的人另當別論，至於那些不知情的人，他們只把對方當魔王看。評議會要邀這樣的人過來，因此必須鞏固防衛網，以免魔王失控，這才是他們的真心話吧。

到時候，跟利姆路打成平手的──看似如此──日向在場，議員們也能放心。

做事拐彎抹角，這就是貴族的交涉手法。

好比帝國蠢動，實際上那只是在嚇人罷了。

或許他們真的有什麼動作，但那只是單純的示威行動。這是因為若要動真格侵略西方，在那之前得先克服一堆障礙。

朱拉大森林就是其一，還有武裝大國德瓦崗。

魔國聯邦與德瓦崗還未締結同盟就另當別論，事到如今帝國可不敢輕舉妄動。

（至少他們該趁利姆路還未當上魔王就先展開行動。如此一來，那個維爾德拉也不會復活，帝國才有統治世界的機會……）

怕解開維爾德拉的封印，帝國不敢行動。

即使維爾德拉的反應消失，他們也過於慎重、未能動手。

事到如今，他們再也沒機會行動。

別看利姆路和蓋札王那樣，想必他們都對帝國保持警戒吧。可是在日向看來，就算帝國行動也不成問題。

約翰和葛芬這兩名議員也那麼想吧。

讓小國議員將注意力擺在外來威脅上，自己則暗中鞏固地盤。他們的處事態度實在很貴族，讓日向感到厭煩。

開票結果顯示多數人贊成，同意讓魔國聯邦加入評議會。

「那麼，我們同意讓朱拉・坦派斯特聯邦國當我等的盟友。我們將發邀請函給該朱拉・坦派斯特聯邦國，確認魔王利姆路參加評議會的意願後，我們再召開二次會議。以上！」

議長鄭重宣示，會議就此結束。

下次就免了，今後絕對不要跟貴族扯上關係——日向下定決心。

＊

開完累死人不償命的會議後，日向打算回教會。

不過，這天的苦難似乎尚未結束。

「日向小姐，想耽誤您一點時間。」

有人叫住日向，是被近十名護衛守住的青年，看起來還很年輕。

一頭乾爽的金髮配上爽朗笑容。

對方是絕世美男，卻不對日向的味。

再加上她才剛忍受長達八小時的苦行，日向的忍耐力早就見底，她只想快點回去。

日向對這男人一點興趣也沒有，那張笑臉在她看來毫無價值。

話雖如此——

這男人的立場是個問題。

評議會本部就設在英格拉西亞王國，他是該國的第一王子艾洛利克。

對他無禮恐怕會發展成國際問題，以日向所處的立場來說，她不能忽視對方。

「怎麼了？找我有什麼事嗎？」

日向努力發揮她的社交能耐，朝艾洛利克王子反問。

接著艾洛利克便露出裝模作樣的笑容，朝日向答話。

「是這樣的，日向小姐，有件事想拜託妳。」

是說她跟艾洛利克沒熟到可以讓他叫「小姐」。對方好歹是有頭有臉的人，她知道這張臉、聽過這個名字，關係僅止於此。

這也是她首次跟艾洛利克對談，艾洛利克裝熟令日向不快。

「所以你要拜託我什麼？」

兩人來到接待室，日向朝他提問。

「下次開會，我想試探魔王利姆路。這件事目前只有高層知道，但魔王要加入評議會，民眾還是會非常不安吧。我們得請魔王負擔一定程度的義務，必須做個確認，看他願意將我們的話聽進幾分。所以想請妳出面。」

話說到這兒，艾洛利克露出耀眼的笑容。

可是看在日向眼裡只覺得很煩人。

「要我出面是指？」

就像在說「快講重點」，日向出聲催促艾洛利克。

「——唔！」

艾洛利克原本期待對方會表現出更願意幫忙的模樣，卻被日向興趣缺缺的樣子反將一軍。但他還是設法裝出游刃有餘的態度，開始進行說明。

「這、這個嘛，我來說明一下。雖說要試，對手可是魔王，萬一他失控就麻煩了。因此才想拜託妳當我們的護衛。」

身為第一王子，人們總是對他阿諛奉承，這對艾洛利克來說是理所當然的事。他知道自己很帥，以為天底下所有女人都不會拒絕他的請求。

所以艾洛利克深信日向會應允，對此毫不懷疑。艾洛利克的護衛也視為理所當然，在一旁觀望。

日向只覺得疑惑。

雖說那是理所當然的事，但日向沒道理接受。

（他以為用那種態度能讓我點頭嗎？）

基於上述想法，她不禁問出心中的疑問。

「為什麼找我？」

「為什麼？這是因為我們認可妳的實力。妳是歷年來最強的聖騎士團長、神之右手、『法皇直屬近衛師團首席騎士』，我們認可妳的實力！在西方諸國裡，沒人比得上妳。聽說妳還跟魔王利姆路打成平手。有妳這樣的高手幫忙，我們就能激出魔王利姆路的本性，又能保障人身安全！」

除了用一長串話誇日向，艾洛利克更自我感覺良好地發表高見。

這傢伙在說什麼啊——日向心想。

基本上利姆路為人敦厚，但他可是貨真價實的魔王。隨意激怒他是種愚蠢至極的行為。

再說打成平手是刻意放出的謠言，日向並沒有戰勝利姆路。

假如利姆路真的動怒，要說誰能阻止他，就只有同為魔王的魯米納斯了。

「我勸你打消念頭。那個人真的很強。下次跟他作戰不保證我能贏。」

「真是的，妳太謙虛了。用不著在我面前假裝自己是乖巧文靜的女孩。」

這下日向臉上的笑容完全消失。

艾洛利克的自戀發言讓她打心底感到不悅。

沒發現日向身上的變化，負責保護艾洛利克的男子從旁插話。

這名壯漢特別醒目，一副高高在上的樣子，他是英格拉西亞王國的騎士團總團長，名叫萊納。

萊納神經大條，說出會觸怒日向的話。

「哈哈哈，日向大人。愛上艾洛利克大人不是您的錯，但現在不適合談那個。王子身邊有我在，其實無須擔憂，但有您助陣將萬無一失。所以——」

那番話未免太狗眼看人低，害日向沒心情聽到最後。

「我拒絕。西方聖教會及神聖法皇國魯貝利歐斯已和魔國聯邦締結互不侵犯條約。還有，奉勸你們……最好別惹魔王利姆路生氣。」

「——妳說什麼？」

「妳、妳敢命令本王子！」

似乎沒料到對方會拒絕，擔任護衛的男子為之啞然，艾洛利克也不例外。

日向不想再搭理這兩人。

如果這是合理的正式委託，或許日向不會拒絕。既然是評議會要找人辦事，找專門對付魔物的日向是正確選擇。

既然評議會扮演重要的角色，他們會透過各國的西方聖教會分會提出正式請求吧。考量今後跟西方諸國的交情，此案不能光看日向的心情就回絕掉。

（如果是那樣，到時就麻煩了。）

日向心想。

話雖如此，到時他們大概會敲定一些細部條件，日向可以拿「明確的敵對行為違反條約」當藉口，設法推辭。

艾洛利克他們想跳過這些事前磋商，才直接跑來找日向談吧……不料事與願違。

「您會後悔的，日向大人！萊納大人可是英格拉西亞王國騎士團的總團長，莫非您想跟這位大人為敵？」

「說得對！為了全人類，不能讓魔王恣意妄為。不許他在評議會上失控，西方聖教會難道不這麼想？」

那群跟班開始大呼小叫，但這樣反倒讓日向放心。

因為這是一部分人失控、擅自做出的事，從他們的話可看出端倪。

「真不巧，我個人信賴魔王利姆路。先失陪了。」

幸好對方是白痴，日向邊想邊走人。

日向已經展現最低限度的禮貌，因此不會發展成外交問題。日向是評議會邀來的，沒事先聯繫就跑來交涉的人更失禮。

對方是大國的王子，就這點看來，日向的對應雖不到滿分卻算及格。

然而——

（那群笨蛋，該不會真的要耍些手段激怒利姆路……）

這抹不安自日向心頭掠過。

才剛打定主意，說再也不想跟貴族有牽扯，接著卻碰上這種事。

（我沒加入他們的計畫，希望他們能恢復冷靜……）

要對付魔王須動員國軍。

若想憑些許人馬起義，必須召集一些知名英雄。

他們沒時間做這方面的準備。

將魔王叫到自己的地盤上，這是絕佳機會，但只想靠突發狀況順水推舟，計畫的成功率可想而知。

但或許——

這些事情從一開始就計劃好了？

（怎麼可能。不過，這表示下次也要小心防範——）

想到這邊，日向心裡一陣憂鬱。

●

應評議會邀約，我來到英格拉西亞王國。

本人好像被當成上賓，他們為我準備最高級的旅館。開完會來場久違的王都觀摩或是去做些奢華享受似乎也挺有趣。

當我保鑣的紅丸不敢大意。

另外還有暗中透過影子聽取報告的蒼影。

說到影子，蘭加從我的影子裡消失，感覺好寂寞。他有時會跑去找哥布達。

跟蜜莉姆一起修行讓哥布達累個半死，雖說他已經恢復了，但好像都沒空讓身體休息。因為蜜莉姆放話，說要定期考核。

具體而言就是跟卡利翁比賽，以實戰形式……

哥布達曾跟蘭加哭訴，說這樣下去他會被人宰掉。

拿他沒轍的蘭加便外出找哥布達，但他的尾巴搖得很厲害……嘴上抱怨連連，其實蘭加也很喜歡哥布達吧。

感情好是好事。

如此這般，我帶紅丸跟朱菜過來。反正人太多麻煩事也多，人少比較輕鬆。

其實我也想帶紫苑來，可是帶她來大都市還是讓人有點不安。若她像平常那樣出包就糟了，所以我命她培訓部下，拜託她看家。

蓋德是蜜莉姆新王都建造工程的總司令，無法抽身。

迪亞布羅依然在外飄盪。

他說要找些人當自己的部下，是不是進展不順啊？

至於我這邊，正順利製作約好要給他的附身容器。我想在迪亞布羅回國前弄完，所以他不用那麼快趕回來沒關係。

不過迪亞布羅那邊，只要我叫他，馬上就會回來吧。目前沒什麼要緊事，暫時讓他隨自己的意做事也無妨。

白老跟紅葉一起去長鼻族的隱居村落。

戈畢爾則跟米德雷一同造訪失落的龍之都，聽說那裡有飛空龍的棲息地，他打算抓回來馴養。

一直以來戈畢爾都想提昇「飛龍眾」的戰力。當作提昇戰力的一環，他似乎想讓飛空龍當坐騎，試著編列航空部隊。

他老是在做研究，所以大家容易忘記，其實戈畢爾是優秀的戰士。很受部屬信賴，希望他測試順利，此事值得期待。

成功再給他獎賞吧。

如此這般，幹部都很忙碌。

所以才由我們這三人造訪英格拉西亞王國。

然後到現場跟蒼影會合。

我們最先去的是服飾店。

宛如現代日本，玻璃櫥窗中展示各式各樣的衣服。一些行人在那逛街瀏覽，可見英格拉西亞的王都很有都會氣息。

這些展示櫥窗非常高。雖說市面上有不少玻璃製品，但一塊大成這樣的玻璃，尋常人家買不起。這些店舖將它們用在展示上，可見很賺錢。

這是摩邁爾教我的，但看到那股人潮，我想肯定是這樣沒錯。

題外話，我國也有引進展示櫥窗。我將在英格拉西亞王國看到的景象告訴大家，朱菜等女性成員都求我一定要引進。

我也想不到理由拒絕，所以就跟米魯得商量，請他著手製造玻璃。我們有智慧之王拉斐爾大師這個偉大幫手，因此展示櫥窗也順利實用化。

那些先擺一邊，會來這是基於朱菜的要求。

玻璃櫥窗裡放了最新潮的流行服飾，她興致盎然地看著。

果然，這裡就是華麗。

我們逛了各式各樣的店，發現有許多造型特殊的衣服，那些都是我國沒有的。

朱菜她們縫製的衣服大多靠本人記憶再現。可是這邊多的是工匠們自己想出來的服裝款式。

那些品項展示起來就像在爭奇鬥豔一般。

足以令朱菜著迷。

「我也不會輸的。要更加精進才行——！」

朱菜靜靜地輕喃，話裡充滿決心。

「今後也拜託妳了！那麼各位，想要哪套都行，選自己喜歡的衣服吧。錢我來付。」

「咦！可、可以嗎？」

「我也能選？」

「……我穿這樣就好。」

「別客氣別客氣！我都沒付你們薪水，這種時候就讓我表現一下吧。」

為了感謝他們平日裡的照顧，我想送他們衣服當禮物。

雖然明天開會有準備專用的禮服，但紅丸跟蒼影依然會穿戰鬥服。那邊也有冒險者在場，這點不至於受人責備，可是穿那樣走在大街上太過顯眼。朱菜也穿著巫女服，我覺得有套漂亮的便服也無妨。

所以就要大家選衣服。

紅丸跟蒼影選了合身裁製西裝外套、上衣及合身長褲是嗎？

很好很好。穿起來很搭、很搭。

朱菜這邊——噢噢！

她選了白色的輕柔褲裙，搭配相得益彰的冰藍色毛線背心。

好可愛。跟她好配喔！

「感覺不錯。很適合妳喔，朱菜！」

「多謝誇獎！我好高興，利姆路大人。」

嗯嗯。

果然，巫女服很棒，但這種休閒服也不錯。平常很少看到她穿這樣，感覺好新鮮。

機會難得，我讓她選好幾套，全數買下。以後就能參考這些，自行縫製吧。

我還選了淡藍色的連身褲給紫苑當伴手禮。那傢伙光看外表很冷豔，我想她也能把這套衣服穿得很漂亮。

「她一定會很開心！」

「會嗎？」

那我也開心。

「對，一定會。」

既然朱菜都這麼說了，應該會吧。

「你們穿那套也很搭，就買那些吧。」

「對待我們未免太隨便了吧？」

「——的確。」

紅丸跟蒼影似乎頗有怨言，但我才不管。

是說你們還想選嗎？

嘴上說得好像一點興趣也沒有，卻卯足全力挑選呢。帥哥不管穿什麼衣服幾乎都很好看，其實你們用不著為此煩惱……

我則當機立斷。反正再怎麼苦惱也看不出差異，就請店員挑選。這樣比較穩，肯定沒錯。

就這樣，我們各自選完衣服。

尺寸也當場量完，立刻把那些衣服換上。

朱菜寶貝地抱著我買給她的那包衣服，嘴角帶笑。有別於花瓶祕書紫苑，她平常都很認真，這種落差看了令人不禁莞爾。

紅丸跟蒼影換穿新衣服似乎也很開心。

大家看起來都很高興，太好了。

這幾人平常都辛勤工作，我很想送禮謝謝他們。

看他們高興成這樣，或許該早點來這才對。

腦裡邊想這些，我將帳結清。

換完衣服後，我們去吉田先生經營的咖啡廳。

如今咖啡廳由徒弟繼承，生意很好。

材料是跟我國進的，所以我們享有優惠價。

我們在那等先來英格拉西亞王國的日向。

除了要在英格拉西亞王國享用睽違已久的午餐，關於明天召開的會議，日向會為我們做詳細說明。

等日向來的這段期間，我向蒼影打聽情報。

蒼影一直在打探西方諸國的動向，我想他八成知道這次對方邀我們的理由。

「那麼蒼影，麻煩你報告一下。」

「是。那麼，先從開國祭的評價說起——」

語畢，蒼影從來自各地的謠言或閒談中抽取重要內容，再向我匯報。

這報告淺顯易懂，我聽了也很滿意。

開國祭的評價很棒。

上自王公貴族下至農民，人們都在談這件事。

說到傳聞，地下迷宮也榜上有名。

針對貴族做的宣傳奏效，據說某些人還組了用來攻略迷宮的挑戰者隊伍。不只國家鄰近我國的居民，就連在遠方國度，對此感興趣的人也有增加趨勢。

照這個步調進展下去，挑戰者應該會變得更多。

如此這般，談完較為明朗的話題後，我們適時切入正題。

「那麼，說說這些商人的身家調查結果吧，另外莫查公爵背後有哪些關係？」

「這些都調查過了。關於商人的家族成員和交易商家，全都做過詳細調查。調查結果顯示他們並沒有跟可疑人物接觸。只是在各國取得商業證照時，他們似乎都透過幾位官員辦理。追溯這些官員與誰有關，發現他們皆與莫查公爵有所牽扯。」

……也就是說，這代表什麼？

《答。商人們都隨個體名「莫查」的意思行動吧。》

原來如此。那繼續調查這些商人也弄不到要緊情報吧。

那莫查這邊呢？

搞不好背後真的有統領西方諸國的影子委員會，他們又在策劃些什麼。莫查似乎是個精明能幹的男人，還是派人繼續監視吧。

「聽說莫查公爵手腕高超？那這名棘手男子現在怎麼了？」

任憑他再怎麼能幹，還是無法逃過蒼影的監控。要是他跟可疑的組織接觸，另有企圖，我們反倒能捉住對方的尾巴。

想到一半，蒼影對我道出令人震驚的事實。

「他死了。」

「啊？」

「我猜死因可是出自某種遠距離攻擊。」

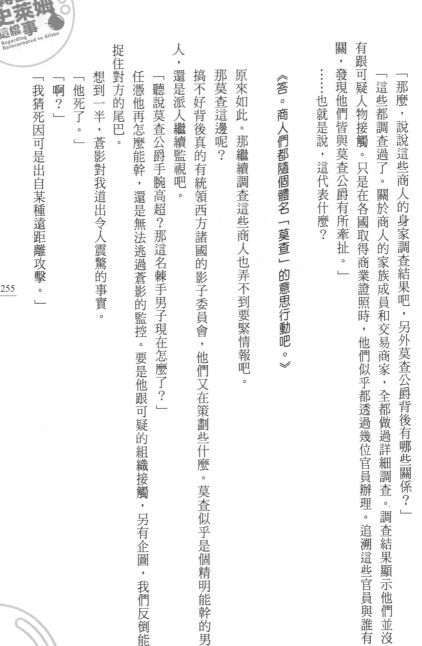

莫查是卡斯通王國的公爵，地位崇高。竟敢殺害身為權貴的莫查，當真令人懷疑此事與謎樣組織有關。

此外，若這真的是「蜥蜴斷尾」，想必對手擁有莫大的權力。

《答。可能發現個體名「蒼影」在追蹤他們。》

所以要封口嗎？

看來我們最好認真看待此事，對手不是省油的燈。

「連你都沒發現嗎？」

「對。直到莫查在眼前倒下，完全沒嗅到半點氣息。」

面對紅丸的提問，蒼影淡淡地回應。似乎等莫查倒地才聽見聲響，連蒼影都防不勝防。

看他歉疚地報備，我也只能安慰他。

「真教人不敢置信。蒼影無法感知氣息，這表示對方從幾百公尺外發動攻擊。如果是魔法，應該會感應到魔力才對，若是射什麼東西則會感應到妖氣殘渣吧？」

不，做起來應該沒這麼簡單。

我有智慧之王拉斐爾大師加持，可以靠「魔力感知」體察大部分的事……

可是這樣的話——

「感覺好像是狙擊？」

「狙擊？」

「那是什麼？」
這樣啊，原來紅丸跟蒼影不曉得。
朱菜也疑惑地看著我，仔細想想，這個世界沒有槍。不過話又說回來，如果是「異界訪客」，他們就有可能拿槍。
「你說槍？我記得優樹有帶手槍喔。」
「唔哇！」
背後突然有人出聲，我差點從椅子上摔下。
出聲的人是日向。
為了嚇我，她隱藏氣息悄悄靠近。
紅丸臉上帶笑，蒼影也以手掩口，疑似在憋笑。
我真是遜斃了。
「哥哥！還有蒼影！」
朱菜替我罵這兩人，所以我就忍住沒抱怨。
再說若是智慧之王拉斐爾大師有確實告知——
《告。未感知惡意。》
……我想也是。
結果都怪我愛耍帥。

心想「真拿他們沒轍」，我也跟著用苦笑混過去。

＊

既然日向來找我們了，這就來點午餐。
一枚銀幣可點超級豪華套餐。
吃飯時間不談正經事，我們盡情享用美味的佳餚。
吃飽喝足後，我點了一杯咖啡。
果然還是咖啡的苦味最適合大人。
加一堆砂糖跟牛奶，苦味與甜味譜出協奏——
「這根本是咖啡歐蕾吧。起碼點杯黑咖啡還沒話說，弄那麼甜哪像大人喝的。」
日向一針見血地道破。
看樣子我的心聲不小心脫口。
「妳、妳少囉嗦！又沒關係，只是喝氣氛的！」
「哼，還有你的打扮，一點大人的味道都沒有。」
呃，不只咖啡，連衣服都被人嫌。
是說果真如她所講？
那名店員替我找有點潮的罩袍式服裝。是覺得好像有點孩子氣啦，但我想，要對店員的眼光有信心
……

還什麼「交給店員比較穩準沒錯」。

「可惡，這套果然是童裝嗎？」

「不不不，跟您很搭喔，利姆路大人！」

「對、對啊。感覺很棒。」

「不過，我還以為您喜歡那種衣服。」

說跟我很搭，表示我很幼稚？

該怎麼說，我好受傷。

這套衣服穿起來很舒服，並非我不喜歡。

不過話又說回來，重點不在那裡。

而是我帥氣雅痞的形象……

虧我稍微長高一些，現在有點中學生的樣子了。

「可愛的感覺很適合你，就放棄掙扎吧。」

被日向如此斷言，我好沮喪。

好吧。

現在的我毫無成熟魅力可言。

是說，曾是大人的我為何事到如今還在意身高也很讓人不解啦。

也許我得坦然面對現實……

話說日向並沒有像之前參加慶典那樣，打扮得漂漂亮亮。

而是穿著英挺的聖騎士制服，走男裝美人路線，看上去威風凜凜。

——這個嘛，我跟日向應該調換才對吧？

想歸想，我不敢講。

總覺得難以釋懷，我們又繞回剛才的話題上。

替莫查公爵默哀之餘，我們開始調查殺他的方法。

「妳說這世界有手槍，果然是用狙擊的嗎？」

「詳細情形我不清楚，但手槍的射程不是連五十公尺都不到？」

好像是。

遠距離攻擊得用來福槍吧。

「這個世界也有狙擊槍嗎？」

「天曉得。我沒看過，但無法斷言絕對沒有。」

也對。

看來行動時最好假設這世界有狙擊槍。

想到這兒，我亦透過「思念網」將槍的概念傳達給紅丸等人。

「哦，原來有這種武器。」

「原來如此，若對方用的是這個，我自然不會發現。」

「或許我也能用這個。調配火藥應該沒問題，本體可以找多爾德先生製作。」

三人三種反應。

看在紅丸眼裡，這種武器根本算不上威脅。

但蒼影怕會步上這次任務失敗的後塵，無法守住護衛對象。根據任務不同，他似乎覺得槍是種威脅。

再來看朱菜。

她的點子最危險，想把槍做出來。

確實能做出來，但那會引發什麼後果？

槍械發展將改變戰爭型態——講是這樣講，但一般而言這個世界在戰略設計上重質不重量。

總覺得讓槍加入很危險，現在最好別開發。

「總之，在另一個世界裡，這武器凶殘到能讓脆弱的人稱霸。不清楚它在這個世界有多大的用途，但對付魔獸等物應該有效。」

「畢竟槍彈會射完，魔力卻用不盡。口徑愈大，威力也愈強，數量一多就是種威脅。基於上述原因，希望貴國別量產。」

的確，並非完全不可行。該說要做也可以。

日向如此判斷，所以才對我們下通牒。

「好吧，先看看再說。我覺得魔法比較強，但一般人擁槍自重也很危險。」

日本社會不得持有槍枝，因此這種感覺更強烈。

看了外國新聞，與其說有槍可保護自己，不如說沒槍就不會引發那些事件，這類狀況頗多。想到這裡就覺得，隨意散布任誰都能使用的凶器很危險。

「好的。那我就當機密，只拿來做研究。」

朱菜接受了，這樣就好。

不過，雖然算是一種威脅，卻無法傷我們分毫，用不著把它看得太重也沒關係吧？

《告。在不具正確知識的人看來，就算有人在眼前被槍殺，也不知道發生了什麼事。推測在死者附近的人容易變成嫌疑犯。》

嗯？

智慧之王拉斐爾大師突然給出建言，那句話究竟是什麼意思？

在死者附近的人容易變嫌疑犯──咦，我懂了！

代表若我身旁的人被暗殺，大家就會懷疑我。

聽它這麼一說，確實是那樣沒錯。

由於日向較偏袒我，可能會連證言都被封住。若犯人逃亡且沒找到凶器，我可能會就此背黑鍋。

好危險。

如果沒跟人聊這方面的事，我搞不好已經中招了。

雖不知對方是否設下這種陷阱，但智慧之王拉斐爾大師心生警戒，當作有就對了。

「總而言之，明天開會要多加小心。」

「被沒有魔力的鉛彈打到頂多皮肉痛罷了。我們用不著警戒吧。」

「不，這樣不夠謹慎。正如日向所說，大口徑的威力更大，搞不好還有魔彈這種東西。再說會議開到一半，要是有人被打中，我會變成頭號嫌疑犯。」

「我也擔心這點。會場四周我將配置『分身』，小心警戒。」

不愧是蒼影。用不著我說，他已經先想到了。

「嗯，拜託你了！」

「遵命。」

也就是說，若出現可疑人物，蒼影會想辦法解決吧。

這下就放心了，我切入正題。

「對了，日向。這次他們為什麼邀我？」

我還沒聽說明天開會的內容。

可以預料得到。

也許是龍在某處作亂，或有謎樣的魔王出現——菈米莉絲跟維爾德拉的預測有夠白痴。理由不可能是那個，肯定要談是否讓我們入會。

看他們這次將我方當國賓禮遇，期待能聽到好消息。

「上次開臨時會議，他們願意讓魔國聯邦加入評議會。明天開正式會議，他們會先向你質詢，再做正式決定吧。」

賓果！

那兩個笨蛋置身事外，說的大多是屁話。

當耳邊風果然是對的。

「原來如此，如我所料。」

我點頭假裝自己早已洞察全局，只見日向用狐疑的眼神看我。

《告。按目前情況判斷，合理的解釋就只有這個。個體名「坂口日向」似乎在想「放什麼馬後炮」？》

什麼——！

那、那我剛才一臉得意不就跟白痴沒兩樣。

說真的，雖然覺得八九不離十是那樣，我仍舊想東想西。

猜評議會是否要問「魔導列車」的事，還是要買黑兵衛先前展示的武器，或是各國希望我們展示各類研究成果？想到不少可能的原因，讓我煩惱不已。

然而智慧之王拉斐爾大師都說「除此之外不做他想」了。

既然這樣，希望它一開始就跟我說。

我乾咳一聲，接著喝起咖啡。

希望這樣能混過去……

「算了。目前還不算正式承認，你可別大意。你是魔王，我想質詢的時候也會提些容易激怒你的問題。你應該不會上當吧？」

也不確定是否有混過去，但是對日向來說，那好像不重要。

若我讓這場會議破局，似乎會給她帶來困擾。假如事情演變成那樣，支持魔國聯邦的神聖法皇國魯貝利歐斯也會遭殃。

她擔心發生這種事，只想先提醒我。

我好意外。

本人的心胸跟佛祖一樣寬大，要生氣沒那麼容易。

「妳太杞人憂天了。我跟妳不一樣，是懂得跟人交際的大人。」

「啊？想找我打架隨時奉陪喔？」

「啊，不，我不是那個意思……」

看吧，她容易動怒，這就是我跟日向的差異。可是繼續捅日向這個蜂窩不太妙。我好怕，還是閉嘴吧。

「嗯，也對。他們將我方奉為國賓，所以說真的，我很擔心，猜他們可能有事相求。蒼影你也查到不少事情吧？」

「是，已掌握情報。還有各國王族的想法，及他們的部屬有何看法……」

「這些等晚點再跟我詳細報備吧。」

「遵命。」

不是跟我，而是講給智慧之王拉斐爾大師聽就是了。

「──不過，有件事想問日向大人。」

「什麼事？」

哦？

還以為事情到這告一段落，看樣子蒼影還在意某事。

他將部下派往各地，做了各方面的調查。除了查探傳說中統領西方諸國的影子委員會，順便在各國蒐集情報。

我也習慣了，想知道什麼就拜託蒼影等人去查。

正因蒼影負責打探情報，他才會聽到一些耐人尋味的傳聞吧。

「各國大臣中不乏想利用我國的人。那些人口口聲聲說──」

「你想說的該不會是——要你們加入對東方帝國的防禦網？」

「果然厲害。正是如此，日向大人。」

蒼影的話還沒說完，日向就道出正確解答。換句話說，日向也很清楚整體狀況。

「戰爭要開打了，希望我們出手相救，是這個意思嗎？如果是，我們只有救援布爾蒙的義務吧。不是嗎？」

紅丸也用他的方式分析現況，還笑蒼影杞人憂天。他說得也很正確，但問題在那之前。

日向八成看出未來會如何發展。而她看起來一點也不擔心，表示她得出的結論跟我一樣。

我全靠智慧之王拉斐爾大師預測，可信度極高。連日向的預測都與我們一致，事情大概八九不離十。

為了印證這點，就讓我們核對一下。

「紅丸說得對，我們只跟布爾蒙王國簽訂條約。但在此之前，我認為不須擔心帝國開戰。」

「可否請您說說理由？」

看來他非常擔憂，蒼影向我提問。

這傢伙還是老樣子，做事好認真。為了讓蒼影放心，我決定說出智慧之王拉斐爾大師導出的結論。

「嗯。首先最重要的是，我們要站在帝國的立場思考。假設帝國要攻打西方諸國，他們會擬什麼樣的戰略——」

基本上，關鍵在於進攻的動機，但這姑且不論。

若要開戰，選擇侵略路線是一重要環節。

看是要穿過朱拉大森林。

還是走越過柯奈特大山的險峻登山道。

最後是海路。

這些與我們整頓街道前的舊有貿易路線重疊。

雖然還要看帝國遠征軍的規模多大，但不管選哪條路都成問題。

海路難度太高。距離上可直通法爾姆斯王國，沿岸還好，可是到臨海區域就會碰到大海獸的巢穴。那些屬於超越A級的凶惡魔物，就算大型航海團要過也未必安全。

就連吃起來很美味的槍頭鎧魚也不例外，在海中危險至極。速度六十節——等同以秒速三十公尺的高速突擊，這怪物可以在船身上開個大洞。

話雖如此，別以為換鋼鐵裝甲船就能放心。這是因為在大海獸中，槍頭鎧魚只算三流魔物。大海獸的智商不高，但據說面對入侵其地盤的人，攻擊本能極強。若船被牠那大過十公尺的巨大身軀撞擊，任何軍艦都難逃沉船命運。

因此只有知曉安全海路的商人才會考慮渡海。

那就登山——然而在柯奈特大山裡有塊魔域，被稱作龍之巢。

如果只是一夥商隊，龍還會睜隻眼閉隻眼，可是一大票人接近則會觸怒龍。對方不是人，怎麼交涉都沒用。若龍誤認人們要加害於牠，到時就完蛋了。

龍族由高傲的龍王率領，一旦被龍族盯上，還未跟西方諸國開戰，東方帝國的軍隊就會因此折耗。打贏還好，要是輸掉就好笑了。

除此之外，就算把龍打退，事後還要面對西方諸國的抵抗。該說從這開始才是真正的戰役。

而且光是在險峻的山脈展開軍事行動就夠把人折騰個半死。按時期區分，只能利用短短的夏天通過。極寒山地被雪冰封，就算有魔法也難以克服。

一般而言軍師都會避免走這條路。

到頭來只剩通過朱拉大森林這條路可走。

但事情沒這麼簡單。

「朱拉大森林歸我這個魔王管。再說還有維爾德拉啊？」

「沒錯。我們大肆宣傳，說維爾德拉大人已經復活了，如今帝國也不敢輕舉妄動。他們連被封印的維爾德拉大人都怕，事到如今根本無從下手。」

就是這樣。

我們對外放風聲，說法爾姆斯大軍被維爾德拉滅掉。帝國當然也聽到這個消息，其野心也因此宣告破滅。

一直以來，帝國都怕維爾德拉。

所以他們過於慎重。若他們早些行動，也許我們已經被人滅了。

不過，如今我們有維爾德拉罩。讓智慧之王拉斐爾大師斷言無須擔憂的理由就在這兒。

《告。並非斷言，是預測。情況天天在變。一旦獲得新情報就須納入考量，並重新推敲。》

智慧之王拉斐爾大師也很愛操心呢。

然而它說得很有道理。

依片面想法行動，之後可能會掉進天大的陷阱裡。

「帝國那邊確實有古怪。話說我的使魔『影魔』辦事不夠力，我想該親自出馬調查。只是……」

蒼影目前忙著調查西方諸國內部情況。他的部下「藍闇眾」也分別接到任務。

所以他頂多只能放出名叫影魔的低階妖魔。雖是D級魔物，卻能使用「影瞬」和「思念網」，算是最適合用於偵查的魔物。然而這些低階魔物無法突破守護帝國的「結界」。

話雖如此，要加派其他人手也不容易。要派人到安全性未知的地點，只能找蒼影認可的對象。若要這些人解除目前的任務，會與我下的命令相牴觸。

蒼影很能幹，但他並非萬能。

即使現在進化了，蒼影還是只能同時放出六具「分身」。那是他的王牌，常用於處理危險的工作。還得留一些以備不時之需，用於作戰，將分身全放去調查帝國，保護我的人手就不夠，想必蒼影正為此苦惱。

「其實帝國的動向沒那麼重要啦。只是一部分人危言聳聽，想找正當理由讓評議會成員同意魔國聯邦加盟。不過，既然蒼影閣下如此在意，就由我們代為調查吧。」

噢噢，日向跟智慧之王拉斐爾大師是同一類型，都不會對自己的想法過分自信呢。

我知道她做事謹慎，但親眼見識依舊令人佩服。我也要多加學習，做事情再慎重一點。

話說回來，沒想到她會主動提議，說要代為調查。

那我就恭敬不如從命——

《告。也請她調查武裝大國德瓦崗內部，看是否能在地下都市內部展開軍事行動。》

——智慧之王拉斐爾大師做得還真絕。居然連日向都敢使喚。

不過，它的看法合乎邏輯。

在柯奈特大山裡，有些路貫穿矮人王國。

那裡就在蓋札的眼皮子底下，我不認為帝國能拿那裡怎樣，但還是姑且請日向查一下好了。

「日向小姐，想順便拜託妳一件事。」

「什麼事？」

「想請妳一併調查矮人王國的構造。」

「你說矮人王國，那座都市在柯奈特大山的地底，是用大洞窟改造的吧。原來如此……是有那個可能。果然沒錯，你看似粗心，其實很謹慎吧。」

「哈、哈哈哈。對吧？」

「我知道了。連同矮人王國在內，我們一併調查。」

不知道日向在佩服什麼，但這樣就好。

雖然覺得智慧之王拉斐爾大師在杞人憂天，但這世上沒所謂絕對。前不久才打定主意要小心行事，若有隱患冒芽就先將它拔除。

既然日向都願意幫了，我就別跟她客氣，拜託她幫忙吧。

之後我們又仔細地聊了一會兒。

在午後的咖啡廳裡，我們輕鬆談論堪稱國家機密的重要事項。

話雖如此，我們有下「隔音結界」阻隔談話聲，不會傳到外面，所以談話不會被人聽見。

像這種時候，有技能就很方便。

之後日向又稍微跟我做了些說明，內容五花八門。

不只軍事面，許多人都企圖利用我國。

總之人類的疑心病很重。

我原本是人類，很能體會就是了。

因此，我也認同日向的說法。

「知道了吧？好像有人試圖利用你們，可別上對方的當。」

被她這麼一說，我只有點頭的份。

但是否把日向的忠告聽進去是另一回事。

「什麼意思？我們會被人利用嗎？」

「對，會被人用於軍事層面吧。關於這點，我也希望如此，再說也合你們的意吧？」

加入評議會有條件，對方想把管理朱拉大森林的工作全丟給我們。還能當抵擋帝國的防波堤，各國似乎都希望如此。

「沒問題。魔物數量減少，迷宮攻略者就會變多。確實合我們的意。」

「別想得太美。我方已經實際體驗過了，各國首腦可是一堆老狐狸呢。為了抑制魔物帶來的災害，他們搞不好會命你派人去該國駐紮。」

基本上，人人都不希望他國軍隊在本國逗留。然而這個世界有魔物存在，是全人類的敵人，可想而知，大家會盡可能儲備戰力。

就如西方聖教會的神殿騎士團，許多國家不惜採用他國軍隊。

《提議。這裡有一計，可以反過來派遣兵力，對他們施恩。》

除了讓評議會承認我們是一個國家，還能理直氣壯派軍至別國是嗎？如此一來，一旦出狀況，我們就可以靠這股軍事實力給他們下馬威吧。

我的祖國也搞這套。

「哦哦。原來是這樣啊。有何不可。就給他們利用吧？」

「不過，對方想利用我們，聽了還是有點不爽呢。」

「實則讓我國影響力大增對吧？」

看我露出邪笑，紅丸跟蒼影立刻看出我的意圖。朱菜笑而不語，沒意見代表她贊成吧。

無人反對。

也就是說，明天可以照我的意思辦嘍。

「你的表情很邪惡喔。」

日向傻眼地說著。

她似乎看穿我們的想法。

不過，日向沒有多說什麼。換句話說，她默認了。

就這樣，對談到此結束。

要走的時候，日向突然想到什麼，對我這麼說。

「對了。還有一群笨蛋疑似想圖謀不軌，你可別大意喔？」
她慎重叮嚀，要我絕對不能生氣、失控。
評議會並不團結，她的意思是別一竿子打翻一船人吧。
真是的。
面對我這樣的和平主義者，幹嘛擔心成那樣。
就算日向不說，這種事我也心裡有數。
我給日向的答案是「妳多慮了」，接著我們就和她道別。

*

過了一晚，約定的日子到來。
我們前往開會地點。
有我、紅丸、蒼影跟朱菜。
大家都換上套裝，一身筆挺。
當然，所有的武器都放在「胃袋」裡。他們三人的也是，乍看之下會覺得我們手無寸鐵吧。
事前已經跟日向探過消息了，我心中無半點不安。
某些人似乎想利用我國，但加入評議會的事應該沒什麼問題。
若能在此讓他們承認我方是人類的一分子，距離我理想中的社會就能更進一步。
構築人與魔物共存共榮的關係，建立那樣的世界。套用繆蘭的說法就是人魔共榮圈吧。

在魔物這邊，我們已和魔人、矮人、長耳族等種族構築共生關係。光這樣就能築起強大的經濟圈，但我原本是人類，也想跟人類攜手共鬥。

不過，人類很貪婪。

他們跟魔物不一樣，很計較利益得失，具有排除外族的天性。但也因為他們貪婪，生活水平因此提昇，這也是事實，同時還是讓娛樂遍及全世界的原動力。

有別於魔物，人類並不單純。

人類很複雜。

別以為一開始就能進展順利，要避免抱持過多的期待。

一抵達會場，數名議員似乎等候多時，他們主動向我方打招呼。

他們疑似來自鄰近我國的國家。

還是從開國祭參加者那耳聞風聲，才想跟我們締結友誼。

聽他們誇自家人，我也開心。

為今後做打算，我親切地對應。接著對方似乎也放心了，開始展露笑容。

「哇哈哈哈哈。聽說利姆路陛下是魔王，沒想到這麼好相處！」

「今後我們也要繼續維持友誼。」

「各位過獎了，彼此彼此。未來我們也會三不五時策劃一些活動，有興趣的人一定要來參加喔！」

在開國祭上，大家還是很怕我們。

但時至今日，對方已願意與我熱絡交談。多虧利格魯德和摩邁爾等人平日努力打點。

如此這般，我心情大好。

日向拿一堆話威脅我，但是照這個樣子看來，果然用不著操心。

原本是這麼想的，心情卻因緊接而來的某群人盪到谷底。

「咳哼！我說你們幾個，利姆路閣下很困擾呢。區區幾個小國代表，連點看頭都沒有，憑什麼跟他聊這麼久！」

「哎呀，說得對極了。沒禮貌的傢伙一多，利姆路閣下也會因此對評議會心生誤解。作人要知道分寸，快滾吧。」

情況如上，一群態度傲慢的議員現身，將那些跟我聊天的人趕跑。

是誰沒禮貌！很想這麼說，但我忍住了。

全因蒼影透過「思念網」告知，說現在過來的這群人，背後都有個規模頗大的國家。

議員號稱人人平等，但看樣子他們果然沒照這個規則走。之後才來的這群人將之視為理所當然，完全不內疚。

其中確實存在身分差距衍生的階級關係。

「您好啊，利姆路閣下，跟那些人聊的話題無法有建設性呢。」

「您好。那你所謂的建設性話題是指？」

說真的不想理，但我還是配合對方，給對方台階下。

「你也真是的。說話拐彎抹角，利姆路閣下哪聽得懂啊！」

「哈哈哈，說得是。我看利姆路閣下跟貴族禮儀無緣吧。今後讓我們教您吧。」

我只回問一句，對方卻笑得很囂張。

這些傢伙的態度太過自然，甚至讓人看不出是否有惡意。

感覺有點過分親暱，但總比怕我好……應該吧？

「對了，利姆路閣下。聽說您要打造一些有趣的東西？」

「正是。還要引進叫『魔導列車』的東西？要我國導入這項商品也行喔！」

「對，說得是。我等也這麼想。要我們幫您也行。當然，要有相應的報酬——繼續說下去似乎有失禮數啊。」

啊，嗯。

該怎麼說，令人目瞪口呆？

這已經超越「無禮」了！

想說對方是貴族就表現得謙虛點，算我失策。看我這樣對應，他們誤會大了。

不過，這裡是對方的地盤。

身段不夠柔軟，可能會把事情弄得很麻煩。

我要用寬大的胸懷原諒他們。

都對日向放話了，不能在這個節骨眼上發火。

「沒鋪軌道就不能用『魔導列車』。而且鋪設工程的先後順序都定案了，就算現在要求也沒辦法啊。」

「哦，不須在意那些小事。我已經先跟母國知會了，您只要先讓我們進口商品就行了。」

看來他們沒看過實物，都誤會了。

似乎不曉得「魔導列車」是什麼樣的東西，雙方雞同鴨講。而且他們都不顧我方的意願，硬是單方面要求。

但這次我還是選擇隱忍。

「不不不！剛才已經說了，要講先後順序——」

我壓抑心中那股怒火，試圖拒絕他們，但這些傢伙對人予取予求似乎不懂得適可而止。

「那就換別的商品也無妨。我們會購買大量的武器和防具，替我們安排一下。當然，可不能忘了表示謝意啊。」

尤其是現在跟我說話的人，這個代表拉奇亞公國的大鬍子特別惱人。還暗中要求賄賂，令人懷疑他是否忘了我是魔王這件事。

鄰接朱拉大森林的國家受魔物威脅，然而位於內陸的國家都過得和平安逸。所以國家富足，才不覺得魔王是種威脅吧……

不過，我必須說這傢伙真的很惱人。認真對應的我跟白痴一樣。

「還有，您是怎麼教育那個叫摩邁爾的人？我命承辦人去跟他做交易，但他拖著不辦都不做回應。可以換別的對應人嗎？」

你很煩耶！真想對他怒吼這句。

原來摩邁爾都在應付這種人，他一定瞞著我吃了不少苦頭。本人看起來對應得很輕鬆，但其實某些承辦很纏人吧。

我要多跟他學習。

「我會妥善處理的。」

除了回這句，我還笑臉迎人。

日文是很美的語言。

會妥善處理——除了有這層意思，又不設期限，不說最慢會在何時處理完畢，其實等同什麼也不做。

這是超級菁英——日本官僚擅長的技倆。

可以蒙混過關，還能讓這件事作廢。多棒的作戰計畫。

「噢噢，有您這句話就放心了！」

「我們很期待。」

「那麼，我們就先告辭了。」

「關於商品，我們隨時都能提供援助，請您別客氣儘管說。」

「今後也請多多指教。」

被我的話徹底蒙騙，那群笨蛋笑著走人。

這就叫成熟的對應。

想要就自己過來買。

「好，說得是。到時有勞你們關照。」

我嘴裡說些假話，一面目送那些議員。

這些傢伙真麻煩。

用不著把商品鋪給他們，透過自由公會賣更實際。好處還不只這些，光是對方沒叫我賄賂就贏了。

其他議員也紛紛靠過來，但我只有稍微打個招呼就閃人。跟他們聊太久可能會惹多餘的麻煩。

一大早就搞到心情不美麗，但這也是一種經驗。
若在開會前引發問題，天曉得日向會怎麼酸我。
就別跟他們計較了吧，我隨後進入會場。

＊

「利姆路大人，就這樣放他們走人行嗎？竟原諒那些狗眼看人低的傢伙……」
在工作人員的帶領下就座，緊接著紅丸朝我發問。
看我隱忍，紅丸也忍著不吭聲吧。
我正想學他抱怨幾句，不料有人搶先。發話人是蒼影跟朱菜。
「別以為利姆路大人跟你一樣。不過是些小嘍囉的戲言，利姆路大人怎會為此煩心。」
「就是說啊，哥哥。利姆路大人的心胸比海更寬廣，對他來說跟那些路人認真是種愚蠢行為。」
喔、喔喔。
被人褒成這樣，我只好耍帥了。
「算是吧。紅丸，為這點小事生氣表示你還太嫩啦。」
說得這麼好聽，其實我也怒火中燒。但是，難得朱菜跟蒼影誤解、朝好的方向解釋，我只好順水推舟了。
我擺架子對大家說教，就這樣耗去一小段時間。

一些椅子排成扇形。

我們坐的地方原本該給議長坐。

簡單來說就是扇子的根部，大家的視線全往這集中。

有一張桌子，還有一個椅子。

紅丸等人站著，在我背後待命。

當司儀的議長則移駕到安全的二樓。

所謂的安全是針對我們說的。因為我是魔王吧，看樣子大家果然保持高度戒心。

全體議員的視線都集中在我身上，讓人坐立難安。

如此這般，會議開是開了，但從這開始才是真正的地獄。

因為裝精明說大話，害我滿肚子火又不能發飆。一直在忍耐，從頭到尾都在聽議員們說話……

事前已跟日向打聽，所以我知道會議的議題是什麼。

首先來看會議流程，我們魔國聯邦要加入西方諸國評議會，對方則提出各種條件。

其一，遵守國際法。

其二，經濟圈開放。

其三，提供軍力。

對方提的要求大致分成這三種。

關於第一點沒問題。

加盟國不論大小，皆有遵守的義務。

話雖如此，評議會沒有干涉他國國內法的權限，這點可以放心。

每個商人都要遵守貿易對象國的法律。若於該國發生問題，將依該國的法律判決。如果對判決不滿，商人可對其所屬國的大使館提出申訴。再由他們判斷要升格為國與國的問題，還是要讓商人吃鱉了事。

感覺比之前開國祭上的處理方式還好。

若發展成國與國的問題，將依國際法進行判決。將前往國際法院進行裁判，會有第三國在場——是說這也是評議會的職責。

只是剔除當事國的議員做判決，事情沒那麼複雜。

當然為了公平起見，須事先公開我國制定的法律。問題就出在這，但我有可靠的智慧之王拉斐爾大師。

我們網羅各國法律，完美釐清要點、弄得淺顯易懂，用以制定我國法案。

並將那部法典提出，所以沒什麼問題。

至於開放經濟圈，這就有點問題了。

這個世界的專利概念不夠普及，先抄先贏是當今趨勢。

不過講那些都太早，若文明過度發展，似乎會被「天上大軍」攻擊。人數高達百萬的天使族將從空中發動攻擊，將城鎮破壞殆盡，弄得體無完膚。

所以西方諸國沒用電也不用瓦斯，目前連蒸氣機關都沒用。

但要說這樣是否不夠便利，其實也不盡然。

我們有魔法，還有魔法道具。

服裝跟日本相比毫不遜色。

雖說市面上不會有鮮度高的食材流通，但保存糧食的技術略勝一籌。

再看建築方面，人們似乎創了引用魔法的優越技術。像是城堡等醒目建築，搞不好靠現今日本的技術也蓋不出來。

如此這般，人們衣食無缺，居住也不成問題。

都市則意外舒適。

要說問題出在哪裡——

舉凡培斯塔和戈畢爾對外公開技術，以及黑兵衛等人的裝備展覽會，除此之外，連剛才那個拉奇亞公國代表人，也就是鬍子男都知情，「魔導列車」的事也呈現半洩漏狀態。尤姆和繆蘭等人找來大批勞工，這些事被人知道也不奇怪。

問題不在那，而是某些人企圖盜取這些技術。

更正，只想偷倒還好。

有些傢伙更惡質，說要跟我國進行交易，藉此名目要我國先替他們進行軌道鋪設工程。

「先把車通到我們拉奇亞公國！」

「怎能擅自下定論！利姆路閣下，我們札蒙特共和國才配當魔國聯邦的盟友！」

「肅靜！現在沒問各國的意見。沒看到利姆路陛下正為此困擾嗎！」

若白鬍子議長沒出面緩頰，會議可能到這就開不下去了。

市場開放沒問題，可是提供技術在我意料之外。此外，若各國把我們當有求必應小幫手，感覺他們今後動不動就會利用我國，有種不祥的預感。

結果我先前的擔憂也並非有誤。

此刻的我好憂鬱，然而會議仍要繼續進行。

關於最後一項條件，也就是提供兵力，這點得考慮考慮。

日向已對我提出忠告，所以我重新審視蒼影提供的情報。有人想以軍事協助為名利用我們的兵力，但我們也想利用這點。

我們魔國聯邦將全權管理朱拉大森林。他們是想靠我國對付魔物，這點沒問題。

我們原本就預計這麼做，那樣對我們也有好處。

根據我與日向商議的結果，朱拉大森林這邊由我國負責防禦，荒蕪大地那邊則由聖騎士團把守。

相關費用都由我國承擔，評議會也樂見其成吧。若要經濟活動順利進行，必須讓世界情勢保持安定。

有幾個國家在警戒東方帝國，對他們而言，我國的防衛力像是替他們打了一計強心針吧。我想這應該是多慮了，但要是有什麼萬一，我國首當其衝。

如上所述，評議會肯定想利用我們。

因此我們可以反過來利用對方。

我們負責防衛朱拉大森林，這是大前提。小國想利用我們的多餘兵力保護自己的國家。

即使來自朱拉大森林的魔物減少，也防不了突然誕生的魔物。某些危險魔物還會從空中飛過，國家的防衛預算不能省。

還要給四處巡邏的士兵薪水，委託人討伐則須付費。如果透過評議會來不及對應，就得挪稅金去補。

而且流程上是發現魔物才委託自由公會，無法防範於未然。

將西方聖教會定為國教的國家有聖騎士團出面巡視。可是他們的人數有限。巡邏的範圍很大，關鍵時刻不見人影或許是常有的事。

因此才有我們出場的餘地。

各國將向我國支付防禦費用，我們則讓大家盡情利用。同時又委託我國擔起國防工作，各國將無法忽視我國。

換句話說，要展現我們的力量，以強大的軍事實力為背景，加強對西方諸國的影響力。可以賺錢又能加強影響力。

這作戰計畫可謂一石二鳥。

再說，假如帝國真的攻過來——

該說幸還是不幸，魔國聯邦正好坐落在帝國的侵略路徑上。反正橫豎都要作戰，倒不如讓背後的敵人與我們團結一氣。他們不怕我們，願意接受我們當防衛兵力，對我們來說也是求之不得。

要讓這成真須展現絕對的戰力差距，讓他們知道打起來也沒機會獲勝。否則將國防交給他國包辦就是種愚蠢至極的行為。

反抗也打不贏，那就利用吧——能讓大家這麼想，這項計策就算成功。

各國議員不是提出請求就是插嘴打斷人說話，此時議長也說明完畢。

「——以上就是朱拉．坦派斯特聯邦國加入評議會的條件。利姆路陛下，您可有異議？」

在這陳述意見形同答應。

忽略各位議員自以為是的發言也無所謂，但加入條件可不能漏看半分。

我們也想利用對方，但被條約綁住就沒意思了。

這種東西一般不是都擬成書面文字，先拿給我們斟酌嗎？

——我對此不滿。

要是對方在議場要求我方回應，我們卻無法立刻給出答案，這時又該怎麼辦才好？

我猜這也是找碴的手法之一。

想歸想，本人有智慧之王拉斐爾大師加持。

它會詳細檢視口頭說明，藉我的手自動做筆記。

真的超萬能。

因此我能審酌各項條件，再提出反駁。

「我已審酌所有的條款項目，分別提出質疑及替代方案。要是你們願意接受，我們這邊也沒什麼問題。」

我說完將寫好的文書遞出，紅丸接了起身，將文書交給議長。

議長被逼著接下。

「——什麼？」

我大致上贊同對方提出的條件。只是被人利用也得拿到好處，因此對部分內容進行變更。

智慧之王拉斐爾大師親切地附記這些訂正文。

跟口頭說明不同，事後看也能理解。

議長因我們是魔物就瞧不起人，看到他的說明一字不差地寫成書面文字，整張臉血色盡失。不僅如此，就像在說「想蒙混是行不通的」，甚至被人用紅筆訂正，怪不得議長那麼驚訝。

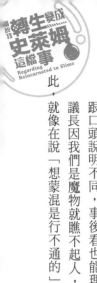

厲害的不是我，是智慧之王拉斐爾大師才對，但現在就先裝得理直氣壯好了。

「有什麼問題可以商量喔。」

要是對方不願接受我們的提議，用不著勉強入會。我會選擇放棄，因為時間的淬煉還不夠，無法讓大眾認可我們，只要轉換方針就行了，只與認可我們的國家深入交流。

「不，沒什麼問題……不過，希望能給點時間，讓我們檢討利姆路陛下的提案。」

看樣子議長不傻，他發現我們不好擺平。

不對那些字句發表異議，決定精審這份文書。

明明就不給我們檢討的時間——就算我這麼想，反對起來還是沒好處，所以我決定乖乖接受他的要求。

＊

怎麼會變成這樣？

被踢起的桌子飛到空中，接著緩緩落下。

時間彷彿靜止了，日向在看我，眼神好冰冷。

你果然還是做了——就算她不講，這句話還是深深地扎在我心上。

伴隨一記巨響，桌子用力撞上地面。

我用腳跟狠狠地踩穿，只見桌子粉身碎骨、不成原樣。

覆水難收。

我假裝這都在計畫之中，大剌剌地靠在椅子上坐好，還翹起二郎腿。然後睥睨白著臉看我的各國議員，並在心裡嘆息。

不，一開始都有忍住。

人們稱我是成熟的大人、魔國聯邦的表率，比海更寬廣的心胸令我引以為傲。

看我最近的表現就知道了。

人們說我是耐力的化身，善於應付蜜莉姆。因為心胸夠寬大，看蜜莉姆耍任性也能笑著容忍。

不過……

對象換成利慾薰心、一點也不討喜、眼裡閃著慾望光芒的議員大叔乘以數人，結果會怎樣？

答案就是眼前這張遭人粉碎的大桌。

中間隔了三小時的午休時間，會議再次展開。

問題就在這時發生。

針對我提出的文件，那幫議員寫了名叫請求書的謎樣文書交給我。

看議長一臉疲憊，可見這不是他的意思。

但我沒空同情他。

眼睛稍微從請求書上晃過，這就發現內容多半教人難以忍受。

內容如下。

其一。

要讓「魔導列車」通至英格拉西亞王國。所須工程及費用由魔國聯邦負擔。

其二。

提供高品質裝備。目的在於增強西方諸國的軍備，得向魔國聯邦請求支援。

其三。

出現在魔國聯邦的迷宮乃全人類珍寶。故須讓評議會兼管營運事宜。

其四。

加入評議會，每年須繳納定額稅金。此外，關於議員遴選，基於安全考量只接受人類。

諸如此類。

都隨他們寫。

理智神經三秒斷裂，能讓我三秒發火真有你的。

這樣的條件根本不值得檢討。

已超越不平等條約，與其要我締結這種條約，還不如放棄與人類共存。

「我說，你們幾個。在小看我嗎？話都隨你們講，但你們憑什麼對我這個魔王提要求？」

踢完桌子，我稍微冷靜下來。

壓下那把怒火，質問低垂著頭的眾議員。

「利姆路大人在問話喔。你們別閉著嘴，快開口回答。」

朱菜笑著補刀，比我說話更有效。議員都被那股壓迫感吞噬，開始冒冷汗。

「你們都搞錯了。我國正準備構築巨大的經濟圈。即使如此，我依舊有意加入西方諸國評議會，只是為了傳達一個訴求，就是我們不想與人類為敵。但既然你們沒那個意願，我也不打算勉強——」

議場內鴉雀無聲，只有我的聲音靜靜地迴響。

出的聲音不大，但那句話似乎說進議員的心坎裡，同時激發恐懼。

我並沒有使用「魔王霸氣」。是說「魔王霸氣」若對人類使用，好一點的陷入恐慌狀態，最慘的就是發狂，要不就是像個瘋子般痛苦死去。所以我不會在這種場合使用。

當然，我也沒替他們洗腦。

做那種事別想跟人類交好，一切將毀於一旦。在往後的人生裡，我可不想跟只會答ＹＥＳ、一點趣味也沒有的傀儡作伴。

總而言之，這次頂多氣到踢壞桌子，坦然陳述自己的意見。

然而光這樣就帶來莫大的效果。

「不、不是，利姆路閣下，我等提出請求的動機並非如此……」

「正、正是！我等也想與貴國搭起友誼的橋梁，在提意見的時候才會一時不察，不小心得寸進尺。」

這下議員們慌了，拚命找藉口。

可是我愈聽愈火大。

話說——

面對一國之君還叫人家「閣下」。

若對方一樣是王或國家元首就算了，又沒背負整個國家還這樣叫我，等同藐視我國。

那態度就像在對從屬國的王，可以說對我國不帶半點敬意。

這些傢伙肯定看不起我們，想說我們只是區區魔物。

我個人被人看扁還能忍住，但整個國家被人看不起就無法容忍。

本人好歹是魔王。

原本期待對方會用配得上這身分的方式對待，情況卻比我所想的更嚴峻。

我們住最高級的旅館，不少議員對我很有禮貌，所以我有點疏忽。

然而就算是這樣，他們的態度還是很差。

「啊？那你們說那些是何居心？在我看來等同要我及我國國民當你們的奴隸，為你們做牛做馬？」

「不、不是！沒那回事！」

「我等絕無此意！我等提出請求的動機並非如此──」

議員們拚命解釋。

原來這就是代表國家的貴族，真教人頭疼。

跟這種人交涉，我寬大的心胸也免不了在短時間內瀕臨忍耐極限。

可以將這些臭狸貓玩弄於鼓掌間，優樹也是老奸巨猾的狐狸呢。

很想跟他學習，但我似乎學不來。

《提議。那要我出面處理，進行自動對應嗎？　YES／NO》

智慧之王拉斐爾大師好像說了些話，是我聽錯了吧。

它確實很優秀，但頂多只是一項技能，不可能像那樣自由地插話。

看來是我平常太依賴它，結果願望變成幻聽傳入我耳裡。

如果可行，演講也能全部交給它，那我之前吃的苦頭又算什麼。

像要甩去愚蠢的妄想，我輕輕地搖搖頭。

然後不屑地瞪視坐在面前的諸位議員。

是說這下慘了。

如今我恢復冷靜，在煩惱該如何收拾殘局。人們常說「性急壞事」，一旦出錯，要修復就很困難。

議員們很拚命，我也一樣。

《告。沒有問題。正如主人所想，已確認全場受精神干涉的影響支配。》

啊？

你說什麼！

我根本什麼都沒想。一點想法都沒有，只是火大才付諸實行。

但卻——

《告。已獲得多件樣本，發現精神干涉的法則。就如個體名「凱」，現場多數議員也被某人的精神干涉影響。要解除干涉嗎？

YES／NO》

哎呀，那還用說……

我毫不猶豫地選了YES。

一想完，至今都保持沉默的幾名議員也開始出聲。

「利姆路陛下當然會感到憤慨！我方如此失態，該如何補償——」

「等等，那些條件之前開會根本沒提啊！」
「是誰，是誰擅自作主的？」
局勢頓時起了變化。
智慧之王拉斐爾大師果然厲害，不論何時都可靠。
「呵呵，看來那些議員恢復理智了。」
裝得像看穿這一切，我狂妄地輕喃。只是想要帥罷了，對此有反應的人是朱菜。
「原來是這樣啊！我覺得他們好像怪怪的，難道是精神支配？」
事情是怎樣啊，智慧之王拉斐爾大師？

《答。這是一種精神干涉。影響的不是魔素，因此確認上花了一些工夫，但世上不可能同時有那麼多波長相同的人。原以為還要一些時間才能解除，但主人的憤怒波長令其產生「破綻」。》

原來如此，都在我意料之中——就當是這樣吧。
「看起來效力沒那麼強。頂多利用精神干涉讓議員們的目光變狹隘吧？」
我隨便說個幾句。
被這些話騙倒，朱菜等三人都用尊敬的目光看我。
「原來如此。所以利姆路大人才對那些議員施壓，讓他們陷入慌亂吧？」
「就是這樣，紅丸。那麼做都是經過深思熟慮。」
就怕他學我的暴躁，必須先聲明一下。

這樣也能跟日向交代，真是太好了。
我想到這裡鬆了一口氣，但還是感到疑惑。
這種精神干涉究竟是誰搞的？
應該不是優樹。
我不覺得優樹會這麼做，因為會留下證據。
既然要留，得有夠大的動機——但在這想破頭也沒用。
到底是誰安排這場戲？
現在還不是追究那個的時候。
眼下，我得先解決眼前的問題。
部分議員朝恢復理智的議員進逼。
就是這些人擬了那份請求書吧，數量比想像中多。比起那些，更令人在意的是有些人一臉得意、表現得游刃有餘。
他們手上還有其他策略——只能這麼解釋了。
這時我突然覺得不對勁。
某幾人朝會議室後方的門張望。
我仔細聆聽，聽見數道腳步聲。
他們是叫了衛兵嗎？

《告。未感應到類似行為，推測是事前就計劃好的。》

嗯嗯。

看來他們打算故意激怒我，再派人鎮壓吧？

話說他們真有自信，對手可是魔王耶。

不免讓人覺得這種漏洞百出的計畫也敢用，但英格拉西亞王國及其相鄰地區的居民似乎沒什麼危機意識。可能是遠離魔物威脅的關係，這些人太安於逸樂。

這些議員也一樣，此處想法樂觀的人較多。

搞不好他們就是日向口中的「一群笨蛋想圖謀不軌」……

當我察覺此事，門剛好在這時開啟，十幾名士兵跟一名壯漢入內。

＊

「噢噢，真囂張。你就是自稱魔王的笨蛋嗎？不過，你只帶三名隨從，囂張成這樣好嗎？」

那個人一看到我就大聲吼叫。

一進場就沒頭沒腦地大吼。

笑得很不屑，徹底把我看扁。

已經不是失禮可以形容的了。他顯然是來找碴的，要找藉口也沒辦法。就連我們都啞口無言，不由得互看彼此。

不，等等。

這是敵人的策略。

真是深謀遠慮——

《答。推測這個男人並沒那種能耐。》

——咦，真的？

那這傢伙是大笨蛋——？

「那個……我姑且就是稱號魔王的利姆路，你是不是把我跟某人搞錯了？」

為了以防萬一。對，為了以防萬一，我跟他確認。

之後他說認錯人就窘了，所以我問他到底想找誰。

朱菜臉上的笑容消失，紅丸似乎也因過度憤怒僵住。蒼影似乎想在這一刻拿出預藏的刀，在這發生流血衝突就糟了。

我也很生氣，但還是轉個彎陪笑。

或許是奏效了吧，我成功保持冷靜，朝他問話。

但得來的結果卻害我白忙一場。

「對，就是你沒錯。我記得那個笨蛋的名字就叫利姆路。」

看來沒認錯人。

也就是說把他宰掉沒關係……

「——喂，你這傢伙。別太過分啊！雖然不知道你的目的是什麼，但這裡是公共場合，又有一大堆目擊證人，你以為做這種無法無天的事能全身而退嗎？」

把桌子踢壞的我或許沒資格說這個，但這是兩回事。

我打算在此拿法律當擋箭牌，將這個笨蛋逼退。

否則我真的會宰掉他。就算我忍住，紅丸還是有失控的可能，就怕事情變成那樣。

不料這名壯漢說出更白痴的話。

「蠢材！這是好機會。讓你吃點苦頭，對你用上這東西，就可以對你們這些魔物予取予求了！」

咦？他說什麼？

要給我吃苦頭，對我們予取予求？

這傢伙在說什麼？

是我變笨了嗎？他要表達什麼，我怎麼聽不懂……

《答。這名愚蠢壯漢想贏過主人，讓您任他們使喚。》

那種事我知道啦！

動不動就認真說明，好像我真的是白痴一樣。

是說壯漢手裡拿的東西，以前蜜莉姆假裝被人操縱時，我看過這個魔寶道具——是支配的寶珠。

似乎是真貨，但那個對我有效嗎？

《答。支配的寶珠無法控制主人。》

聽它這麼說，我就放心了。

不曉得他從哪弄到那種東西，不過，這種危險道具最好徹底破壞。

想到這兒，我從椅子上站起。

此時被突發狀況弄糊塗的議長疑似回過神，他慌張地大叫。

「請、請等一等，利姆路陛下！這其中一定有什麼誤會。那絕不是評議會的意思，請您跟公正的第三人日向大人做個確認——！」

議長已對我抱持敬意，他不會說謊。

日向也沒跟我說這件事，該說她還給我忠告，要我多加提防。

沒想到內情竟是這麼直截了當、這麼白痴，事到如今只好順其自然。

議長不是敵人，日向也不是。

再說某些議員也挺我們。

「我們沒聽說啊。這是怎麼一回事？」

「是誰指派的？」

「那名士兵穿的鎧甲有英格拉西亞王室家徽。這麼說來，那是英格拉西亞王國動的手腳？」

議員們陷入混亂，從中傳出這些話。

看那反應，他們顯然與這名壯漢無關。

這不是評議會做的決定，肯定是部分勢力的脫序行為。

許多人一頭霧水的狀況下，也有人冷靜判斷。

是日向。

一被議長點名，她立刻從座位上起身，上前站在我跟壯漢之間。

「萊納閣下，你這是什麼意思？」

原來壯漢的名字叫萊納啊。

日向也認識他，表示這人很有名吧？

「未經許可怎能入內！現在在開會，沒你們這些士兵出場的餘地！」

見日向採取行動，議長膽子似乎也跟著大起來，厲聲斥責那些士兵。

對此做出回應的不是萊納，而是其中一名議員。

我記得他是英格拉西亞王國的伯爵，好像叫葛芬……

「哈哈哈，雷斯塔議長大人。無妨。是我把他們叫來的。為了懲治那幾個不法之徒。」

從二樓——靠近議長的位置，葛芬邊笑邊說。

「葛芬伯爵，你瘋了不成？」

議長漲紅臉大叫。

也是啦。

既然其中一名議員涉嫌，他就無法主張此事跟議會無關。

有日向這名公正第三人在，這場可笑的鬧劇反倒對我有利。雖然被人小看很火大，但我決定暫時先忍忍，看看情況再說。

「葛芬伯爵！我可沒聽說會發生這種事！」

出聲大吼的是約翰議員。他好像是羅斯帝亞王國的公爵。

他比較像樣，也沒遭到精神干涉。開頭那場騷動似乎令他面有難色，感覺會站在我這邊。八九不離十贊成魔國聯邦加入。

「各位，稍安勿躁。其實大家都怕魔王利姆路。不是嗎？這位萊納閣下是我們英格拉西亞王國最強的男人。他會打倒魔王利姆路，支配他。如此一來，八星魔王的其中一名就會任我們擺布。連『暴風龍』也難逃掌控！」

就算被多名議員責備，葛芬仍氣定神閒，還像這樣理直氣壯，表示要與我為敵。

數名議員紛紛大喊，他們認同葛芬的說法。

演變成這樣，我也不用再忍了吧……但事態將我撇在一旁，開始失控。

「這、這怎麼行！」

「怎能允許那種事情發生！別、別小看議會！」

「沒錯！你、你打算無視評議會的意思，將自己的利益擺在第一位？」

更多議員起身，開始反駁他。

可是，我有種不祥的預感。在眾多議員裡，某些人臉色難看地低著頭。

還有葛芬那老神在在的態度，似乎另有隱情。

結果我的預想成真。

「冷靜點，各位。我國騎士萊納說得對。魔王漫不經心地來這兒，不好好利用這個機會怎麼行！」

嘴裡說著這些，一名斯文男進入會場。

這名另外加入的金髮斯文男明明不是議員，態度卻很傲慢。

議場頓時吵鬧起來。

由此可見這傢伙的地位頗高。

才想到這裡——

「艾洛利克王子殿下，這是在做什麼？我應該勸過你了，要你別做蠢事吧……？」

日向一席話助我認清他的真實身分。

原來對方是這個國家的王子。

就算是評議會的議員，面對這個國家的王子也不能失禮。怪不得他們如此困惑。

話說這個名叫艾洛利克的王子，就是這次事件的幕後黑手？

幾名議員疑似被他煽動。

「日向，我對妳很失望。因為妳放棄當不懼怕魔王的人類守護者。」

「——你說什麼？」

日向的聲音變低，語氣冰冷。

啊，看來她真的很生氣。

這下我沒機會出場了吧。

「嘮嘮叨叨煩死人了，日向小姐啊。怎樣？我不曉得聖騎士團長有多厲害，但本大爺是英格拉西亞王國騎士團的總團長，妳不是我的對手啦。連那個軟腳蝦魔王都打不贏，在那互舔傷口真可笑。該不會嚇到尿失禁想逃吧？」

下流的笑容依舊掛在臉上，這次萊納的矛頭指向日向。

這傢伙有危險。

連我看了都血色盡失。

「混帳……」

「咯咯咯，妳不反駁，是被我猜中了？哦，聖騎士團長大人。反正妳那職缺也是擺好看的吧，色誘好色的樞機才弄到這份工作？兩邊都是雜碎，肯定打了場爛仗吧。連殺人的覺悟都沒有，笑死人！」

啊，這次連我也中槍。

拜託你別這樣好嗎？

「不過呢，日向。妳的外表還不差，要是妳當我的女人，要我把妳當寵妾疼愛也行喔？」

啊，這傢伙……他死定了。

日向的神情依舊。

容貌依然冰冷美麗。

可是和那冷淡外表成反比，她的內在似乎就像岩漿在狂冒。

是說日向的忍耐力真強，我說真的。

換成我可能早就發飆了。

「喂喂喂，萊納閣下。不覺得這樣有點下流嗎？不過，我也對魔王有興趣。一人獨占不太好，你看怎樣？」

我背後竄起一股難以言喻的惡寒，令人渾身發毛。

這個叫葛芬的男人，該、該不會看上我了？

好一個噁心大叔。幾乎沒什麼事能讓我動搖，他卻嚇到我，這男人真可怕。

幸好葛芬的位子離我很遠。

若他靠近我，我可能會下意識毆打他。

「——艾洛利克王子殿下。這個男人——萊納閣下說出那種話，還做了那種事，你們英格拉西亞王國打算睜隻眼閉隻眼嗎？」

日向用平靜的語氣回問，沒洩露半點怒意。

只見艾洛利克笑著回應：

「呵呵呵，日向小姐，若妳願意提供協助，我們會對妳更加禮遇。不過，要恨就恨激怒萊納的自己。喔，對了。都忘了說，萊納比A級冒險者還強。除了他還有——」

話說到這兒，艾洛利克啪地彈指。

似乎就等這一刻，門隨後開啟，一身黑的男人出現，還有身穿綠袍的人，另外一些人穿著繡有眼熟標誌的外套，他們全進入會場。

一身黑的男人我也認得。仔細看會發現是遭樹妖精戴兒塔咧頸的冒險者凱。

而穿著外套的團體正是隊伍「綠亂」成員，與我們的假魔體激鬥過。

也就是說，那個綠袍者與「綠之使徒」有關？

此人用帽套蓋住頭，並以圍巾遮臉。身分不明感覺很可疑。一副高高在上的樣子，可能是傭兵團頭目吧。

結果我猜對了。

「跟你們介紹一下。這位是凱先生，A級冒險者，目前在當萊納的副手。而他是——」

艾洛利克邊說邊將手搭在綠袍男的肩膀上。每個動作都很做作，顯然是個自戀鬼。

「——他是那個著名傭兵團『綠之使徒』的團長。要討伐魔王也得重視禮節，我盡量找些厲害角色。

比你們強的高手要多少有多少。只是稍微強了點罷了，希望你們別那麼自戀呢。」

艾洛利克信心滿滿。

就我來說，想打架，我隨時奉陪——

《警告。這樣會把名聲弄糟，下降率百分之百。》

也是啦。

這裡那麼多雙眼睛在看，魔王毫不避諱親自出戰好像有點那個。

再說我有開條件——只跟迷宮突破者對決。在沒有特殊原因的情況下打破標準，到時我可能得應付來不完的笨蛋。

還有，最大的重點是——

有人比我更怒。

人是種不可思議的生物，有人先發怒，前一人自然就能恢復冷靜。

「那我問你。艾洛利克王子殿下，不只是我，你還要跟西方聖教會為敵。都做好心理準備了？」

「放心吧。不管是西方聖教會還是神聖法皇國魯貝利歐斯，都不會遭受波及。若妳在一旁默默地看，我可以保障妳的人身安全。」

看日向拚命按捺怒火，我連自己在生氣的事都忘了。

除了議長，底下還有其他人拚命向艾洛利克等人抗議。我方並非四面楚歌，並非完全被拒於門外。

只是有個笨蛋失控罷了。

既然這樣，我們用不著跟對方吵到臉紅脖子粗。

「問題不在那。今日是評議會邀我來當第三人。目的在於確保公平性，不能對你們的脫序行為坐視不管。如果是評議會的意思就另當別論，只是你一人擅自胡來，別以為我會視而不見！」

可能在顧慮對方的身分吧，日向試著說服艾洛利克。然而艾洛利克聽不進去，看樣子沒用。

「日向大人說得對，請您自重，別在此恣意搗亂！」

「這事我可沒聽說，艾洛利克殿下！還有葛芬伯爵，做出這種事情，你以為能全身而退嗎？」

「難得利姆路陛下親自駕臨，這種做法大有問題！」

「我可不許這種事情發生。英格拉西亞王國竟如此蠻橫！」

有人暴怒、有人憤慨。

出聲的議員也變多了。

事情變成這樣，連我都開始進入觀眾視角。

主角換人當，但那種事怎樣都好。

「既無公平性可言，何須評議會！」

這聲叫喊出自議長。

多說一點！如此這般，我在心裡替他加油。

「這群老頭吵死了。等我支配魔王，你們愛怎麼鬧都行。」

萊納一副勝券在握的樣子。

這傢伙已經把日向惹毛，可能沒我的事了。

當作沒看到。

「艾洛利克大人，照契約走，我們只答應當您的護衛。若您自走險路，將視同違背契約喔！」

哦，連「綠之使徒」的團長都不想插手嗎？差點把他們混為一談。幸好他先知會，幸好。

「就、就是說啊！在我看來，魔王利姆路大人可是頭號危險人物。還創出內有瘋狂魔物徘徊的迷宮，絕對不是等閒之輩！」

……

這不是在誇我吧？

那場死鬥沒有白費。隊伍「綠亂」的隊長，也就是那名精靈使者，對我似乎抱持過剩的警戒心。

「哼，無聊。膽小鬼只會礙事。」

原來凱跟萊納是同類人？自信心過剩，這類型的人都把他人意見當耳邊風。

他恨恨地看著我，但我不記得有做什麼事讓他恨成這樣。

總而言之，會場內的狀態可說是一觸即發。

然而卻缺少關鍵契機，大家都沒有採取行動。

我在心裡暗道沒轍，決定靜觀其變。

*

似要化解陷入膠著的現況，只見艾洛利克舉起一隻手。

「肅靜！大家聽仔細了，艾洛利克大人有話要說！」

葛芬神不知鬼不覺從二樓位子走下，站在艾洛利克身旁揚聲高喊。

艾洛利克滿意地頷首。

接著慢慢地環顧四周，緩緩開口：

「諸位議員！現在、在這裡，你們可坦然陳述意見！是要認同我們，成為討伐魔王的勇者？還是與魔王聯手，與人類為敵？本人艾洛利克．馮．英格拉西亞相信代表各國來此的諸位會做出正確選擇！」

就像在演戲一樣，艾洛利克露出愉悅神情。

「喂喂喂，現在才用投票表決啊？」

我不禁提出質疑，艾洛利克則理所當然地頷首。

剛才那樣亂搞一通，他還想保住顏面？

再說就算投票也不會拿到過半的贊成票——

「呵呵，那是當然的吧？當然，我們要用民主的多數決表決。不過，用不著投票也無妨，我確定評議會將認同我的做法。」

這句話令人在意。

態度上自信滿滿，彷彿在說結果早已定案……

不對，仔細想想實在很奇怪。就算他是王子好了，在各國代表聚集的場所胡來，照理說是不被容許的行為。

即使如此仍要惹事，理由在於？

《答。八成已收買多數議員。》

啊啊，果然沒錯。

我沒想到他連國外議員都收買。沒弄好可能會引發國際問題，所以我認為他不可能實施如此危險的對策。

是我先入為主才慘遭滑鐵盧。

「那麼，這就來表決吧。來場公平、公正的表決！我們要在此打倒魔王，支配他。贊成的人起立！」

王子的聲音高高響起，同時數名議員帶著惹人厭的笑容起身。

果然，看樣子他們早就內神通外鬼。

既然這樣就沒辦法了。

即使這次的結果不盡理想，我們還是有足夠的時間。要是我們被拒絕，到時再看著辦，只能接受投票結果吧。

《告。沒問題。都在預料之中。》

咦，預料之中？

智慧之王拉斐爾大師露出邪惡笑容——我彷彿看到那種幻覺。

這麼說來，印象中蒼影查出不少事情？

例如世人對我國的評價，還有各國的財務狀況，以及王公貴族對此事的反應。就連各國議會的會議紀錄都查到了。

這些都由智慧之王拉斐爾大師徹底精審。

並在我的「胃袋」裡迅速製成文件。

我拿出來一看，發現那是數本帳冊。

啊，是檯面下的帳本！

真的都被你掌控嘍，智慧之王大人。

智慧之王拉斐爾大師已在神不知鬼不覺間掌握跟人私通的議員弱點。

帳簿上詳細記載收受的賄賂等資訊，只要將它公諸於世，到時就能斬斷相關人士的生路。

一旦掌握瀆職鐵證，剩下的就只是一場鬧劇罷了。

行事縝密。

不愧是智慧之王拉斐爾大師，令人畏懼。

《告。用不著拿出那些證據，主人已獲勝。》

嗯？

才在納悶這話是什麼意思，結果就出爐了。

幾名議員起身，開始拍手。看見這一幕，艾洛利克高聲發表勝利宣言。

「表決完畢。已過半數，該議題通過！」

艾洛利克洋洋得意。

葛芬和萊納也帶著令人反感的笑容出動，想抓住我們。

不過，他們未免操之過急。

起身人數連全體的三分之一都不到，多數議員仍坐在位子上。艾洛利克那個笨蛋對自身計謀不疑有他，也沒看結果就在那誇耀勝利。

就連追隨艾洛利克拍手的議員也發現同意人數過少。他們慌張地環顧四周，發現自己是少數派立刻刷白一張臉。

結果顯而易見。

反對打倒魔王——也就是我的人占大多數。

帳簿數量比聽令於艾洛利克、為此起立的議員還多。對應的人數已過半，看來某些議員中途變心。

《答。因先前解除精神干涉，他們疑似找回良知。》

原來是這樣。

恢復理智才驚覺自己有多愚蠢。

可喜可賀。

如今在座的各位議員基於公正判斷選擇與我聯手。

雖然有人為賄賂動心就是了——

《答。推測精神干涉造成的影響，可刺激人的「慾望」。似乎會引發相當強大的強制力。》

是喔，那我有點同情他們。

正幸的獨有技「英雄霸道」也一樣，能影響人心的技能非常棘手。
正幸那邊無法自行控制，但做出這種事的人似乎有選定對象。不曉得是誰做的，不過，好像是非常棘手的敵人。
難道是那個金髮的……
總之，那些恢復理智的議員已確實明辨是非。也對我以禮相待，賄賂的事就替他們保密吧。
但是，議員個人的判斷將左右國運，那評議會的制度也大有問題。國際聯盟或聯合國這類組織若無法自清，將就此腐敗。
若是代表各國的議員腐敗，人們會認為他隸屬的國家也不好。國家命運全繫在個人人格與尊嚴上，希望他們選人要更加慎重。
不過，這方面的事不該由我操心。
問題在於目前站著的人。
暗中從事不法行為的人得為那些罪償還。
可是在那之前，我得讓至今還未清醒的笨蛋醒悟。
「喂，你冷靜下來，看清現在的狀況吧。」
我不改從容的態度，朝艾洛利克放話。
「哼，說什麼——」
他還沒發現自己的處境。
原來笨到極點是這麼丟臉的一件事。
「你是小丑嗎？」

「什麼！」

「不，失禮了。都怪艾洛利克王子殿下太過滑稽。」

日向剛才都用冰冷的目光觀看這場鬧劇，連她都趁機替我助勢。乍看之下很冷靜，其實完全進入吵架模式。

我也不想落於人後，但日向的嘴停不下來。

「看樣子反對你意見的人過半數呢。身為第三人的我站在公平立場宣布該投票結果成立。是說你基於何種權限發動投票表決，晚點評議會會為此召開質詢會議吧。」

「唔，竟然有這種事！你們這些傢伙，是想背叛我嗎！」

噗，開心開心。

發現結果事與願違，艾洛利克大聲吵鬧。因為他很自戀，這模樣顯得更加難堪可笑。

日向看了似乎也很爽。

我也爽。剛才那些不爽的感覺都沒了。

「就、就是。艾洛利克大人說得對！你們明不明白？敢做這種事，小心我國在援助上——」

「等等，這話什麼意思？葛芬伯爵，可否詳細解釋一下？」

一臉疲憊的議長打斷葛芬。葛芬叫得口沫橫飛，但那些話參雜不能聽聽就算的詞句。

那部分就是「我國在援助上」吧。

《答。已節錄至剛才的資料。》

聽大師這麼一說，我看向那些資料，確實詳加記載。

「助拉瓦哈王國興工解決水害。卡爾那達王國這邊則是提供糧食援助，以應付旱災帶來的損害。還有其他國家，似乎也跟他們約好要進行各式各樣的支援。報酬就是這次的事嗎？不過，未按貴國命令行事就取消支援，等同自行昭告這是惡質的收買行為。」

「什麼——！」

「你怎麼會知道那些內情？」

艾洛利克為之語塞，加上試圖掩飾慌亂並尖聲叫喊的葛芬。

我不慌不忙。

只是噙著淡笑，不屑地望著對方。只要這麼做，對方就會擅自曲解我這個人。其實我本人也搞不太清楚，但智慧之王拉斐爾大師都這麼說了，大概是那樣吧。

艾洛利克等人一整個不知所措。

議長聽我這麼說似乎看出端倪，他惡狠狠地瞪視艾洛利克等人。

議會的局勢一面倒，這下我們穩居上風。

有人想偷偷坐下，那可不行。

蒼影已經用「黏鋼絲」封住他們的行動。

「都警告過你了。自走險路的笨蛋，我們是不會幫忙收爛攤子的。」

「綠之使徒」的團長這麼說，聲音分不出是男是女。

看來已跟艾洛利克徹底切割。

勝負分曉。

就在這一刻，我的目的可說是已經達成了。

殊不知——

現場還有不願承認他們落敗的傻瓜。

＊

「開什麼玩笑！艾洛利克大人，別灰心。只要我打倒魔王，所有的問題都會迎刃而解。」

「噢、噢噢，萊納！」

「萊、萊納閣下，您說得是。我們手邊還有您這張最強王牌。您最可靠了！」

該說他們不屈不撓還是什麼的。

都變這樣了，他們疑似還想無視議會的意思任意妄為。

未免太亂來了，但傻瓜的想法讓人摸不透。

「你們該不會想打倒我吧？」

「說什麼蠢話，當然是啦！還是你怕了？若你現在爬過來舔我的鞋子，我倒是可以放你一馬，你也不用吃苦頭了。」

萊納帶著下流的笑容回應。

支配的寶珠在那閃動，看來他想用那個支配我。

而凱追隨這樣的萊納，向士兵們下了某些命令。

緊接著，士兵就跑去堵住門口。照這樣子看來，他們不想讓任何人逃出這個房間，硬要將他們的失策湮滅。

「綠之使徒」的成員向後退一步，但似乎還有其他高階冒險者。他們分別拿出武器，準備對付我們。

「你、你們幾個，竟敢在此亮出武器，都在幹什麼蠢事——！」

議長出聲大叫，不過，二樓也遭士兵限制出入。一會兒後議長的聲音就沒了，疑似被其他幾名議員綁住。

既然這樣就別怪我——才想到這裡，日向就早我一步行動。

「如此蠻橫的行為，身為見證人的我可不能坐視不管。再說——」

你還用不少話侮辱我吧？日向說完朝萊納微微一笑。

會場嚴禁攜帶武器，所以她赤手空拳，但那魄力就像在說如有佩劍早就握住劍柄了。

那傢伙死定了。

「利姆路，這個人就交給我吧。」

「咯咯咯，愛說笑。本大爺是英格拉西亞王國最強的人，看我剝掉妳的假面具！什麼聖人。人們誇妳是人類守護者，妳就得意忘形，但只到今天為止。就讓我教教妳何謂現實！」

萊納不自量力，朝日向發下豪語。

他確實不弱。

在A級之上，要是跟魔人咯爾謬德對戰，想必雙方勢均力敵。

但他不知天高地厚。

在和平的國度裡，他的才能還算突出，屬於強者，卻非時時立於戰場與魔物對戰。因此，萊納不知魔物有多危險。

關於這點，凱跟他一樣。

「哼，那就讓我對付魔王吧。」

「好啊！別把他殺了，凱。聖劍都給你了，可要好好發揮它的威力。」

「那還用說。有這樣裝備，我再也不會大意落敗！」

凱打算跟我對幹。

他好像拿到很棒的裝備，在那耀武揚威，可是那樣東西實際上只是有可能搆上特質級邊邊的玩意兒。

此外，都靠技能跟裝備撐場，當事人就不會有堅強的實力。凱確實在A級之上，然而對現在的我而言，根本不算威脅。

事到如今還得對付那種傢伙也挺麻煩——這才是我真正的心聲。

不過，似乎用不著我出場。

「我從剛才聽了就忍著沒發作……你對我們敬愛的利姆路大人實在太過無禮。」

話一說完，朱菜便來到前方。

那股魄力不容反抗。

她靜靜地走向凱。

啊啊，朱菜比我還火大。

我四處張望，看到紅丸才想上前一步卻僵在那兒。他完全晚了，與我對上眼的他好尷尬。

嗯，我懂。

我的心情跟你一樣，跟紅丸用眼神交流，彼此心照不宣。

「呵呵，呵哈哈哈！你是把人看得多扁啊！魔王利姆路。躲在那種弱女子背後，不覺得可恥嗎？」

凱當著朱菜的面嘲笑我。

跟我說也沒用啊？

既然朱菜有意上場，我就不想奪去她的出場機會。

紅丸雖然不爽還是憋著，我也只能忍了。

「住口。就你這種貨色，用不著利姆路大人跟哥哥出手。靠我就夠了。」

「哼，敢說大話就別後悔！就算是女人跟小孩，我也不會手下留情。」

凱說完將劍唰地抽出。

不愧是聖劍，外觀很帥。

看到那樣東西，朱菜的笑意更濃了。

她靠自身獨有技「解析者」看穿凱的實力了吧。

那我就不用操心了。

蒼影早在那待機，要是出狀況就會出面守護，我決定專心替朱菜加油。

就這樣，在我們跟評議會重鎮的注視下，兩組人馬開始對戰。

——剛才還說得煞有其事。

戰局瞬間告終。

首先是日向跟萊納的對決，形同大象對螞蟻。

為了進評議會，日向換穿正式服裝。

那套服裝看似拘束她的行動，日向卻用非常俐落的動作逼近萊納。

「──啊？」

反之萊納面對她的行動，根本來不及反應。

好吧，也是啦。

雖說日向並沒有認真跟他打，但她還是比三流魔王強上許多。

她鑽進萊納懷裡，就地抓住他的手跟肩，將他拋飛。

朱菜也不遑多讓。

凱就如他所說，毫不留情地砍向朱菜。然而朱菜無動於衷，取出扇子一劃。

光這一劃就讓凱的劍應聲斷裂。

「──啥啊？」

這人也驚得發出滑稽聲響，朱菜朝他乘勝追擊。

「好一個垃圾。我不會給你痛快。你剛才自詡是A級還什麼的吧，差不多該拿出真本事了？只是斷了把劍，該不會這樣就放棄吧？」

拿扇子指向凱，朱菜出言挑釁。

「可、可惡！區區一個魔物竟敢小看我──！」

凱激聲嚷嚷，朱菜怎麼看都像在耍他。

實力差距一目了然，都這樣了還以為自己能贏，神經是有多大條。

話說──

「朱菜也擅長格鬥術啊……」

「對。白老教她柔術。」

姬巫女真是多才多藝。

是說白老的柔術，其實就等同用於實戰的古武術。許多招式都用於取人性命，是危險的武術，已超越防身術等級。

竟然教公主這麼危險的武術，如今更讓我對大鬼族的好鬥有所體悟。

朱菜繼續追擊。

凱拔出備用的劍，她不僅逗弄對方，還踢凱的腿絆倒他。

鎧甲的重量把凱害慘，想趕緊起身卻無法順利行動。

朱菜冷眼看視這樣的凱。

那楚楚可憐的嘴出聲，在詠唱咒文。

「我向神祈禱。願您賜我聖靈之力，聆聽我的願望——」

那些化為祈禱，超越時間和空間，傳達給我。

雖然我就在她身邊，但眼下這都不重要。

「啊？啥啊？」

凱為之驚愕，只見層層疊疊的魔法陣逐漸將他套住。

「等等！這是、這個魔法是——！」

啊啊，凱知道啊。

看來他超越A級不是超假的。

但知道又怎樣，沒辦法對付。

咒文組到這種地步，要逃是不可能的。
只能硬撐，或是防禦。
不過，我不覺得他有那個能耐就是了。
畢竟這個魔法——
「咿、咿咿——！快、快住手——！」
「——萬物終告滅亡！『靈子壞滅（Disintegration）』！」
——畢竟是神聖屬性的最強魔法。
光之激流將凱吞噬，一切消失殆盡——看似如此。
哎呀，朱菜那傢伙把他給殺了啊——還以為是這樣，看來並沒有。
「咿、咿、咿咕，咿咿……」
當光渦褪去，上半身赤裸的凱出現在那兒。八成腿軟到站不住腳，他整個人頹坐在地。
腦袋疑似退化成幼兒，哭得一把鼻涕一把眼淚。
但他還活著，可喜可賀。
「哎呀，我的手法『還不純熟』，魔法好像沒成功。還在練習的魔法不堪用呢。」
看朱菜笑瞇瞇地鬼扯，我不禁想吐嘈「虧妳說得出口」。因為只用「靈子壞滅（Disintegration）」消掉鎧甲，若非完美駕馭不可能做到這種境界。
——話說我拜託朱菜跟阿德曼一起研究「神聖魔法」也沒幾天的光景。但她卻學會最高難度的魔法，看來朱菜在魔法這方面超有天分。獨有技「解析者」恐怕起到卓越的輔助效果。
總之，那先擺一邊。

朱菜三兩下擺平凱。

現在就剩日向那邊，結果不看也知道。

「萊、萊納閣下！你在摸什麼魚啊？」

「快點讓那個囂張的女人閉嘴，你得一併打倒魔王才行。現在不是摸魚的時候！」

葛芬和艾洛利克沒搞清楚狀況，朝萊納大吼大叫。

可是，萊納沒有採取行動。

不，他動不了。

被日向盯著害他整個人萎縮。

遭人丟飛才讓萊納驚覺他跟日向的實力差多少吧。

「哎呀，你不過來嗎？那我就過去吧？」

日向正要上前一步——

「咿、咿咿——！」

發出這世上最難堪的叫聲，萊納用雙手抱住頭，人蹲了下去。

胯下漏出冒著白煙的液體。

喂喂喂，結果漏尿的是你自己啊。

這已經超越傻眼，讓我啞口無言。

「萊、萊納閣下！」

「這、這是怎麼了？你是最強的，連聖人日向都不是對手啊！」

看不清現實的人真可怕，因為他們能輕易道出如此殘酷的命令。
萊納開始像個孩子般哭泣，流著淚和口水，一直蹲著沒動。
照那樣子看來已經沒戲唱了。
去搭理他也挺白痴的。
總之，這下解決一件麻煩事。

分出勝負後，我從一樓的位子起身，站著環視議員。
最醒目的就是站在最前排、舉止詭異的艾洛利克。
「綠之使徒」一行人聚在他身側，但他們並不想跟我為敵吧。自然而然地拉開一點距離，表示他們與此人無關。
「那麼，艾洛利克——你是王子殿下對吧？你來找我麻煩，今後有什麼打算？還想繼續嗎？」
「啊，不……」
「還有那邊那幾位，想也知道，你們的祖國也承認這次行動吧？視為同罪合理吧？」
「不、不是，那是因為……」
「請、請等一等，利姆路閣下，不對，陛下——」
「請您、請您准我說句話！」
我面帶笑容提問，那幫人則鐵青著臉低頭。其中幾人拚命找藉口，卻被我無視。
因為蒼影的關係，他們維持站立姿勢，被人封住行動，與我反目的議員只能拚命懇求，求我大發慈悲。
現在用不著對付他們，他們再也不能搞鬼了。

就這樣，我確定自己穩居上風。

看在旁人眼裡就像一名美少女氣定神閒，對老大不小的大人施壓。這種事難得一見，一定很滑稽。

這種雜碎哪能鎮壓魔王。

沒常識——該說他們腦殘到沒認清現實，這些傢伙才會落敗。

話說回來，那計策未免太粗糙。

他們怎麼會妄想戰勝我，當真以為能控制我。

恐怕正如日向所說，對方的目的是激怒我，逼我出手……

「接下來，來看看該怎麼賠我——」

不，等等？

這次多數議員都受到精神干涉。

議員的「慾望」受人刺激。若是繼續下去，贊成票會過半，艾洛利克的提議會通過吧。

這樣對我不利。

不管內情如何，要顛覆議會通過的事並不容易。

最後變得漏洞百出都是智慧之王拉斐爾的功勞。

也就是說，果然有人對我抱持明確敵意——

《警告。偵測到殺氣。殺氣之對象為個體名「艾洛利克」。》

糟了！

我的「魔力感知」也感應到了。

在兩公里外的某個地方，有人朝這個會場釋出殺意。

可是距離那麼遠，對方究竟想做什麼——？

我立刻發動「思考加速」，用以確認情況。

「魔力感知」映出有點狂野的紅髮女子。

她手裡拿著小小的黑色鐵塊——是手槍。

啊？

這麼遠卻用手槍？

雖不知那把槍的有效射程多遠——

《答。正式名稱華瑟（Walther）P99——麻雀雖小五臟俱全，輕量高性能。有效射程達六十公尺。》

——是說，不知道那些資訊也沒差。

或許它性能優越，但有效射程才六十公尺，一點意義也沒有。

如今我們待的會場靠近英格拉西亞王國中央地帶，建於特別警戒區。牆上甚至做過抗魔法處理，整體堅固，半吊子攻擊無法破壞。

那些還是後話，因為擊出的子彈會依循物理法則，受重力與空阻影響。雖能透過魔法或技能強化，但還不如乖乖準備狙擊槍。

話雖如此，就算用狙擊槍好了，不能看到目標也沒用。

從那女人待的地方應該沒辦法直接看到艾洛利克。即使學我用「魔力感知」鎖定目標，直線上有牆壁擋著，狙擊是行不通的。

再加上發生莫查公爵暗殺事件，會場戒備森嚴。當然我也保持警戒，事前做過確認，確定從遠離會場的地點狙擊有難度。

所以這種行為沒意義……按邏輯講。

還是說，她要讓子彈反彈，藉此改變軌道——

這念頭剛閃過，紅髮女就開槍了。

在延遲的時光中，有如逐格動畫，我看到子彈射出，還看到子彈以驚人速度飛出槍口，被吸入突然出現的黑洞中。

——咦！

驚愕一閃而逝，子彈消失無蹤。

《告。這是「空間移動」的一種，叫「空間連結」。》

連接兩個可見點，「空間連結」似乎是這樣的技能。距離不能太長、連繫範圍狹隘，因此不須費太多心力。

然而現在的我沒空聽那些說明。

紅髮女靠「魔力感知」掌握空間。接著為了讓子彈出現在艾洛利克身旁，她精準定位並發動技能。

結果——不把兩公里距離和外牆當一回事，眼看暗殺計畫就要成功。

距離艾洛利克頭部側邊五十公分處，有個小黑洞出現。從中飛出秒速四百公尺以上的必殺凶彈。

蘊含的威力不輸近距離開槍，前方沒有任何障礙物，子彈朝艾洛利克逼近。

緩緩地、確實逼近。我對此有所認知。

但面對這種情況，我無計可施。

出聲警告趕不上，就算我採取行動也來不及擋下子彈。

《——沒問題。要發動究極技能「暴食之王別西卜」嗎？　YES／NO》

咦，這樣趕得上嗎？想歸想，我還是聽從智慧之王拉斐爾大師的提議。

緊接著——哎呀，不可思議。

無視時間和空間，我手裡躺著能量耗盡的子彈。

「——！你沒事吧？」

日向臉色大變，她跑向艾洛利克問道。

「緣之使徒」的團長也一臉震驚，朝我偷瞥一眼。但他什麼都沒說，轉而確認艾洛利克是否平安。

被人追問的艾洛利克似乎在狀況外，依舊愣在那兒。

只有少數人看出端倪。

不過，這似乎與魔法警戒網相牴觸，建築物內開始有警報作響。

因為這段插曲，會議被迫暫時中斷。

*

「蒼影，去抓犯人。」

「我已經派『分身』過去了。」

等諸位議員冷靜下來的這段期間，我們做自己該做的事。

就在我們身旁，人們也開始檢視現況。

「居然想用這種東西殺人？」

「那是子彈。需要某種道具才能發射，但我們身邊沒有。」

「那麼，犯人的目標是艾洛利克殿下嗎？目的是……」

「想也知道，他想陷害魔王利姆路吧。」

「有道理。要是艾洛利克殿下在那種情況下遭人殺害，人們必定會懷疑利姆路陛下。如此一來，要迎魔國聯邦進評議會或許就難了。」

「也是，那才是對方的真實目的吧。一些笨蛋隨對方起舞，被當棄子利用。」

進行討論的包括警備隊隊長、「綠之使徒」的團長，還有雷斯塔議長，最後是日向。

由日向回答大家的問題，調查順利進行。

我沒變成嫌疑犯真是萬幸。

艾洛利克的人身安全也保住了，但這次擾亂議會，事後會被判有罪。

「有、有人一直想取我性命嗎？」

只見他憔悴地低喃。

這傢伙做了些蠢事，不過，我並不想看他死。

「哎呀，別擔心。你──失敬，艾洛利克閣下沒被殺死，不明人士的陰謀就遭到阻擾。事到如今，沒道理再次犯罪。」

如今要把罪推給我是不可能的事。如此一來，艾洛利克等同失去利用價值。

所以他再也不用怕遭人暗殺。

「可、可是，我是大國的王子，論利用價值──」

嗯──這就難說了？

還未像這次胡來之前，以一名王位繼承者來說，他的價值頗高。只不過，他沒被立為儲君，此外還有其他繼承者。再說事到如今……

行動成功另當別論，但英格拉西亞王國可沒嫩到讓耍白痴王子即位。

就算幹這種事，母國不追究好了，他們也不容許王子失敗吧。

艾洛利克當王的可能性可說因這次失誤歸零。

「總之，人生又不是只有當王這件事。雖然得以某種形式為這次事件贖罪，但事後再回過頭、慢慢檢視自己的人生就行啦？我也是陰錯陽差當上魔王罷了，其實並沒有當魔王的念頭。不過當都當了，無法回頭，所以我想好好利用這個地位。」

「呵呵，魔王在安慰本王子、安慰我是嗎？還以為你會更可怕，對人類有害……」

「這不是在安慰你。基本上，我是和平主義者啦。」

聽我這麼一說，艾洛利克便沮喪地垂下肩膀。似乎看開了，他變得很安分。

「是我太笨被人欺騙。葛芬，我們要負起責任。」

「殿、殿下！」

「是你出這個計畫的。被你誆騙的我也會遭人問罪吧，但你要做好心理準備，葛芬伯爵。」

看樣子艾洛利克真的看開了，他老實跟著警備隊走人。

也對，幕後黑手是葛芬，這點任誰都看得出來。是葛芬教唆萊納和艾洛利克，引發這次的騷動。

我想這個葛芬也遭人利用。

背後有謎樣組織啊。

不能只說它是陰謀論就算了。我想最好還是認真調查比較好，可是如今連蒼影都找不到線索。

不過，若能抓住剛才那個狙擊手，應該能問出一些證詞吧。

除了期待從那挖寶，還有一人也能問。

「對了，葛芬先生。有件事想問你？」

我看向被捕的葛芬。

「什、什麼事？你這魔王想問我什麼？」

都這個時候了，葛芬的態度依然不佳。

「拜託你說一下，教唆艾洛利克王子有何企圖。」

「哎呀，在說什麼來著。不知道。我什麼都不知道。」

「你、你說什麼！就是你騙我的——！」

「證據在哪兒？我確實受王子殿下請託，邀你到這個會場。但沒想到你企圖幹這種事。」

「葛芬伯爵，找那些藉口也沒用。除了我，在場議員也會當證人吧。」

約翰不讓葛芬找藉口。多數議員都對此表示贊同。連站著被綁的人都跟著點頭，證人已經找到了。

「唔，可是！我真的不知情。是王子殿下策劃一切，我只是聽命行事罷了！」

「胡扯！就是伯爵你弄到那顆寶珠，向我獻計的啊！」

「不關我的事。剛才都說了，請提出證據——」

葛芬打算裝傻到底。

他看起來很狡猾，大概有自信不會留下線索吧。

這麼說，要將他入罪也難了？

短時間內可能會惡評纏身，但之後八成又會厚顏無恥地重出江湖。

所以貴族才讓人討厭。

不能大意，半吊子手法無法將之擊潰。

直接訴諸武力就能輕易將事情了結，不過，那是最後手段。

想到這邊，門突然開了。

「艾基爾陛下駕到！在場眾人還不快行禮！」

近侍大聲喊叫，聽到這聲音的人紛紛行禮。

我差點跟著跪，但被朱菜跟紅丸制止，這才沒跪成。

要是真的下跪還什麼的，問題就大了。

除了我們跟日向，大部分的人都立刻表示敬畏。就連評議會的議長也微低著頭。

不愧是大國英格拉西亞的國王。

英格拉西亞國王艾基爾朝被蒼影綁住且動彈不得的幾名議員瞥了一眼。接著興趣缺缺地拉回目光，再看向我。

這中年人好美型。

有一頭濃密金髮，還有雙邊翹起的鬍子，都跟他很搭。

「朕的兒子似乎給你添麻煩了。」

「算是吧。不過，誤會應該已經解開了喔。」

我不想把事情鬧大。只要能讓人類社會接納我們，些許無禮還是睜隻眼閉隻眼吧。

「——是嗎？朕不是以王的身分前來，而是以父親的身分向你賠罪，並向你道謝。」

語畢，艾基爾國王朝我輕輕地點頭。

國王都親自低頭道歉了，這件事就此打住吧。

「我原諒你們。不過，下不為例。」

「嗯，朕明白。朕也想跟你們構築良好關係。」

答話時，艾基爾國王的目光筆直，能聽出他說的是真心話。

這次就別想太多，相信他吧。

假如他背叛我們，到時再做打算。

「那麼，今後請多指教。」

「彼此彼此。」

接著我們握手。此外，我弄壞桌子的事也請對方當作沒看到。

這下我們和好了。

「諸位，把頭抬起來。」

聽到這句話，人們不約而同抬臉。

會場發生的事八成會走漏風聲，但檯面上不算數吧。

畢竟王不該隨便跟人低頭，這肯定是艾基爾國王的苦肉計。

「父、父王……」

「夠了。我要重新教育你。」

「——是。遵命。」

「很好。」

艾基爾國王先是點點頭，之後朝葛芬看去。

「葛芬伯爵。」

「在！」

「剛才窮嚷嚷要證據是吧。以為朕不會擺駕至此，你就坐大了？」

「不、不是，絕無此事……」

「我找了魔法審問官。你就交給他們處置吧。」

「咦——！」

葛芬的臉瞬間刷白，開始求王。

「請、請您原諒！我會坦承一切，請您大發慈悲！」

那副拚命樣令人同情，然而艾基爾國王的反應很無情。

「把他帶走。」

「「「是！」」」

近侍一使眼色，負責保護王的幾名騎士便有所行動。

「萊納先生、凱先生，也要請你們自首。」

騎士們宣告完畢就將萊納等人帶走。

「住手，放開我！」

「你以為我是誰！」

萊納等人吵吵鬧鬧、試圖抵抗，但一群黑帽人出現後，他們立刻安靜下來。

這些人就是所謂的魔法審問官吧。

就算萊納跟凱想抵抗，還是被人三兩下擺平。那兩人並不弱，之於那幫人卻像小嬰兒，可見對方不是泛泛之輩。

不愧是英格拉西亞王國。大國不是叫假的，養了不得了的傢伙。

《答。推測這是一種示威行為。想讓主人知道該國也有強者。》

總歸一句話，八成在說「別小看我喔！」。

對外昭告區區萊納並非國內最強，藉此保住英格拉西亞王國的顏面。

當王也很辛苦呢，為了不讓魔王趁虛而入，必須拚命策劃各種事情。

要是艾洛利克的計策成功，他明明就想支配我，鞏固英格拉西亞的霸權。

好吧，要是連這點邪惡心思都沒有，哪能對付老奸巨猾的貴族。

「打擾了。之後的事就交給我國處置。」

留下這句話，國王陛下一干人等就此離去。
他們很精明，連支配的寶珠都收回去，但沒問題。
要是被拿來做壞事就麻煩了，所以我偷偷把機能破壞掉。
我也不想再多管閒事，便乖乖地目送他們離去。

進入午後時段又休息了一下，會議重新展開。
跟上午不同，議員們像洩了氣的皮球。
用不著威脅疲憊的議員，他們不僅受理重要議題還讓其通過。

承認魔國聯邦是個國家。
讓魔國聯邦正式參加評議會。
將評議會的軍權讓與魔國聯邦。

這次通過的大致是這三項。
逼他們受理案件，全都順利通過。
全場一致認可。
雖然發生不少事情，但最後我擬的文書內容全都通過，整件事塵埃落定。
我不擅長跟那些老狸貓議員假來假去。弄策就算了，言談間探對方虛實好累人。
這些以後都交給智慧之王拉斐爾大師吧。

《……了解。》

這次就結果而言，我們靠蠻力鎮壓解決問題。

但出手的不是我。

是日向，還有楚楚可憐的少女朱菜。

我反而算是救了艾洛利克的恩人。這樣就能證明我心胸寬大，我個人也很滿意。

除此之外——

對魔王動武沒用——大夥兒對這點有所體認，這部分算是很有意義吧。

會議順利結束，我們離開會場。

就這樣，充滿曲折的會議總算落幕。

第四章

幕後黑手的真面目

Regarding Reincarnated to Slime

美麗的前傭兵——古蓮妲．阿德利扣扳機必取人性命。

被召喚到這個世界後，她手裡一直拿著那把愛槍，它沒有辜負古蓮妲的期待。這已經成了她身體的一部分，連整備都免了。

再加上具獨有技「狙擊者」，古蓮妲天下無敵。

獨有技「狙擊者」——該技能的功用主要有三種。有絕對辨識力「魔力感知」、解讀行動結果的「預測演算」，以及「空間操作」。

最後那項技能「空間操作」尤其犯規，讓古蓮妲變得無人能敵。

在她可視的空間內，古蓮妲能點對點連結空間。換句話說，視線範圍內全都是有效射程。

還能朝敵人的頭頂開槍，隨心所欲略過障礙物、開槍射標的物。

重力或空阻等要素可忽略不計，就算沒狙擊槍等物也能從遠方狙擊。

這些條件相加讓古蓮妲百戰百勝。

然而上次的失誤令她有感一山還有一山高。

（行不通。這種怪物對我來說太強了。）

只消看一眼，古蓮妲立刻發現對方有多危險。

那個對手——迪亞布羅，靠古蓮妲的手槍傷不了他。

重點不是物理攻擊對迪亞布羅無效。

古蓮妲開槍發射的子彈分成一般彈與魔彈兩種。不想留下魔力痕跡會使用一般子彈，遇上不適用物理攻擊的魔物，她會凝聚自身魔力，將之化為子彈，當原創魔法發動。

特別重視能與各種對手作戰的萬用機能，照理說古蓮妲不會出現死角。

可是，跟迪亞布羅對打卻不一樣。

古蓮妲的本能發出警訊，要她逃走。

她仰賴的「預測演算」顯示再待下去只會被殺。

就算用那些犯規的能力也無從戰勝，世上存在這樣的對手——這天難以接受的現實橫在眼前，她對此有了體悟。

時至今日——

在她「魔力感知」的臨界距離下，古蓮妲著手執行暗殺任務。

射出的子彈出現在對方身周五十公分處。之後連一眨眼的工夫都不到，對方就會爆頭——照理說是這樣。

五十公分是絕妙距離。

連接空間時，要連繫的空間若疊上超越一定值的質量將導致失敗。換句話說，對方不經意移動，古蓮妲想連繫的空間可能會因此毀損。

所以才離五十公分。

不管對方是多強的高手，都難以應付近距離出現的物體。小小的子彈超越音速，對方連看都看不到吧。

（那種怪物另當別論，大國王子處理起來輕鬆愉快。算了，在這唉聲嘆氣也沒用，得在下次見面前準備對策。）

如此這般，古蓮妲老神在在，下一秒，令她驚訝的事情發生。

該要打碎王子頭部的子彈突然消滅。

「怎麼可能！到底發生什麼事了！」

出乎意料的事態、超乎常理的事件成真。

雖不清楚其中緣由，但要說是誰動手腳，肯定是魔王。

「是那傢伙嗎！我太小看那個混帳惡魔的主人！」

古蓮妲的直覺如此告訴她，瞬間她有個點子，想再開一槍。

完美的突襲都行不通，再射也沒用。雖然明白這點，但這樣下去任務就失敗了。

她的主子瑪莉安貝爾和格蘭貝爾大老不會允許這種失誤。

因此她太慢做出逃跑的決定。

「呵，沒錯。妳小看利姆路大人。這點不可原諒，我也不打算原諒妳。」

「嘖，什麼人？」

「我的名字叫蒼影。魔王利姆路大人忠實的『密探』。」

古蓮妲心頭一驚，但她立刻有所覺悟。

對方沒有回問她的名字。並非他對古蓮妲不感興趣，而是打算抓了再逼供吧，古蓮妲如此判斷。

既然如此，只要逃走就能隱匿情報。

暗殺失敗。

事到如今，連她都被捕是最壞的結果。

繼續出現失誤，她會因為派不上用場被處分掉。古蓮妲已經看過好幾個跟她共事的人落得這般下場，無論如何都得把逃亡擺在第一位。

下定決心後，她與敵人對峙。

「……他早就料到我會偷襲？」

「說對了，利姆路大人已經看穿一切。想抵抗隨妳。我不打算殺妳，但妳愈是抵抗，吃的苦頭就愈多。」

「哼！還真好心。那我就不客氣，隨我的意思。」

古蓮妲才剛說完就毫不猶豫地開槍。

她只擊發一枚普通子彈，還剩十六發。不過，她想這對名喚蒼影的魔人沒用。魔彈或許有效……想到這兒，古蓮妲拔出軍用小刀。

動作俐落、剛中帶柔，古蓮妲朝蒼影揮刀砍去。

只見蒼影用最低限度的動作避開。看見這一幕，古蓮妲露出一抹壞笑。

刀上附著古蓮妲的魔力。不只物理傷害，她還要給刀魔法效果。這招專門用來對付純物理攻擊不適用的對手，但蒼影認為這刀有危險吧。

此外還有一點，古蓮妲已看穿蒼影的行動偏好。

（這傢伙不喜歡拖泥帶水。既然這樣，搞不好他容易被單純的手法誆騙。看我把你的從容逼走。）

思及此，古蓮妲發動追擊。

右手拿刀，左手持槍。

她毫不猶豫地連射槍彈，觀察蒼影的反應。接著不出她所料，蒼影沒反應。因為蒼影覺得就算打到也沒效。

但對方並沒有大意，仍對古蓮妲的右手保持警戒。

（有一手。在我戰過的對手中，他可能是最強的。）

然而她並未將迪亞布羅算入。

贏不了的對手不在此限，這是古蓮妲的方針。

這時蒼影左手食指抖了一下。古蓮妲沒漏看，察覺危險的她立刻用後空翻迴避。

迅速跟對方拉開距離。

這是正確選擇。下一秒，極細絲線逼至古蓮妲原本待的位子。

「哦，直覺挺敏銳的。」

「多謝誇獎。你也不差。」

除了開口揶揄，古蓮妲不忘開槍連射，用來回敬對方。

這對蒼影來說不算威脅。像在說用不著閃避似的，朝古蓮妲筆直逼近。

（果然，他很單純。太好了，這種對手很好處理。）

魔彈不須火藥。

那種子彈可以在消音狀態下發射，若跟普通子彈交替混射……

對手習慣這陣攻勢將疏於防範，她就趁對方不備直搗黃龍。這就是古蓮妲的戰術。

原以為傷不了自己的攻擊轉成必殺一擊。就算對方保持警戒，突如其來的攻擊依然讓他難以反應。

古蓮妲至今曾打倒一些強者，蒼影的反應就跟他們一樣。右肩被魔彈擊中，被人狠狠打飛。

「啊哈哈哈哈，帥哥這下難看了。拉瑪也被同樣的手法騙去，愈有自信的人，愈容易被這種單純技倆耍。」

古蓮妲高聲大笑。但她的眼可沒閒著，正在檢視蒼影的傷口。

要殺獵物絕不能大意。這是戰場上的鐵律，還未確認對手喪命，古蓮妲可不會掉以輕心。

畢竟古蓮妲不覺得光靠一發子彈就能殺掉蒼影。

「……原來如此，比想像中還要棘手。」

「輸不起啊？但是，抱歉嘍。臉都被你看光了，只能把你消滅掉。」

起身的蒼影已失去右手，古蓮妲認為這場對決將由她贏得勝利。因此她更加慎重，將槍拿到正前方。

（魔彈有效。那接下來就出王牌，確實轟爛他的腦袋。）

古蓮妲發動獨有技「狙擊者」，慎重地瞄準。

「呵，放心吧。我接獲的命令是抓到妳。我想目的大概是逼問情報，但利姆路大人很善良。若妳老實招供，他不會取妳性命。」

「事到如今少在那說大話！」

古蓮妲吼完就扣下扳機。

自三方射向頭部。兩方射向心臟。

共計五發魔彈，按計畫連射。

射出的子彈立刻跨越空間，出現在蒼影的正面、頭頂、右側頭部附近。還射向心臟正前方，從他左邊的斜後方射出。

五發子彈全打中蒼影，將他的身體粉碎掉。

超時空魔彈大放送，這就是古蓮妲的絕招。靠魔力生成的魔彈有別於一般子彈，會擾亂魔素。就算對方有再生能力好了，被這個打中也無法復活。

即使是耍弄刀槍的能手，一旦被來自四面八方的超音速子彈擊中，再強的高手也無法應對。先前的經驗讓古蓮妲熟知自身能耐。那是她求生的祕訣，正因如此，古蓮妲確定蒼影會死。

事實上，蒼影的身體亦在古蓮妲眼前化作黑煙崩解。

古蓮妲鬆了一口氣。打一開始看到蒼影，自那一刻起，她內心深處就隱約感到不安。雖不若撞見迪亞布羅來得明確，但她憑本能察覺對手很危險。

「你完了。因為你很強，所以我沒餘力手下留情。」

過分安心讓古蓮妲自然而然發出這聲呢喃。

然而現在放心似乎還太早了點。

照理說不該聽見的聲音自她背後響起。

「是嗎？那妳就老實承認戰敗，讓我捉住吧。」

古蓮妲下意識自該處跳開。

她趕緊回頭，站在那的人正是蒼影。

「怎、怎麼可能！你剛才不是死透了嗎……？」

「呵，愛說笑的是妳。那點程度的攻擊哪能殺掉我。基本上，我沒道理輸給妳這種三腳貓。」

「那就再來一次——咦，什麼！」

古蓮妲的聲音半途中斷。

這也難怪。讓她難以置信的是，蒼影的氣息遍及四方。

她趕緊發動「魔力感知」，結果看到一點也不想面對的事實。

「不、不會吧！怎麼會這樣，到處都有實體？開什麼玩笑！這是在演哪齣！」

「很簡單。我有『分身』這個技能。就只是這樣。雖沒本體厲害，但妳能打倒我的『分身』，這事值得驕傲。」

蒼影用這句話誇古蓮妲。然而該處還有四名蒼影站著。

古蓮妲無處可逃。

「可惡──！」

發出毫無女人味的叫聲，她朝蒼影出手。

令她絕望的一戰就在此刻展開。

●

從這個陽台可以看見百花怒放的庭院。

少女、少年和一名老人圍著圓桌相視而坐。

這三人是瑪莉安貝爾、優樹跟約翰。

「失敗了，這次失敗了呢。」

聲音自瑪莉安貝爾楚楚可憐的唇逸出。

嘴上這麼說，表情卻充滿從容。這在她意料之中，且是計畫的一部分。

「葛芬真沒福氣。虧他對妳那麼盡心。」

坐在瑪莉安貝爾面前，手裡拿著酒，約翰語帶嘆息地說著。那不是他的真心話，但他的確有點同情葛芬。

畢竟葛芬跟約翰一樣，都是五大老成員。

不，該說是前五大老。

這次失誤讓葛芬徹底失勢。

「葛芬太沒用。都怪他在英格拉西亞待太久，才對王日久生情吧？否則他早該控制王族。」

「……別強求。連我們羅素都無法染指英格拉西亞的權力中樞。更何況是葛芬——」

「不對，不是那樣。掌握中樞易如反掌。只要留下一個子嗣，將其他人全殺掉就行了。若這個孩子是葛芬的血脈就更完美。」

「不，話是這麼說沒錯……」

瑪莉安貝爾知道那段血淋淋的歷史，她認為這種手段沒什麼大不了。該說從流血的量來看，這已經算和平了，她甚至如此認為。

然而在約翰看來，他很想說「大國的警備沒那麼鬆散」。雖能想出這種方法，要實現卻不是件簡單的事。

「不過，我對魔法審問官有興趣。」

「——在說聽命於英格拉西亞王的異端分子嗎？」

「對。討厭，真討厭。為了與我們羅素一族對抗，他們拚命蓄積戰力吧。」

「那麼，妳怎麼看？」

「應該滿強的。葛芬已親身體驗，並知會我了。」

對於受自身能力「貪婪者」支配的對象，瑪莉安貝爾可與對方共享某種程度的情報。該人獲得的情報也會讓瑪莉安貝爾知道。

所以她才將葛芬當棄子利用。引發須由魔法審問官出面的事件，藉此查探他們的祕密。

該事件就是這次對魔王利姆路做的愚蠢行為。而葛芬在英格拉西亞王國當伯爵，肯定能引出魔法審問官。

瑪莉安貝爾已看出這點。

如她所料，她得知魔法審問官的祕密。

知道就不稀奇了。

他們只是吸收魔物力量，變成魔人的人類罷了。

不若舊法爾姆斯的魔人拉贊，憑著自行鑽研來到至高境界。

對魔物因子產生排斥反應，魔法審問官甚至連自我意識都因此消弭，對瑪莉安貝爾來說，那只是激不起興趣的玩具罷了。

不過，還沒變成魔人似乎仍保有自我意志，根據吸收的因子而定，將能在各種環境下活動。強度無可挑剔，已突破A級。

似乎還滿有用的——這是瑪莉安貝爾的感想。

「可怕。為了得知此事，明知葛芬的計策會失敗，妳還是批准了吧？」

「才沒有。我的目的是要提昇你的信用。這下魔王利姆路會覺得你值得信賴。」

「那……」

不，就算不問，他也懂。

她的目的一開始就是排除魔王利姆路，魔法審問管只是附加的。

瑪莉安貝爾想讓約翰去探利姆路的底。

（假如失敗，我也會步上葛芬的後塵，被她滅掉嗎……？）

他不像葛芬那麼無能，除了這麼想，約翰對瑪莉安貝爾亦萌生難以言喻的恐懼。

（開、開什麼玩笑。我當上五大老，一人之下萬人之上，這種黃毛ㄚ頭憑什麼將我……）

想歸想，那些話絕對不能說出口。

所以約翰將話題拉回。

「那不如讓魔法審問官對付魔王利姆路吧？找個罪名抹黑魔王利姆路——」

「不行，不行的。那樣只會觸怒魔王。魔法審問官確實厲害，但頂多就是那樣。根本不是魔王的對手。不成氣候。」

「這麼慘……那最好的方法果然是跟魔王聯手嘍？」

瑪莉安貝爾聽完搖搖頭，說那行不通。

「沒用，沒用的。基本上除了爺爺，其他人都有很大的誤解，包括你。」

「誤解？」

「對、就是那樣。人類與魔王對等——都有這層誤解。我之所以對爺爺提議，說要除掉魔王，你知道理由是什麼嗎？」

「是因為魔王要創造新的經濟圈，那會對我們的經濟構成威脅吧？」

「對。不過，這只是表面上的理由。真正的原因是我們對魔王無計可施。」

約翰很怕少女瑪莉安貝爾。

而這個瑪莉安貝爾鐵青著臉做此回應。

對此感到不安，約翰催促她把話說完。

「這話是什麼意思？」

「魔王利姆路的兵力令人恐懼。如果這個魔王靠武力撐腰，來跟我們交涉，到時會發生什麼事？」

「那、那會是……！」

聽她這麼一說，約翰這才察覺其中的危險性。

在這個世界裡，為了對抗魔物帶來的威脅，國與國幾乎不會打仗。

就算發生問題也有評議會出面調停，經濟實力高的國家說話較有分量。

即使是舊法爾姆斯王國或英格拉西亞王國這類大國，其戰力也不足以跟所有的評議會加盟國為敵。

「而且該國強大之處不只武力呢。被規矩綁住形同失去自由。可是，若他們能自行訂定規矩，該國就不會有任何損失吧？」

就算一開始遵守評議會訂的規矩，之後會怎樣也不曉得。等大家都知道魔國聯邦的價值，之後西方諸國就得任他們擺布。

魔王將用和平手段完成統治。

可用武力威脅。

或施加經濟壓力。

國力強大者擁有制裁權限——這是再當然不過的真理。

「可笑，真可笑。就算跟人談判說得很漂亮，那些全都以魔王的寬容為前提。時間一久，時代會變，到時就得看魔王的臉色。」

「這、這個……」

約翰也明白，他知道事情會變成這樣。

「可是，魔王說他想與人類共存——」

話說到一半，瑪莉安貝爾就用冰冷的目光瞪視約翰。

「愚蠢，太愚蠢。不只是你，評議會也一樣。都是些蠢驢。」

不屑地說完，瑪莉安貝爾開始講解，讓約翰也能聽懂。

眼前還沒出問題，但未來會怎樣？

若遺忘「暴風龍」這個威脅的人類惹魔王利姆路不快……

「不知道魔王能活多久，不過，人類的命不長。不能在此時阻止魔王的野心，羅素一族的悲願形同破滅。」

魔王可能會改變心意。

對方是人另當別論，期待長生者的價值觀與人類相仿——這種蠢事怎能讓它發生，瑪莉安貝爾如是說。

「所以想跟魔王聯手，或是要利用魔王，這根本是天大的誤判。那是不可能的。」

約翰聽了只覺得啞口無言。

像要對這樣的約翰補刀，他的手下「血影狂亂（Blood Shadow）」透過「魔法通訊」回報。

內容是古蓮妲戰敗。

「怎麼可能，古蓮妲被抓了？」

約翰相當驚訝。

「——真的？」

就連瑪莉安貝爾聽了都難掩驚訝。

古蓮妲心思縝密值得嘉許。不管遇到什麼樣的危機都能絕處逢生，瑪莉安貝爾對這樣的她有信心。

不是信她的個性，而是求生貪念。

「教人不敢置信。那個狡猾的女狐狸竟然……」

古蓮妲是羅素一族暗中召喚的成功案例之一，透過法術強迫該「異界訪客」效忠。強度掛保證，用起來等同戰術級兵器。

這樣的古蓮妲不僅戰敗還被人抓住，約翰實在不敢相信那是真的。

位居五大老的他只是一介凡人。跟格蘭貝爾和瑪莉安貝爾不一樣，只用人類的常識思考事情。

將這樣的約翰撇在一旁，瑪莉安貝爾開始思考對策。

（別想打倒對方。不過，若能支配他就沒問題。）

只能做了，瑪莉安貝爾下定決心。

「——我要設陷阱。」

「陷阱？妳想做什麼？」

至今約翰都在當聽眾，這是他第一次問瑪莉安貝爾。

「對，設陷阱。你的部下要跟魔王利姆路一起調查遺跡對吧？就在那裡設。」

瑪莉安貝爾這話是對優樹說的。

不是在跟他做確認，而是傳達既定事項。

「對，卡嘉麗要去，但這有點危險喔！」

「怎麼說？」

「魔王蜜莉姆也會來，所以搬弄計謀很危險。」

優樹提出忠告。

他認為這次該贏取魔王利姆路的信任，訂計畫要將目光放長些。

可是，瑪莉安貝爾已經做出決定了。

「不行，不行的。給愈多時間，那個魔王會變得愈棘手。我的直覺這麼告訴我。優樹，能阻止魔王蜜莉姆到場嗎？」

「這實在沒辦法。他們好像在懷疑我了，在這個節骨眼上拒絕等同自白，說我是壞蛋吧？」

「說得也是。那我們順便把魔王蜜莉姆除掉。」

「啊？」

「太亂來了！這已經不是有勇無謀，而是沒牌亂出啊，瑪莉安貝爾！」

瑪莉安貝爾一番話讓優樹愣愣地反問，約翰則起身否決。

那是當然的。光要打倒一名魔王就得慎重其事。然而她卻要同時對付兩名魔王，等於自行讓成功率歸零。

然而瑪莉安貝爾面帶微笑。

「我們要傾盡全力。使出渾身解數喔！」

「不，那樣不行啦！就算要我出全力，我的部下中庸小丑幫也出去辦事，目前不在。再說——」

「不曉得他們的實力到哪兒，但不在就沒辦法了——」

優樹才反駁到一半就被瑪莉安貝爾打斷。

瑪莉安貝爾連中庸小丑幫都沒看在眼裡。

不，不對。

那是因為瑪莉安貝爾相中更強大的力量──足以對抗魔王的戰力。

「──不過呢。優樹，我之前要你從『龍之巢』調『某個東西』過來。現在正好可以拿來用。」

「『某樣東西』──難道是那個？妳要用那個？不行！那樣東西連我都無法控制啊！」

「沒問題。那樣東西原本就屬於魔王蜜莉姆，只是還給她罷了。劇情就這樣安排吧，魔王克雷曼保留那東西當殺手鐧，被殘黨拿去利用。這樣魔王蜜莉姆就不會生我們的氣啦。」

「弄不好連人類都會倒大楣的……」

「所以？」

「沒、沒事……」

約翰做此提議是希望瑪莉安貝爾改變想法，卻被她輕輕帶過。提出替代方案另當別論，光靠否決無法挑起瑪莉安貝爾的興趣。

再說約翰也想不出替代方案，瑪莉安貝爾的作戰計畫就此定案。

當約翰在做無謂的掙扎，優樹試圖釐清瑪莉安貝爾的想法。結果他認為該作戰計畫的成功率比想像中高。

「……有理。用那個就能引魔王蜜莉姆親自出馬應戰吧。利姆路先生想戰也無法出手，或許最適合用來孤立魔王。」

「呵呵呵。聰明，果然聰明。然後趁魔王蜜莉姆陪那樣東西玩──」

「我們就來支配利姆路先生，是這樣沒錯吧？」

「對、就是那樣。」

「可是，我有個疑慮。」

「是指『暴風龍』？」

「──果然厲害，就是那個。要是我們沒順利支配利姆路先生導致維爾德拉失控，到時該怎麼辦？」

或是對方的抵抗比想像中激烈，讓他們沒餘力支配，這也是有可能的。到時優樹只好殺了利姆路。

優樹怕事情變成這樣，會試著拐彎抹角向對方通風報信，但這似乎也在瑪莉安貝爾的預料之中。

「這方面用不著操心，不須擔憂。優樹，你不用擔心任何事情，只要想著打倒魔王利姆路的事就可以了。」

優樹無法忤逆瑪莉安貝爾。

結果他只能聽命行事。

「──我知道了。既然妳這麼說，我就相信妳。」

聽完優樹的回答，瑪莉安貝爾點點頭。

瑪莉安貝爾對世局的掌握已更加透徹。

因為高祖格蘭貝爾教她跟魔王有關的知識。

假如魔王利姆路消滅，暴風龍維爾德拉開始作亂，到時魔王魯米納斯會想辦法對付暴風龍吧。

不，反過來想。

那樣總比魔王利姆路趁勢統治好。

魔王利姆路與魔王魯米納斯聯手。

這表示魔王魯米納斯將西方諸國的營運工作交給魔王利姆路。
將人類看成餌食的「夜魔女王(Queen of Nightmare)」至今都將該任務交予「七曜大師」。
然而好景不常。
誠如格蘭貝爾失勢，如今「七曜」已滅。
格蘭貝爾失去魔王魯米納斯的庇佑，不能再仗勢對西方諸國「示威」。
想必今後聖人日向的權勢將不斷增強。
利用這樣的日向，魔王利姆路的支配體制將堅若磐石……
(絕對不能讓這種事情發生。)
為此，就算讓全世界受維爾德拉威脅也在所不辭——瑪莉安貝爾在心中暗道。

之後瑪莉安貝爾與優樹結伴，就他們兩個一起研擬詳細的作戰計畫。
事已至此，沒約翰插手的餘地。
約翰只能祈禱作戰計畫成功。
如此這般，魔人們縝密、精心地賣弄惡意，要擬出封殺利姆路的作戰計畫。

●

結束冗長的會議後，我們到咖啡廳聚會。
解開西裝，如今我做悠哉打扮。

事情辦完了，要開「空間移動」回自宅也行，但蒼影還沒把犯人抓來。就怕出什麼閃失，我決定稍待一會兒。

話說回來，這會開起來超累人。

英格拉西亞王國的王子艾洛利克半路闖進來，還有一個叫葛芬的大叔牽線。再加上跟他們一個鼻孔出氣的議員們。

事情最後告吹，他們全愣住。

葛芬似乎是高階貴族，卻被名叫魔法審問官的危險分子帶走。

其他議員受外交豁免權保護，但根據我提供的資料，母國八成會審判他們。

這下肯定失勢。

事關重大，那幫人似乎很怕，但這是他們自作自受。

即使沒加進去引發騷動，某些人也因貴族式思考看輕我。若這些人是無辜的，我便不予追究，然而看了帳本發現他們根本做黑的。所以我預計藉此機會懲治他們，將帳本送往各國。

這下子，那些無禮的笨蛋也會遭人肅清吧。某些人利用議員的地位中飽私囊，為今後做打算，最好讓他們消失。

我邊喝咖啡邊想這些。

「總之，發生不少事情，幸好日向跟朱菜先發飆。我好歹是魔王，突然跑去對付他們不是很妥當嘛。」

「我又沒發飆。只是他們在外交上有失禮數，稍微教他們一點禮貌罷了。」

「我也是，利姆路大人。只是對那些失禮者略施懲戒。要是我真的生氣，早就讓他們從世上消失，連點微塵都不剩。」

日向跟朱菜，兩人同時露出微笑。

步調一致，有點嚇人。

面對這等魄力，我只能點頭說「這、這樣啊」。

「話說這次是很棒的經驗。」

有人插話，是紅丸。

「嗯？」

「沒什麼，就是我太生氣，氣得頭腦中一片空白，不知該怎麼宣洩才好。假如朱菜晚點行動，我早就把那屋裡的人全燒光了。」

聽到這句話，我差點「噗！」的一聲，把咖啡噴出來。

原以為紅丸在靜觀其變。我還感到佩服，以為他變成熟了，事實上他疑似只是氣到忘了自我。

枉費我那麼佩服。

是說好險。要是當場來個大屠殺，這下就變成人類大敵了。

「喂喂喂，我說你，絕對不能幹那種事喔！」

「哈哈哈，說笑而已！」

紅丸試圖用爽朗的笑容混過去，但騙不了我。

這傢伙是認真的。

下次開會前，我方必須推選議員，人選還須慎重考慮。

我們就這樣聊了一會兒，咖啡也喝完了。

「利姆路大人，犯人抓到了。」

這時蒼影向我提報。

我就猜他應該沒問題，看樣子果然把事情辦成了。

還是一樣能幹，交辦工作都能完美處理。

「對方是身手了得的強敵。我命她報上名號也不回，身分依舊不明。不過，她叫利姆路大人『混帳惡魔的主子』。」

嗯。也罷，暗中蠢動的職業殺手哪會輕易暴露身分。

不過，她說的混帳惡魔是……

「在說迪亞布羅嗎？」

「應該沒錯。」

唔——果然是這樣啊。

迪亞布羅沒向我回報這檔事——雖然這麼想，但連拉贊在他看來都是三腳貓。覺得對方不值一提的可能性很高。

這種時候，我被迫重新體認一件事，那就是迪亞布羅的標準太怪。

其實那個拉贊好像還強到被稱作魔人。

根據日向所說，西方諸國幾乎找不到比拉贊強的人。把這種對手評為三腳貓，迪亞布羅的價值觀肯定很奇怪。

關於這方面的常識，我最好多教教他。

在腦內一角註記此事，我點了第二杯咖啡。

朱菜、日向、紅丸這三人是紅茶，另外還加點蛋糕。

唔，紅丸。連你都加點嗎！

既然這樣，我也要一個。

最強的還是非水果蛋糕莫屬。

我也勸蒼影點一樣，結果他向店員點了「熱咖啡」。

店員紅著臉離去。

蒼影不以為意，端來的咖啡什麼都沒加直接喝。

這傢伙喝起來就是帥。

對愛吃甜食的紅丸抱持親切感之餘，我從完美男子蒼影那聽取詳細報告。

「——情況如上。」

當我喝完第二杯咖啡，蒼影正好說完。我順便用「思念網」串連大家，重現蒼影看過的東西。

看起來蒼影把對方的底都掀了。

對方是個大美人，但蒼影絲毫不手軟。

這是那個吧。

以前在某個網路遊戲裡，利用遊戲漏洞作弊。將自身體力值改成無限大，給對手獲勝希望卻在背地裡偷笑。

還差一點就能贏——讓對手這麼想最陰險。對方基於這點拚個半死，連身上的道具都用光，拚命打啊打。

幹這種事的蒼影肯定在探犯人的相關資訊。

好吧，這次不是在玩遊戲。再說諜報活動這種工作的重點在於如何探對手底細。所以蒼影沒錯，該說那些作為反倒該稱讚一下，對他說「幹得好」。

「辛苦了。蒼影果然厲害。」

「我試了跟利姆路大人學來的方法，效果出奇的棒。果然，稍微表現出陷入苦戰的樣子是重點。」

咦、咦咦？

是喔，這麼說來，我好像跟他說過這種事。

印象中曾提過間諜電影的情節，原來還說過遊戲的事啊。想說那不重要，我好像全忘了。

抱歉剛才說你陰險，我在心裡對蒼影道歉。

「哈、哈哈哈。看樣子幫上忙了，太好啦。」

「不，我的功夫也還沒到家。有三個『分身』被她消滅。」

「是、是嗎？總而言之，這下就能抓到對方的把柄了。」

「是。拷問的事就交給我吧。」

拷問啊。

唔——該怎麼辦？

煩惱到一半，日向開口插話：

「原本不想說的，但反正都會被問出來，就先跟你們說一下。話說蒼影先生的對手，那女人曾是我的部下。雖然不知道她藏了什麼樣的力量，但她的技能似乎出乎意料棘手，怪不得拉瑪被打倒。槍彈就近出現，他也來不及反應吧。」

「那個叫拉瑪的人是？」

「喔，抱歉。那男人以前是我的部下，前『三武仙』。輸給那個叫古蓮妲的女人，變成她的部下。」

雖說日向覺得這沒什麼，在場多數人卻反應不過來。用不著說也知道，敵人的技能肯定很棘手。

日向只約略說明一下，但那表示對方的強度達「仙人」級。足以和「魔王種」匹敵，強得亂七八糟，當然有那等實力。

此外──

「她把蒼影的『分身』打飛，用的是手榴彈吧？」

「是說那個會爆炸的球嗎？」

「對，就是那個。看起來不像魔法，我猜應該是另一個世界的武器。」

《答。推測是個體名「古蓮妲」靠魔力製作的。雖有些許差異，但類似「武器具現化」技能，可將自己的記憶實體化。》

武、武器具現化？

不只有狙擊系技能，連那種王牌都有。

補充一下，如果是真正的「武器具現化」，將能完整重現記憶中的武器。古蓮妲重製的好像不夠精緻，只是能發揮類似效果的魚目混珠技能。

雖然那樣還是有十足的威脅性。

「我也這麼認為。雖沒看過實體，但在電影上看到的就像那樣。換句話說，古蓮妲也是『異界訪客』？」

「我想應該沒錯。因為她疑似重現自己的記憶，用來製造武器。」

當我一臉得意地解說完畢，日向就用看可疑物品的眼神看我。

「你怎麼知道這種事？」

唔，直擊要害。

我沒對外公開智慧之王拉斐爾大師的事，現在只能蒙混過去。不該裝懂的。我邊想邊找藉口應付日向。

「因為直覺。到我這個境界，直覺就會變很強。」

這句話讓紅丸等人露出佩服的表情。

讓我看了心裡暖洋洋，同時不忘窺視日向。

「算了。先不管那個，我可以一起拷問嗎？既然對象是古蓮妲，我有事想問她。薩雷跟格萊哥利都沒回來，我猜她可能知道些什麼。」

看來她略過我的話了。

既然有事想問古蓮妲，就隨她去吧。

反正我方也不打算隱瞞，不想像紫苑那樣，做得太過火。

古蓮妲疑似曾跟迪亞布羅敵對，但她在第一時間逃走。至於艾洛利克王子的事，其實跟我們無關。

因此她若乖乖吐實，我們也不打算對她下重手。

——是說蒼影似乎已經讓她嚐盡恐懼的滋味了。

不是肉體上的，而是打擊精神面。古蓮妲的自尊心想必被傷得體無完膚吧。

只不過，是否放人又是難以抉擇的問題。
她比預料中還強，放她在外面亂跑也挺危險。
話雖如此，交給英格拉西亞王國好像也不太對……
總之先保留吧。
「好。那要一起去嗎？」
我朝日向答道。
「有勞了。」
她點點頭。
不管怎麼說，先去見古蓮妲看看。
看她的態度來決定之後要怎麼處置吧。
想到這裡，我們決定換個地方。

——題外話，咖啡廳的帳由我結。
昨天也是我付。
雖說日向的帳單也塞給我令人不解，該用寬大的心胸原諒她，還是酸個一句？
但話又說回來，我不想被當小氣鬼……
會為這點小事情煩惱，也許我真的是小市民。
離開英格拉西亞王國踏上歸途，一路上我都在想這個。

＊

「咦，首席——！」

我們與蒼影的「分身」會合，大家一起回國。

遭人收押的古蓮妲清醒過來，一看到日向就喊出這句話。

地點並非拷問室，而是一般的接待間。

紅丸跟蒼影在我身旁兩側擔任護衛，日向也在場。

朱菜替我們備茶，我們邊喝邊拷問。

「好久不見，古蓮妲。別來無恙。」

日向先攻。她冷眼垂望古蓮妲這麼說。

還是老樣子，對敵人不留半點情面。

古蓮妲原本還很慌張，但她立刻恢復冷靜。

「哼！看樣子我也到此為止了。要殺就殺。間諜被捕，下場從古至今不管在哪裡都沒什麼差別吧。」

她還大言不慚地說出這種話。

「住口。妳只須回答利姆路大人的問題。」

蒼影毫不留情地指正。

「利姆路大人，是否要切斷這傢伙的四肢教訓一下，讓她稍微安分點？」

拜託別這樣。蒼影說要做就會真的付諸實行。

「不不不，雖然有回復藥——」

「原來如此，您是說可以讓她多痛幾次嗎？還有這種用法——」

「不是啦！我想說的是雖然有回復藥也不能做得太過火！」

真的，別這樣好嗎？

雖說朱菜笑眯眯地表示贊同，但日向的目光好扎人。

我可不想對女人做到那種地步。再說古蓮妲看上去並非打死不說，而是依交涉狀況而定，或許能讓她吐實。

「那麼，古蓮妲小姐。該說初次見面吧？我是魔王利姆路。」

「——你好。我是古蓮妲。那位日向大人的部下，『三武仙』之一。」

古蓮妲似乎也明白跟蒼影打哈哈或交涉都沒用。

大概覺得回答我的問題更好，她老實道出名字。

古蓮妲認識迪亞布羅。所以我想她可能自認贏不了才逃走。

即使是主動嚷著要領死的人，真正想死的仍在少數。當她還是有強烈的求生慾望準沒錯。

而且我也好奇古蓮妲為何背叛日向。

就算她不說關於這次的暗殺事件委託人是誰，但其他事情或許會鬆口。總而言之，不知她願意坦白到什麼程度，不過，能問就盡量問吧。

打定主意後，首先我用平穩的語氣提問。

「這次妳要殺的是艾洛利克王子，沒錯吧？」

「對。」

「弄出被我殺掉的假象，將我們趕出西方諸國，理由是這個嗎？」

「大概是吧。我沒問理由。只是有人下令要我那麼做罷了。」

原來如此，看樣子她沒說謊。

「接下來可以換我問嗎？」

這話出自日向，古蓮妲則緊張地繃住身體。

「要問什麼？」

「我讓妳負責商業都市，給妳自由、動起來不會綁手綁腳的環境，並對妳說『不可輕信商人的話』，但妳那時已經被收買了吧？」

「無可奉告。」

「妳從一開始就背叛我們對吧？這是基於命令嗎？」

「——無可奉告。」

「我想妳背後的人八成在操縱評議會，對方的真實身分是？」

「……」

「我早就起疑了。關於評議會採取的行動，有時就好像早已看穿西方聖教會的動向。顯然是有奸細，妳最可疑。我一直在等，想找機會肅清妳，若妳願意說僱主是誰，要我減輕妳的罪也行。」

「剛才不是說了嗎，無可奉告！」

「是嗎？那最後再問一樣。妳信魯米納斯大人嗎？」

「嘖，這世上根本沒有神。與其信那種東西，還不如信錢——」

下一秒，日向抽出細劍。

清脆的聲音響起，我的直刀擋下那把細劍。

「等等，日向！不能砍脖子。妳不拷問，要殺她不成？」

「——我沒那打算啊。」

「騙人！剛才殺意滿滿啊！」

真是的，大意不得。

現在日向只想殺她。

我好歹有在警戒，所以才來得及反應，差點失去貴重的情報來源。

「別擔心，利姆路大人。我會拿她實驗復活魔法的。」

朱菜笑臉迎人。

「對啊，利姆路。我也會使用神的奇蹟『亡者復活』，明明就一點問題也沒有。」

我已經分不清到哪兒算演戲了。

繼朱菜之後，連日向都說出這種話，可是能使人復活所以殺無妨，這樣好像不對。

——是有這種感覺沒錯，然而怪的是，若說這樣合情合理，我也願意放行。

「總之日向妳暫時別插嘴，先觀望就是了。」

換選手上場。

這樣下去不妙，還是讓日向稍微冷靜一下。

如此這般，又輪到我啦。

來吧智慧之王拉斐爾，該你出場嘍！

《──了解。》

智慧之王拉斐爾大師爽快答應。

我直接道出智慧之王拉斐爾大師的話。

「像妳這樣的職業殺手，要妳乖乖洩漏情報也沒用吧。所以妳只要聽我說話就行了。」

哦，原來如此。

要說些話讓對方動搖，看她的臉色解讀情報嗎？

「妳那張撲克臉可要好好撐著。」

「哈！別小看我。這種事還用得著你說嗎！」

嗯，古蓮妲接受挑戰是吧。

這場比賽，贏的人究竟是誰？

我事不關己地想著。

「獨有技多半根植於靈魂之中。妳也不例外，技能跟靈魂貼得很緊。」

「哦，第一次聽說。那又怎樣？」

「嗯。剛才開會時，許多議員被『慾望』汙染。」

「哦……」

「這些『慾望』是被強行植入的。某些技能可以對靈魂產生影響，我猜他們多半是受其影響。」

「……」

「古蓮妲，妳也受其影響。」

「你說什麼？」

「不過妳的獨有技護住靈魂，看起來似乎沒被徹底汙染。」

「唔——」

大概無法否認我的話吧，古蓮妲默默地瞪著我。

是說在講話的我也是頭一次聽說。

「而即使是那般厲害的獨有技，仍有某些人能看出其有無。」

「——在說『鑑定眼』是嗎？」

「是啊。像魔王蜜莉姆的『龍眼』就很有名。我不清楚實際情形，但相傳『魔王蜜莉姆能看穿一切』對吧？這點疑似如傳聞所述，只要用看的，蜜莉姆應該就能大致看出對手擁有哪種系統的能力。」

這是真的。

話雖如此，內情似乎看不穿，對手沒用就無法解讀詳細情報。

只不過，她好像能看出對手的技能強度，可分辨該技能為追加技或獨有技。

然而單一人持有的獨有技超過兩種時，那是一組強力獨有技，或是持有超過兩組——這類細項似乎難以辨別。

關於這點，我也一樣。

我的「解析鑑定」精確度也上升了，如今能隱約看出對手的技能。

除此之外，我還得知能透過隱藏來對抗「解析鑑定」。

好比金．克林姆茲偽裝魔素量。

去見金的時候，我以為沒自曝技能就可隱藏。

然而事實並非如此。

就如剛才所說，經鍛鍊的「解析鑑定」可看出技能有無。

如今回想起來，我算幸運。多虧有那四項究極技能，金大概把我看成不容小覷的對手吧。

「智慧之王拉斐爾」絕對不能外洩，今後行動要對此多加留意。

那麼，我以為無法將技能隱藏起來，事實上這也能辦到。

經過鍛鍊、將技能運用得爐火純青，似乎能騙過分析型技能。

雖然還不周全，但我做了各式各樣的實驗，結論就是這個。

「那你想說什麼？我確實具備獨有技。多虧它才沒被『慾望』徹底汙染，但那又怎樣？」

我稍微頓了一下，只見古蓮妲焦急地反問。

聽到自己受「慾望」影響，這下她無法置身事外了吧。

我想快點回答她，但智慧之王拉斐爾大師的說法有點太難。要我消化再用自己的話說要花些時間耶。

《提議。要使用「思考加速」嗎？　YES／NO》

原來還有這招。

一開始用不就得了，我邊想邊默念YES。

從這開始連續逼問，對古蓮妲發動速攻吧。

「妳是否被慾望汙染與我無關。唯一可以確定的，就是妳的僱主擁有非常強大的獨有技。我說得沒錯吧？」

「無可奉告——很想這麼說，但這點我承認。」

「謝謝。那我們繼續，之前開國祭上也有被慾望汙染的傢伙。那個男人叫凱，今天中午被朱菜制裁。其他賓客未受影響，但部分商人受影響。要影響多名對象，術師在附近的可能性很高。我是這麼想的。」

「……」

像凱那樣徹底受汙染的另當別論，距離愈遠，技能的影響力也愈薄弱。

正幸的技能也很強，不過，一方面是傳言擴散才引發相乘效果。有這個當基礎，才會在本人不經意的情況下擴散。

「慾望」的影響單純仰賴技能性能。之後再靠話術等手法加強對標的物的影響力吧。

簡而言之，若說對方有參加開國祭的可能性很高，說真的挺有道理。

這下我就想到一個可疑人物。覺得那人可疑，已拜託蒼影調查。

「瑪莉安貝爾．羅素，妳聽過這個名字嗎？」

智慧之王拉斐爾大師問得好直接喔。從蒼影的調查報告書確實挑出這個名字。

「——唔！」

似乎打算隱瞞到底，古蓮妲只出現些許反應。

這表示她知情吧。

「我的『解析鑑定』很棒喔，不僅能看穿技能有無，還能察覺對方試圖隱瞞某事。此外，在開國祭上曾嗅到一股詭異氣息，其中一人就是名叫瑪莉安貝爾的少女。」

邊聽我說話，古蓮妲的臉色愈來愈難看。

頰上流的是冷汗，還是普通的汗水？不管是哪種，古蓮妲看起來都很緊張。

「你、你怎麼——」

「你說瑪莉安貝爾．羅素？羅素——是羅素一族吧。原來是這樣啊。」

「咿！」

打斷有話要說的古蓮妲，日向補上這句。

剛才我不許她發話，一般而言都會生氣才對，可是從日向的表情看來，似乎沒那個必要了。

因為日向的臉上寫著「謎底全都解開了」。

再看看古蓮妲的態度，顯然事有蹊蹺。

「格蘭貝爾．羅素。他是羅素一族的創始者，曾當過『勇者』的偉人。古蓮妲，想必妳也知情。知道『七曜』領頭日曜師的真面目就是格蘭貝爾——」

如我所料，看樣子日向得出真相了。

這句話點出暗中聯手的那幫人有何關聯。

「妳說『七曜』，就是之前那群人？聽說他們全都死了，那個叫格蘭貝爾的傢伙現在還活著？」

「尼可拉斯說他已送對方上路，這個怪人領導西方聖教會長達數百年。就算逃過一死也不奇怪。」

瑪莉安貝爾疑似是讓「慾望」紮根的能力者。

還有其高祖格蘭貝爾．羅素——不，是「七曜」之首格蘭。

原來如此，假如格蘭貝爾是活了幾百年的怪物，統領評議會的可能性就很高。

「幕後黑手是格蘭？」

「肯定是他。八成在利用瑪莉安貝爾這樣的強大能力者，企圖做些什麼吧？」

我跟日向把古蓮妲晾在一旁，對照彼此手上的情報。

答案呼之欲出。

古蓮妲已經沒利用價值了。

「可惡！我明明什麼都沒說，你們怎麼知道這麼多！開什麼玩笑，這樣不就像我把事情全抖出來一樣嗎——！」

嗯——很遺憾。

只能說妳碰到太強的對手。

智慧之王拉斐爾大師很優秀，不是妳能匹敵的對手。

「就算妳這樣想，我們也救不了妳。」

「真不錯，古蓮妲。背叛者的下場就該這樣嘛。」

「可惡，這樣下去、這樣下去我會被殺掉……」

看古蓮妲臉色慘白地吟語，我覺得她有點可憐。

不過呢，我不想殺她，想說得到情報就把她交給英格拉西亞王國好了，這下她肯定會遭人處刑吧。

如果是古蓮妲應該能逃跑，可是看她怕成這樣，對方似乎很強。

「那個叫瑪莉安貝爾的人有這麼強嗎？」

我出於好奇提問。

「——問題不在那裡。像我們這些『受召者』都會被不許抗命的術式綁住。所以，一旦對方覺得我們背叛，他們就會捏碎靈魂。到時就完了。」

啊，這還真是……

「這麼說來，妳不是基於自身意志背叛魯米納斯大人，只是因為無法抗命的關係？」

「關於這點，其實挺複雜的。我也想求神垂憐，但格蘭貝爾大人目光雪亮。說真的，我無計可施。」

聽到這些話，我覺得古蓮妲也有令人同情之處。

日向依然目光冷峻地瞪著古蓮妲，但怒火似乎不像開頭那麼旺盛。看起來殺意好像減少一些。

「的確，求神憐憫也沒用。靈魂碎裂的人無法靠亡者復活救治。」

啊啊，原來日向也有善良的一面。

神情依舊冷酷，卻在摸索救古蓮妲的方法。

如果是我，可以解除該術式嗎？

《答。沒問題。要解除嗎？　YES／NO》

哎呀，一下子就有了。

如此這般，我將它輕鬆解除。

＊

「全完了。那傢伙——瑪莉安貝爾可以讀出我的感情。就算我無意背叛，她還是能自行判斷，再將我消滅掉。」

古蓮妲懊惱地哀嘆。

看古蓮妲這樣，我跟她說術式已經破壞掉了。

「什……啥啊啊？」

「總之，用不著擔心啦。已經沒妳的事了，妳就隨心所欲過活吧。對方大概也以為妳已經死了。」

「不、不是，不是那個，你解開束縛我的支配『咒言』了？」

「嗯，算是吧。我想就不用多做解釋了，但跟我們敵對，我可不會手下留情。」

「也是，我這次也會睜隻眼閉隻眼。收拾利姆路放走的人，我會遭人怨恨。不過，妳要記住。妳背叛魯米納斯大人。西方聖教會絕不會原諒妳。」

古蓮妲確實很強，頗具威脅性。可是如今她不再受瑪莉安貝爾控制，沒道理跟我們敵對。

若她還是要與我們為敵，到時再收拾她就好。感覺她並沒有帶來太大的困擾，這次就原諒她。

這次日向似乎也打算放她一馬。我都原諒對方了，她大概無法做那麼小心眼的事吧。

總之，從某個角度來說，古蓮妲只是聽命行事罷了。還不是靠自己做出的判斷，而是受「咒言」的強制力影響。

這次就從輕發落吧。

「就是這樣，妳可以走了。想留在我國也行，隨妳高興，但引發問題就——」

「等、等等——不，請等一下！你真的要放我走？」

「嗯。殺妳好像沒什麼意義。」

「既然利姆路大人放行，我們就沒理由反對。」

「反正就妳這點程度也不構成太大威脅。」

蒼影和紅丸也順著我的話補充。

雖然講法很那個，但他們似乎真的沒意見。

八成真的不覺得古蓮妲有威脅性。這樣說有點難聽，不過呢，那也是事實。

對付認真跟她打的蒼影自然沒勝算，對上紅丸肯定贏不了。

古蓮妲本人似乎也靠衡量得失保命，不會笨到去挑戰打不贏的對手吧。所以放她走也沒問題吧。

面對懷著樂天想法的我，古蓮妲突然下跪。

然後說出驚人之語。

「我、我有個請求！我知道的情報全都告訴你們，拜託你僱用我好嗎？做骯髒事也行，我什麼都幹，求求你！」

聽到這句話，我與紅丸面面相覷。

怎麼辦？

隨您的意。

大概這種感覺，我們用眼神互傳信息。

就算要僱她好了，我們也沒錢。

我的零用錢變多了，但幹部的薪水還在檢討中。

我們是超級黑心企業——該說是國家才對。

「唔——很高興妳有這份心，但我們還在發展。制度面的整頓腳步遲緩，沒在發薪水……」

這種時候就要跟對方說清楚。

裝闊也沒用，我據實相告。

「——咦？」

驚訝的古蓮妲僵住。

話雖如此——

古蓮姐接下來的話才讓我們震驚。

「哦，我早就習慣那樣了。我雖是法皇直屬近衛師團的一員，隸屬神聖法皇國魯貝利歐斯，但那邊也沒付薪水……」

沒想到地位極高的「三武仙」也沒領薪水。

全都用實物支付。錢由他們各自去現場徵收。

但可以利用名聲，在各國似乎享有國賓級待遇。

取締犯罪還能收禮金，聽起來收入應該滿好的。

「咦，也就是說，日向也沒領錢嘍？」

之前在慶典上，她好像花了不少錢？

「——嘖，對啦。魯貝利歐斯標榜人人平等，表面上不會支付現金。大家都拿物資代替。」

我好驚訝，但稍微放心一點。

有漫長歷史的魯貝利歐斯就算不付薪水也能運作，那我們也不用急著制定制度吧。

題外話，日向負責聖騎士團的營運，再加上身為近衛師團首席，似乎能動用相當程度的國家預算。

再加上討伐魔物有報酬等物可拿，感覺能海撈一筆。

「都賺這麼多卻叫我請客？」

「幹嘛計較小事！這叫節約、節約。」

願意大手筆請孩子們，對我卻很吝嗇。

話說摩邁爾有支付獎金嗎？

我突然想到這個問題，但多管閒事惹禍上身就麻煩了。我不敢問便扔著不管。

「別看我這樣，我在西方諸國算有名，所以放我自在過活大概沒工作可做。畢竟事到如今各國八成都不敢僱我，當冒險者又跟我個性不搭。再說這裡的文化水平最高，只要保證食衣住我就滿足了！」

古蓮妲說得這麼拚命，看起來不像要騙我。

其實這理由也合理。

「三武仙」被趕出魯貝利歐斯，不管怎麼想，人們都會覺得他們是背叛者。那樣任何國家都不敢僱這種危險人物吧。

就算隱姓埋名當冒險者，想也知道會過得戰戰兢兢。要是不小心曝露身分，魯貝利歐斯或格蘭貝爾也會派人追殺吧。

那樣一來，根本沒機會過安穩的生活。

「的確，若大家都不伸出援手，妳很難活下去吧？」

「對吧？所以拜託你，魔王大人！你可能不相信我，但我發誓會效忠你！」

怎麼可能信妳。

但總覺得，她沒那麼可恨。

很像間諜電影會出現的壞女人，無法丟下她不管。

「蒼影，可以交給你嗎？」

「如果利姆路大人如此希望，我不反對。」

「那就拜託你了。要是她背叛會很麻煩，麻煩你做相應的處置。」

「遵命。只看戰力在蒼華之上，可讓她直接聽命於我，並增設特務機關。」

「是專收問題兒童的特務機關嗎？」

「這個嘛，差不多是那樣。我想就地採用，不然就是去挖角。」

看來蒼影也很會做打算呢。

迪亞布羅都去找部下了，只制止蒼影太不公平。

那就隨他辦吧。

「由你全權處理！預算去找摩邁爾商量。」

「遵命！」

事情三兩下敲定。

「喂，居然當著本人的面說我是問題兒童……」

古蓮妲在那碎碎唸，有意見就先贏取我的信賴吧。

就這樣輕輕帶過，我決定錄取古蓮妲。

＊

我要蒼影管理古蓮妲，在那之前要做一件事。我要問出古蓮妲知道的所有情報。

這已經不是拷問了，所以我邊吃晚餐邊問。

「在餐廳裡可以拿寫有菜色的木板，去窗口那邊換餐。天天更換的餐點三種，還有特別套餐。若是當上幹部就能點自己喜歡的菜喔。」

「咦，是這樣嗎？他們每次都擅自替我準備餐點？」

他們總是吃得很開心，卻不曾拿木板點菜。畢竟在幹部用的餐廳裡，就算不點也有人備餐。借紫苑專用廚房或哥布一專用廚房擅自開發新菜色又是另一段故事了。

「這是最受歡迎的餐點。要靠平常累積的功勞點數預約，或是早點排隊才吃得到，是特製餐點喔。」

朱菜笑著進行解說。

原來如此，想說有附甜點感覺很豪華，聽完說明才恍然大悟。

「我們都吃這種套餐。」

「對。都有命人保留。」

原來紅丸跟蒼影都點特製餐點喔。話說蒼影口中的「命人保留」令我有點在意。

莫非他叫部下排隊？

還是相信他沒命人上演餐廳爭奪戰或做什麼蠢事好了。

餐點上桌，我們開始用餐。

「那就來談——」

準備問話的我朝古蓮妲看去。

只見她眼神大變，精神都放在餐點上。

確實很好吃，怪不得列為特別套餐。吃飯時最好聊快樂的話題，等吃完再問吧。

吃完飯後。

「我之前都把錢擺第一，可是今天改變想法了。從今天開始，我要為點數而活！」

若妳是玩真的，可沒那麼好集喔。

但沒關係。

要是她本人會因此拿出幹勁，我個人是想讓她放手去做。

「那妳知道哪些內情？別隱瞞，把一切全說出來。」

在蒼影催促下，古蓮妲總算開始透露。

內容連我們都感到吃驚。

首先是評議會。

該組織被名為五大老的五名重鎮掌控。

五大老之首就是剛才提到的格蘭貝爾。

至於剩下四名，沒想到今日主嫌葛芬伯爵也是其中之一。

而相形之下較為支持我們的羅斯帝亞王國公爵約翰其實也是五大老成員。

「五大老的意見怎麼不一樣？」

「那是瑪莉安貝爾的方針。刻意讓組織對立，留下主流派。說穿了在打假球，但是對他們本人來說，這是賭上生死的真實戰役。」

原來如此，用該手法讓組織活化嗎？

讓組織單一化較有效率，卻容易產生停滯，變成腐敗的溫床。

例如家族企業，領導人太差把公司搞垮的事時有所聞。

再說若約翰成功博取我的信任，要探我的內情就容易了。

早上能將我除掉就好。否則接下來就換約翰從內部耍陰謀吧。

「感覺好陰險。」

「真不想理這些人，想把他們全燒了。」

光聽就覺得煩。

分不清是敵是友就等著滅亡。這就是貴族的做事風格吧。

沒聽到這些消息，我差點相信約翰。吸收古蓮妲是對的。

剩下兩人是負責守護英格拉西亞王國北境的西德爾邊境伯爵，另一人是德蘭國王，出自西方小國，且該國由德蘭家的將領把守，以軍事立國。

英格拉西亞王國有兩名重鎮，可見格蘭貝爾有多重視這塊土地。

它鄰近神聖法皇國魯貝利歐斯，遠離朱拉大森林，是世上最安全的地方。格蘭貝爾覺得這裡最適合當政治及經濟中樞。

「可是，他為什麼敵視我？我明明是這麼友善的魔王。」

我不禁喃喃自語，大夥兒不約而同露出驚訝的表情。

「咦？做出那種挑釁行為，任誰都會有敵意吧。」

什麼？

「我也以為您在挑釁呢。迪亞布羅說利姆路大人想掌控世界經濟，還以為您要掌控評議會。」

你說什麼？是說你跟迪亞布羅聊過那個啊。

「我也這麼認為。以為情報蒐集是其中一環。」

不，我不否認那是目的之一。

「……你做這些該不會都沒自覺吧？」

連日向都這麼說！

話說原來大家是這麼看我的。

「沒、沒有啦。我不敢說自己沒那種意圖，但也不想急著把事情辦成啊！所以目前只想跟人進行和平交涉……」

聽到我的藉口，日向發出傻眼的嘆息。

「容許新人來自己的賣場搗亂，這種濫好人商人不多吧？」

唔，說得對極了。

「沒、沒關係。反正將來八成會硬碰硬，一手掌控西方諸國的經濟活動，今後就朝這個方向努力吧！」

「我從一開始就這麼打算。不過，我的職責是強化防禦。」

「我去調查剛才聽到的羅素一族還有五大老。」

看清敵人反而是件好事。

古蓮妲變成夥伴可說是「算我們走運，得來全不費工夫」，這下也弄清該朝哪個方向辦事。

「好，那你們要慎重點。要多加注意，可別一不小心被優樹跟羅素一族兩面包夾。」

「知道啦。」

紅丸點點頭，蒼影也表示同意。

優樹那邊先看情況，跟羅素一族則打情報戰或經濟戰。不是真的要流血作戰，相較之下更輕鬆。

一面懷疑自己是否太過杞人憂天，我打算結束對談。

然而日向出面喊停。

「等等，優樹跟羅素一族？你為什麼要防優樹？」

我在心裡「咦？」了一聲，這才想到疑似還沒跟日向提過。

「沒什麼，我想了許多，要說誰知道我是『轉生者』且與靜小姐有關，還將這些消息透露給東方商人知道——」

「對，只有優樹符合吧？」

「嗯，就是這樣。順便說一下，那個什麼中庸小丑幫有個叫拉普拉斯的魔人，我猜扮魔王的羅伊可能被他打倒。猜錯就抱歉了。」

「不，多謝。這件事我沒興趣。只是跟我們敵對就不能坐視不管了。」

看樣子日向把拉普拉斯等人當敵人看了。她露出令人背脊發寒的冷笑。

喔喔，好可怕。

果然要多加小心，唯獨日向惹不得。

我對日向透露自己發現的事，她起身離席正想打道回府——

「那、那個，關於那件事……」

這時古蓮妲怯怯地開口。

看來還有話要對我說。

「什麼事？有什麼想說的別客氣儘管說。妳想到什麼了嗎？」

當我問完，古蓮妲說出本日最令人震驚的事。

「你們說的優樹是自由公會總帥吧？那傢伙跟五大老約翰有牽扯，還被瑪莉安貝爾徹底支配。」

咦？優樹被支配？

「這是真的嗎？」

「我的膽子沒大到敢在這種情況下開玩笑。」

說得也是。

「——咦，這麼重要的事怎麼不早點說！」

「不、不是，因為我嚴格說起來算格蘭貝爾的直屬部下……」

實際上有權命令古蓮妲的共有兩人，似乎是格蘭貝爾跟瑪莉安貝爾。而對古蓮妲下令的人幾乎都是格蘭貝爾。

所以古蓮妲沒什麼機會了解瑪莉安貝爾的想法。

不知古蓮妲是否還知道其他的事，她能想到的都告訴我了。

還聽說瑪莉安貝爾有手下，另有專替羅素一族做骯髒事的「血影狂亂」。

「可是，這樣就有問題了。優樹被人操縱，他可能會在非自願的情況下洩漏利姆路大人的祕密。」

朱菜喃喃自語。

日向也沉著臉陷入沉思，看來要重頭審視狀況了。

《……》

好難得，連智慧之王拉斐爾大師都陷入沉思。

真的很罕見，連智慧之王拉斐爾大師都找不出答案，我煩惱也沒用吧。

現在最重要的就是做切割。

既然想不出來，那就之後再想。考試也一樣，難的問題放到之後再解才是上策。不能浪費寶貴的時間。

「總之，繼續將優樹列為嫌疑人，先看情況再——咦，等等？」

優樹行事謹慎，料他也不會對我們做什麼。但是被某人控制就另當別論。控制者若是跟我敵對的瑪莉安貝爾，不就得假設之前那些前提都不成立？

「問一下，如果優樹不能違抗瑪莉安貝爾的命令，他可能會將自己的立場擺一邊，企圖做些什麼吧？」

對，就是這樣。

瑪莉安貝爾想把我們除掉。所以她可能會利用優樹，借刀殺人暗算我們。

換句話說現在別想避免遭人夾擊。

「那不就有點不妙？」

「對方要蒐集情報，諒羅素一族不敢輕舉妄動吧。不過……」

「哥哥跟蒼影說得對。這次要跟自由公會的副總帥卡嘉麗小姐同行，去調查遺跡吧？搞不好他們有不良企圖……」

嗯。看樣子大家的想法雷同。

說要看情況好像想得太美。

「用不著擔心那種事——現在無法如此斷言了吧。瑪莉安貝爾——也就是羅素一族，他們會跟優樹切割，說對他的行動一無所知。將所有的責任全推給自由公會，讓我們跟自由公會撕破臉。」

「——這樣利姆路大人的計畫就會露出破綻。」

「繼續觀望可能會錯失先機。」

嗯──

話雖這麼說，我們已經十分警戒了。

鎮上戒備森嚴，要煽動居民應該也不容易。

這樣的話……

《提議。可以故意露出破綻誘敵。》

就是這個！

「要中止遺跡調查嗎？」

這提議來自紅丸，我搖搖頭回應。

「不，我們可以反過來利用這點。中止的話，蜜莉姆會很煩人，就按預定計畫實行。然後我們要做好萬全準備迎敵，不管發生什麼事都能對應！」

蜜莉姆很期待調查遺跡。

把這當成遠足，可以暫時脫離功課喘口氣，事到如今說要取消可能會激怒她。

這樣就麻煩了，可以的話，我也不想取消遺跡調查。

「但不是有危險嗎？」

「蜜莉姆會去，而且我想帶紫苑去當護衛。」

「好，那就沒問題了。這次紫苑看家，她好像不開心，這下一定會很高興。」

看樣子紅丸也沒意見，就決定讓紫苑當護衛吧。

「順便帶哥布達跟蘭加去。這樣戰力就足夠了吧？」

「明白了。鎮上的警備工作就交給我，以免利姆路大人外出的這段期間出什麼事！」

「我會幫忙哥哥，先強化『結界』。」

「我負責監控，看各國有沒有出現行跡可疑的人。尤其要緊盯古蓮妲提到的五大老。」

「拜託你們了。維爾德拉在迷宮裡，要是有什麼萬一再請他幫忙。」

當我說完，大夥兒紛紛點頭應允。

「那我把那些話帶回去，向魯米納斯大人稟報。你有時不夠細心，要多加注意。」

「妳太雞婆啦！」

跟我聊完後，日向也使魔法回國。平常很冷淡，但日向偶爾也會用她的方式關心我。

這就是傲嬌的「嬌」嗎？

《答。不是。》

啊，果然？

本想作點美夢，現實好殘酷。

總而言之，方針已定。

接下來就剩做好準備，等那天到了再展開行動。

第五章

貪欲陷阱

Regarding Reincarnated to Slime

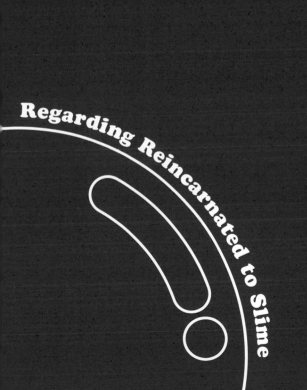

我把幹部找來，跟他們分享情報。

還把古蓮妲介紹給大夥兒。

當然，這同時有受人監視的意味在裡頭，今後古蓮妲須靠自己的力量贏取信用。

我也把她介紹給凱金和黑兵衛，讓他們檢視古蓮妲的手槍。這樣就能進行彈藥補充吧。

搞不好會量產手槍？

其實我也想要槍。沒有要在市面上流通的意思，但可以讓獲准的要人配槍。

感覺很帥，我想要一把。

邊想這些邪魔歪道的事，日子一天天過去。

前往遺跡調查的日子到來。

都準備好了。

把探險者服穿得有模有樣。

還拿到手槍的試作品。凱金對槍有興趣，利用研究空檔製模。多爾德對其下刻印，放入能靠魔力引發小型爆炸的裝置。

不須火藥，所以用不著排彈匣。

這下只要放橢圓型的子彈就行了。大小約九毫米，彈藥可裝十六發。每射一發就會產生反衝作用，但目的是排除小爆發的後座力及填裝下一發子彈。

構造跟玩具差不多，然而威力媲美44麥格農。都因這把槍用「魔鋼」製成且對衝擊力的耐性夠高。將刻印產生的魔爆強化至極限才有這等成果。

且子彈種類不同，威力也不一樣。一般情況下都用平淡無奇的鉛彈，但專門對付魔物會用含魔力的魔銀彈。注的魔力量會令威力增減，所以這武器可說要看人使用。

武器等級屬於稀少級，卻能打出相當於特質級的威力，是非常耐人尋味的武器。

連做出它的凱金等人都很吃驚。這性能讓我們意圖將其列為新兵的正式軍備，但這方面就如前述須斟酌。

老實說這對我們而言原本是多餘的，從某個角度來說是拿好看的武器。

正式採用不太妥當。我覺得頂多只能因應狀況，在判斷必須使用時外借。

對，就像這次。

裝備這樣東西，就讓我們看起來好像有那麼一回事。

追求浪漫是男人的美學。

「這個好帥喔！開槍後座力傳到手上的感覺超棒！」

嗯嗯。我跟哥布達果然志趣相投。

本來是專門用來外借的，就送哥布達一把吧。

「你很懂嘛，哥布達老弟。但那很危險，絕對不能向著人喔。」

「當然！我會好好珍惜的！」

哥布達看起來很高興。蘭加則羨慕地看著這樣的哥布達。

不過呢，蘭加。你沒辦法用這把槍。所以我替你圍帥氣的圍巾，原諒我。

「呵呵，我有這把『剛力丸・改』，加上利姆路大人替我選的衣服——」

「紫苑，去調查不能穿那樣。要把人身安全考慮進去！」

大概是太開心的關係，紫苑一有機會就想穿我送的衣服。不過，這衣服是穿好玩的，不適合穿去調查。

「好可惜……」

沮喪的紫苑換穿平常那套西裝。穿這套也怪怪的，但那是紫苑的戰鬥服，應該還好。

「利姆路，我穿起來怎樣？」

蜜莉姆興奮地問我。

「哦，很適合妳。為了今天另外準備都值得了。」

跟我和哥布達一樣，她換穿剛出爐的探險裝。

「嗯！穿起來很舒服，又很好動！還有好多口袋，感覺好帥喔！」

蜜莉姆穿的是短袖配短褲，我覺得有點不妥，但很適合她就算了吧。

「就是說啊。要感謝朱菜喔！」

「嗯！」

「對啊！」

我們幾個好滿足。

就這樣，我們意氣風發地前往約定地點。

前去位在英格拉西亞王國首都的自由公會本部。

預計在那跟人會合，之後直接往傀儡國吉斯塔夫去。

連本部的門都不用進，卡嘉麗女士已經在入口等了。

「好久不見。從今天開始要暫時受妳照顧了！」

「初次見面，我是蜜莉姆。請多指教！」

「初次見面，我叫卡嘉麗。也請你們多多關照。」

我們笑瞇瞇地互打招呼，由卡嘉麗女士領至另一處。

「蜜莉姆？」

「唔，看樣子沒什麼問題。可是，好像有點……」

「——？」

我們的對話令卡嘉麗女士一臉納悶。

她是優樹的部下，保險起見，我們將她列入嫌疑人。剛才我跟蜜莉姆的那段對話用意，是請蜜莉姆用「龍眼」確認是否有古怪。

蜜莉姆似乎覺得哪裡怪怪的，但看樣子好像沒問題。

我有點不放心，心想還是保持警戒好了。

「我的隊伍也到齊了，向你們介紹一下。」

用無法釋懷的眼神看我們，卡嘉麗女士開始介紹隊員。

在本部附近的廣場上，一行人列隊待命。

卡嘉麗女士有訓練一支調查團，從中挑選特別優秀的幾名人員同行，參加這次的探索行動。

事前我已表明有可能會遭人襲擊，但這些人還是跟來了，一點都不怕。

將近十名的隊員有男有女。行人都用好奇的目光看他們，可是大家不在意那些視線，看來訓練有素。

身上服裝只能用「全副武裝」來形容。

不是我們這種「穿好玩的裝備」，個個重裝上陣。

上衣和下半身服裝都很厚重，背上揹著大背包。有拐杖、鐵撬、鏟子等等，準備了各類實用道具。

「那麼，利姆路大人。我請人幫你們搬行李，你們的行李放哪裡？」

我們沒帶行李，只有這套新衣服。

「不，我們沒特地準備，這樣就好。」

「什麼？您真愛說笑。」

不不不，跟我說這個也沒用……

「露出皮膚果然不太好。可能會被昆蟲咬，容易受傷吧？」

工作服最好遮住皮膚。還有不能穿得太邋遢。

「唔——會嗎？但我的皮膚都被妖氣保護。所以沒關係啦！」

「嗯——可是卡嘉麗小姐在生氣喔！」

「您也一樣！在我看來，您的裝備太輕便了！兩位都小看探險這回事！」

我不懂。

對方激動地挑毛病，但我們錯在哪裡？

「哎呀，冷靜點，沒關係啦。別看我這樣，我的冒險經驗也很豐富喔！」

正確來說是不須野營，所以穿輕裝就好。但用不著口頭說明，到時實際秀給她看，對方就懂了吧。

「既然您都這麼說了……不過，若是遇到什麼麻煩，請您馬上跟我說。」

不會遇到什麼麻煩事吧。

我只當這是遠足，並確實保持警戒。

也跟哥布達、蘭加、紫苑這三人好好叮囑過。

所以說，我們快點出發吧。

「那我去準備馬車——」

「咦？不需要馬車吧？」

卡嘉麗女士錯愕地看向我。

我也一樣錯愕。

因為搭馬車去吉斯塔夫可能要花超過兩個月的時間，我一開始就不打算做這選擇。

「這話什麼意思？」

卡嘉麗女士朝我回問，總之我先請他們到城鎮郊外。

來到人煙罕至的地方，我開「空間支配」用「傳送門」連接吉斯塔夫。最近已經用習慣了，曾去過的地方能三兩下弄出來。

「請往這邊走。它不會馬上消失，你們可以放心走沒關係。」

當我朝那夥人說完，啞然失聲並在一旁觀望的隊員們開始騷動起來。

「騙人！都不知那邊離這裡有多遠……」

「魔王……好厲害，太強了……」

「好誇張。這下我們做的準備幾乎是白搭……」

這類話語跟著傳入耳裡，我覺得他們有點可憐，同時又有點得意。

＊

如此這般，我們來到傀儡國吉斯塔夫。

黑妖長耳族人出來迎接我們。他們在城堡入口列隊，朝我們深深一鞠躬。

「歡迎來到吉斯塔夫！長途跋涉肯定很累吧？」

身為代表的長老邊說邊來到我面前。

號稱長老，其實外觀大概二十幾歲。

長老是女的，還是有著褐色肌膚的金髮美女。

「哎呀，其實也不盡然啦。對了，房間都準備好了？」

「當然。每人住一間沒問題，若有必要，我們還準備了大房間。」

我事前知會過，看樣子都準備妥當了。

那就先把行李放在大房間裡吧。

「那我們先去大房間。去那放行李，今天就帶他們參觀城堡吧。」

「遵命。那請跟我來。」

在長老出聲引導下，我們隨長老帶領，朝大房間去。來到那邊，我要隊員將行李放下。

他們照我的話做、將行李放下，動作好像機器人。

「咦，這是怎麼一回事？我們集合還不到一小時，已經到目的地了耶！」

「太奇怪了吧！這肯定有詐！」

「咦、咦？一人住一間，咦？我們住這座城被當成賓客禮遇嗎？」

還想說他們就跟機器人一樣，看樣子只是腦袋一時間轉不過來。

情況跟平常大不相同才有點混亂吧。

「利姆路大人命我等照顧各位。若覺得哪不方便請別客氣，儘管跟我們說。」

面對驚訝的隊員，長老帶著柔和的笑容說道。

這下僵住的一群人總算願意接受現實。看他們這樣，我不禁莞爾。

之後我領著他們一行人，請人帶我們參觀城堡。

這裡不愧是魔王克雷曼的大本營，只有豪華二字能形容。

黑妖長耳族人慎重地管理城堡，放眼望去全都一塵不染。

「蜜莉姆，等遺跡調查結束，這裡就歸妳管，但本地居民似乎想繼續住下去。」

「嗯，我知道了。我會定期派人送糧食跟物資過來。」

「謝謝您，魔王蜜莉姆大人。」

「別客氣。你們也是我的子民，只要善盡職責就行了。」

噢噢，蜜莉姆變賢明了。

這都多虧芙蕾小姐的努力吧。

對蜜莉姆感到欽佩之餘，我還問了一些問題，像是目前這樣是否有何不便之處。

這座城堡很大，大到可以讓所有的黑妖長耳族居住。

城外沒有城鎮。似乎有住處供魔人居住，但他們現在都在蓋德底下工作，由他指揮。

為了讓他們以後回來有地方住，聽說黑妖長耳族一併管理那些住處。

「這是通往遺跡的入口。遺跡共計三層，最底層好像是墳墓。我們只能進上層，中層以下只有魔王克雷曼知曉內情。」

白老在報告中也有提到通往遺跡的入口在城裡。

「那你們清楚上層的構造嗎？」

「是。上層的寶物都回收了，目前拿來當我們的住處。」

聽說空房間不少，住超過千人也綽綽有餘。

我直接開門進到裡頭。這地方明明在地底，卻充滿柔和的光芒。

「這些光芒是——？」

「回您的話。是魔法創造的永續效果。疑似與太陽運行連動，夜裡會確實暗化。」

「什麼？遠古魔法還在發揮效用嗎！」

「光、光這點就算重大發現。雖然被人理所當然地運用，但我還是想徹底調查一番……」

「那麼，中層以下也有這種魔法嗎？」

「是。目送克雷曼大人時，我曾偷偷瞥見，中層也很亮。」

我問問題，長老回答。這樣的問答暫時持續一會兒。

隊員明顯都很興奮。

大概被感染吧，我們也跟著興奮起來。

「哥布達老弟，你可別搗亂喔。」

「遵命！感覺好緊張喔。」

壓低音量對談，我們開始參觀第一層。

很有生活感，可見黑妖長耳族真的在這生活。

「你們在這生活，會不會有魔物從地下出現啊？聽到墳墓就覺得會出現幽靈。」

哥布達的提問讓長老苦笑。

「不會，不用擔心那方面的事。通往地下的門只有一個，只有克雷曼大人能開那個門。」

「哦——既然不能開就把它弄壞啊。」

「包在我身上。看我一刀砍了它！」

「不行！要仔細調查，不能破壞！」

我趕緊阻止這種過激意見。

「說、說得也是。要小心喔，紫苑！」

「好險。要是沒講，我就先砍了。」

總覺得很不安，但確實說明應該就沒問題了吧。

如此這般，我們在廣大的遺跡內前進。

通過名為遺跡的黑妖長耳族居住區，一扇大門出現在眼前。

大小跟第一扇門一樣。

只是這次的門似乎下了某種法術。

「——原來如此。這好像是一種施了古代魔法的防衛機構。不小心碰到這個機關，都市防衛機構就會覺醒。」

「防衛機構？那還在運行嗎？」

「是，請多加小心。要是不小心觸動，我們可能就無法調查遺跡。」

卡嘉麗女士一臉嚴肅地忠告，隊員們聽了紛紛繃住臉。

我比較好奇克雷曼是怎麼開門的。

「克雷曼跟這座遺跡有關嗎？」

「那傢伙最近才崛起，應該不會跟那種遠古遺跡有牽連。」

「恐怕他能解讀這個魔法術式。透過正確的程序就能順利開門吧。」

嗯嗯。

也對，即使是克雷曼，只要花點時間就能解除該法術吧。

這麼說來，印象中克雷曼也具備獨有技？

《是。他具備獨有技「操演者」，可將情報轉成暗號接受或發送。》

對對對，就是那個。

那好像是解讀情報的能力，要解析魔法術式也易如反掌吧。

話說我也能學會該技能嗎？

《答。那只是主人技能的劣化版，已將其分解成能量吸收。若硬要說，「地脈操作」已追加至「法則操作」內。》

原來如此，怪不得都沒跟我報備。

因為不值一提，所以智慧之王拉斐爾大師才沒提及。

但克雷曼辦得到，照理說我也行。

雖說實際執行的是智慧之王拉斐爾大師就是了。

「可能得長期抗戰。」

「一來就碰到難關。但跟之前相比，環境已經算好的了。我們就靜下心專心解析吧！」

調查團成員互相對話，並展現他們的幹勁。

將他們晾在一旁，我伸手碰門。

並得知從地脈流出的能量透過魔法術式遍及整片牆。

「我懂了。要是破壞這扇門，該層的照明會全數消失。所有的能量都會用於排除入侵者，等確保安全再自行修復啊。超過千年仍正常運作，看來是超先進的魔法文明產物。」

光靠我一人根本搞不懂，然而多虧萬能幫手支援，讓我能輕易釐清。這樣就好像在玩智力遊戲，甚至覺得有趣。

像在解算數問題，我依序解開魔法術式，最後找出開門的方法。

「啊，就是這個。將魔法注入這邊好像會開啟輸入認證咒文的視窗。」

我說完轉頭看大家，只見隊員們呆愣張著嘴看我。

糟了，做過頭了——本人瞬間驚覺。

因為太有趣就不小心解析起來，但這本來該是他們的工作。

「抱歉，我不小心就……」

「不、不會，沒關係。」

卡嘉麗女士出聲安慰我，但我覺得自己對不起大家。

一面為自己做過頭的事反省，我邊摸蘭加邊老實等待。

——原本該是這樣才對，但我的隊友不可能安分守己。

「哇哈哈哈哈！我也要解！」

「我投降。」

蜜莉姆在門前大聲嚷嚷，哥布達則一個頭兩個大。

幾名隊員換上開朗的表情，在那議論紛紛。

卡嘉麗女士的一句話揭開序幕。

「利姆路大人，可否請教一件事，您是怎麼分析的？」

我開始梳理蘭加的毛，卡嘉麗女士則對我提出這個問題。

人家都問了，不答不行。

她想聽說明，我則對她實地講解分析手法。

「首先調查完成前加了什麼樣的術式，然後再將術式分成幾個階段。」

「也就是說，您看出哪個是最後加的術式嗎？」

「對。再看從完成體抽走哪樣東西會害該術式無法發動。反覆測試後，我就能抓出根基——也就是基幹為何。之後只要反過來堆組正確答案就行了。」

「原來如此……」

「排除假情報，只留下正確作動的術式是嗎？」

聽說在場的隊員都是菁英，怪不得一下子就聽懂了。只從我這聽取一點建議就能深入釐清答案。

「陷阱類術式多半都是單獨一套的吧？它們只是當枝葉黏在大樹上，是有別於根幹主流的支流。但前提是發動陷阱的非主要術式。」

「……原來如此。即使是術式的主幹，也絕不能輕忽。」

我曾當老師教小孩子，看來我的教法很好懂。頗受好評令人心情愉悅，我陸續示範該如何分析。

在這段期間內，蜜莉姆一下子就把門打開。後來又有幾人開門成功，這時長老來叫我們。

「各位，飯都準備好了。今天你們長途跋涉應該很累了，今日就到這兒吧？」

被她這麼一說才發現時間已經來到傍晚。

說得對，明天再展開正式探索也行。明天再把門打開，今天先收攤。

「那今天就到這裡吧？」

「也好。雖聽人說長途跋涉有種不可思議的感覺，明天再正式調查吧。」

卡嘉麗女士也同意了，今天就到此為止。

＊

隔天。

一行人排好隊整裝待發，卡嘉麗女士當著他們的面代表眾人開門。

藍光忽明忽滅，門無聲開啟。

「看來成功了。」

大夥兒群起歡呼。

「幹得好。」

我用這句話慰勞大家，朝門內邁出一步。

這個中層的亮度跟上層不同。石壁上有掛燭台，點著永不熄滅的稀薄火光。

這也是很棒的魔法技術。

但不是真正的蠟燭，而是魔法製造的亮光。

感到佩服之餘，我朝裡頭走去，此時蜜莉姆來到我身邊。

「壓迫感好像一口氣變強了。」

「真的。因為這裡跟上層不一樣，天花板很低，又被石牆圍住吧。通道也很窄，好像是某種迷宮。」

到天花板只有兩公尺。

大漢需要稍微彎身。

走道也只有兩公尺。

兩人並排有點窄。

我跟蜜莉姆身材嬌小，所以沒問題，但後面揹大包行李的隊友可能滿吃力的。

「利姆路大人，前面的情況如何？」

如果這裡的構造像迷宮，遇到岔路得煩惱該選哪條。再說可能還有陷阱。

「如果有陷阱，我們能察覺。繼續讓我們帶頭可好？」

「方便交給你們嗎？」

「包在我身上！有我在，不管出現什麼都別擔心！」

不是我，大力首肯的人是蜜莉姆。

大家都沒意見，那就這麼定了。

由我們帶頭，卡嘉麗女士和副隊長跟在後頭。

紫苑跟哥布達走最後面，讓他們保護後續隊員。

蘭加躲在我的影子裡，長老留守。

今天的晚餐也令人期待。

我靠「魔力感知」確認通道前方的狀況，一面悠哉地走著。

走道都被石壁圍住，偶爾畫些壁畫。

這些畫也很美。

「好漂亮。光這些壁畫就能當有價值的藝術品。」

「是嗎？」

「對。看起來似乎在描繪當時的生活狀況，經過調查可以窺見古代文明的一部分。光這點就具備高度價值。」

「哦──聽你這麼說，讓我想起很久以前看過的景象。」

對喔，在我看來是消逝的過去，對蜜莉姆來說卻是令人懷念的回憶。

想到這兒就覺得感觸良深。

我還是盡量讓它保持原狀，盡量注意，調查上要小心點。

讓我擔心的陷阱並沒有啟動，探索順利進行。

時間來到中午，我們暫時休息。

「那接下來要開始準備午餐。」

「啊，等一下。我有叫長老準備便當，大家吃那個吧。」

我阻止準備升火的隊員，拿出人人有份的便當。

看起來好像憑空出現，當然這些都收在「胃袋」裡。

還能保溫，這技能長途旅行很好用。

「那、那個……」

「這樣也行？」

這類低喃傳來，但我當耳邊風。

雖然感到困惑，隊員還是接下便當。

「嗯，這個看起來也很好吃。」

打開蓋子的蜜莉姆開心地喊著。

午餐時間開始。

有新鮮蔬菜和蛋，還有燻肉。三明治裡放滿這些好料，那就是今日的午餐。

話說黑妖長耳族的料理，獨特的醬汁堪稱一絕。

吃起來像美乃滋，可以讓稍硬的麵包變軟。

還嫌硬的人，可以配大木杯裝的溫熱蔬菜湯。這好像是用雞骨慢燉的高湯，滋味深厚很好喝。連蔬菜都煮到很入味，喝起來很滿足。

「要喝還有，別客氣請用！」

我一說完，拿著杯子的隊員就衝過來。

蜜莉姆排第一，看來她很喜歡這道湯品。

「在野外難得吃到這麼美味的料理，大家都很開心。」

卡嘉麗女士嘴上這麼說，聽起來卻有點酸。

剛剛才想說不要太招搖，她的意思我懂，但這點小小的作弊就原諒我吧。

「其實我不希望大家在這升火。」

「您說火嗎？」

「對。不希望一不小心引發火災，再說這裡是地底。雖說空氣有在流動，應該沒關係，但還是想以防萬一。」

「原來您想這麼遠……」

「如果在室外，我就不會這麼在意了。」

這是我的真心話。

事實上，這裡通道狹窄又沒水源。萬一發生什麼事，恐怕無處可逃。

所以我一開始就請人準備便當。

還要上廁所放鬆一下。

「啊，我猜應該有人想上廁所，我現在就開連通入口的『傳送門』。大家趁午休時間上廁所。」

我說完就迅速開啟「傳送門」。

有人看我的眼神就像在說「太扯了」，但這點不能妥協。

說真的，在道路暗處偷偷解決應該沒問題，但我這次不希望他們那樣做。畢竟這條路通往墳墓，做那種褻瀆行為實在太超過。

「可能是我想太多，或許故人不在意。」

「……不，這想法值得學習。」

卡嘉麗女士表示贊同，我聽了也開心。

好了，趁大家都去上廁所——

「我想試一樣東西，可以嗎？」

「試什麼？請您務必說來聽聽。」

「沒什麼，話說我們在經營一座迷宮，目前最流行的攻略方法是『精靈通訊』。這魔法只有咒術師或精靈使者會用，可以馬上找到想找的路。」

「有、有那麼便利的魔法？」

哦，連卡嘉麗女士都不知道啊。不，除了專門知識，其他一無所知算正常吧。

「那、那個！我是咒術師！關於那個『精靈通訊』，可以告訴我詳細情形嗎？」

噢，這樣正好。

本來想說由我做不太妥當，這下剛好。

毛遂自薦的是一名女性隊員，她說自己會「精靈魔法」，我則向她講解「精靈通訊」。

「啊，我懂。知道了！」

她較適合「風」這個屬性，跟精靈交談相對順利。

「唔哇，這樣就不會迷路了！繼續走下去是死路，我們要回到後面第三個十字路口，在那向東轉。可是畫成地圖工程浩大……」

也對。一直傾聽精靈的聲音，術師本人會非常疲勞，所以畫成地圖比較好……

我的話，智慧之王拉斐爾大師全都會替我搞定。

可以將地圖印出來，精密程度宛如用製圖軟體繪製。

咦，等等？

「這麼說來，我記得有個魔法可以將腦內圖像印到紙上……」

對對對，確實有那個魔法。圖書館裡有本叫《惡搞魔法圖鑑》的魔法書，看起來很白痴。

《答。檢索結束——那是幻覺魔法「想像念寫」。》

就是這個！

正經的魔法記不住，不知為何只有這種看一次就記住。

史萊姆細胞很優秀，記憶力比以前好很多，但這方面卻跟以前當人類時差不多。

「有人會用『幻覺魔法』嗎？」

「雖、雖然還在見習，但我是妖術師！」

「那你試著學這個魔法。還有——」

關於分享情報的手段，我們可用「思念網」。用這個就簡單了，但要找一般人都會用的，還是魔法比較快。

就在這時——

《提議。最適合的莫過於幻覺魔法「想像共有」吧。》

噢噢，還有那個啊。

我把想像念寫跟想像共有教給那名自稱妖術師的青年。

然後馬上讓他試一下，結果做地圖變得易如反掌。

「唔哇，這下就不會迷路了！」

「是說用這個魔法還能輕鬆臨摹遺跡構造吧……」

「今後調查起來也會變得前所未有地輕鬆！」

這個嘛，大受好評真是太好了。

「就算有地圖也無法辨識陷阱或魔法機關！大家別掉以輕心！」

隊員們一陣雀躍，卡嘉麗女士的喝斥讓他們安靜下來。

話說她果然厲害。

用不著我提點，她沒漏看這層風險。

這天我們就先朝通往最下層的門筆直前進。

就這樣，我們在傍晚前抵達目的地。

＊

第三天。

今天從通往最下層的門前開始。

我們分頭行動，一批人解除門上的魔法，另一批去探索中層。昨天已經實地演練過，今天我只在一旁觀望。蜜莉姆跟哥布達、蘭加加入探索隊伍。

「好閒喔，利姆路大人。」

「那就替出去工作的各位泡茶吧。」

「知道了！」

如紫苑所說，真的很閒。

不過，隊員有時會問問題，所以我過得挺充實。

紫苑與沖沖地準備桌子，將杯子排好，拿魔法瓶倒咖啡進杯裡。

看到這一幕令我感觸良深。

不久之前，我還不准紫苑準備食物。

「弄好了！各位要不要來一杯呢？」

紫苑一句話讓我們進入休息時間。

熱咖啡頗受歡迎，我們度過一小段祥和的時光。

別看我這樣，其實有在提防突襲，但目前沒那個跡象。

希望是我想太多。

不過，如今我跟維爾德拉分頭行動，看在瑪莉安貝爾等人眼中應該是絕佳機會。若要出手，非此時莫屬。

我還是保持警戒靜觀其變吧。

且我不忘提防卡嘉麗女士或那些隊員。

我大致用「解析鑑定」看了一下，並無可疑之人。看上去能力都如他們自述那般，也沒有被「慾望」汙染，沒有這類受人操縱的情形。

若這些隊員還是被人洗腦，我的眼睛——該說是智慧之王拉斐爾大師的眼睛——就慧眼蒙塵了。

所以大可排除那種可能性吧。

只是沒被洗腦、自願從命就另當別論。也是有這個可能，因此不能大意，但我認為他們的力量不構成威脅。

綜上所述，我悠哉地品嚐咖啡。

一會兒後，蜜莉姆抱一堆東西回來。

「利姆路你看！有好多戰利品！」

正確說來是她兩手空空坐在蘭加身上，幾名隊員和哥布達被迫抱著各式各樣的東西。

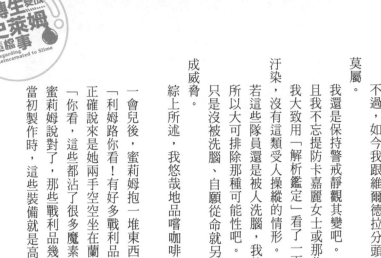

「你看，這些都沾了很多魔素。光是這些就讓我們大豐收吧？」

蜜莉姆說對了，那些戰利品幾乎都是裝備。

當初製作時，這些裝備就是高手技師製作的頂級裝備，經歷漫長歲月，「魔鋼」已完全成熟，性能突飛猛進。

「噢噢，真的耶。雖然當藝術品的價值不高，但具實用性的武器好多喔。」

「對吧？你看，這還是特質級的！」

真的是。

這些東西絕不能置之不理，是相當貴重的物品。

「是說這些放在哪兒啊？這麼棒的東西，克雷曼不可能憑空放著不管……」

這點令我納悶，所以就問蜜莉姆。

「其實我不小心觸動某個陷阱，結果一堆魔偶跑出來。這都是那些傢伙持有的。」

她剛才說的好像不能聽聽就算了？

「妳觸動陷阱？」

「唔！不、不是啦！一進入走道就觸動了，連你都無法輕鬆回避喔！」

「對啊！我們前進時有用魔法探查整條通道的陷阱。絕對沒有掉以輕心！」

根據蜜莉姆和哥布達的報告看來，他們並沒有疏忽。

其他隊員也有跳出來作證，表示那是真話。看樣子那兒記住某種生物反應值，陷阱機關會排除該登錄值以外的對象。

如此一來，除非事前得知正確波長，否則任誰都無法解除。只能強行突破。

「那就沒辦法了。是說原來有那麼複雜的機關啊。」

「嗯，替我上了很棒的一課。我們的迷宮也該設置這種機關吧。」

除了登錄者將排除所有對象的通道是嗎？

搞不好這整層樓都被用來對付入侵墳墓的人。

「也就是說，可合理推測另外還有不少身穿特質級裝備的魔偶嘍。沒想到長時間乏人問津，『武器就進化了』，真教人驚訝……」

卡嘉麗女士說得對。

還好有派蜜莉姆跟哥布達跟著。只有那些隊員很可能被魔偶殺掉。

「昨天沒出什麼狀況，所以我很放心，但這層搞不好有其他陷阱。總之用不著慌，明天開始，做事情要更慎重。」

「說得對。解析這扇門似乎還要花點時間，明天——」

卡嘉麗女士同意我的說法，話才說到一半，大地便在那瞬間搖晃起來。

包含遺跡在內，附近這一帶都出現巨大的能量反應。石片從天花板七零八落地墜下，進一步助長壓迫感和恐懼。

「！究竟發生什麼事了——？」

「我們快逃，這裡會塌掉！」

隊員們開始恐慌，卡嘉麗女士大聲喝斥，要他們冷靜。

「安靜！搖晃時間很短，這不是地震。如此堅固的建築不會輕易崩毀。大家冷靜，快找地方避難。」

這一喝讓他們恢復平常心，這些隊員夠成熟。

「剛才那是什麼啊？」

哥布達也很冷靜，朝我悠哉提問。

「唔——衝擊波似乎在地表上肆虐，頗具規模，城堡可能也受到影響……」

要是有什麼萬一還能靠「傳送門」罩，用不著慌張。想到這裡，我也不慌不忙地回答哥布達。

可是，話雖如此……

正如卡嘉麗女士所說，這不是地震。是局部能量反應，肯定是人為造成。

地面上的情況也令我擔憂，我在考慮是否暫時到外面看一下。

這時我產生某種直覺。

《警告。捕捉到敵意。目前遺跡的防衛機構似乎啟動了。已確認有多具魔偶作動。此外，有人入侵遺跡。》

警鈴大作。

接著某種類機械聲響起。

『阿姆利塔遭入侵。即刻排除！阿姆利塔遭入侵。即刻排除！』

這一再重複的聲音讓我心中被危險預感占據。

情況突然急轉直下。

地上不一定安全，連遺跡內部都發生緊急事件。

「怎麼會！這座遺跡——阿姆利塔的防衛機構擅自啟動了？」

這下卡嘉麗女士慌了，剛才那份從容消失殆盡。

「好像有入侵者，可能是他們中陷阱吧。不過，即使強調我們不是那幫人，魔偶也聽不懂。」

我嘴上這麼答，其實私底下也對卡嘉麗女士起疑。

她待的位置靠近門，能瞞過我的眼睛觸動防衛機構吧？

而且問題在於時機。

入侵者一來，警報就響了，怎麼看都像算好的。

「蜜莉姆，有問題嗎？」

「沒有，現在什麼都沒聽到。」

「思念網」和「魔法通訊」這類機密對話都會被蜜莉姆聽見。所以瞞也沒用，但這次好像沒反應。

我還猜入侵者跟卡嘉麗女士是一夥的，看來是我想太多。

那麼，卡嘉麗女士是清白的？

《答。無法斷定。若「靈魂迴廊」相連，他們就能透過隱密線路開「思念網」。》

果然，還是不能放心嗎？

我不想邊守疑似間諜的人邊跟敵人對戰……

若能心一橫對她見死不救就省事了，但這樣不對。

「情況不樂觀。入侵者八九不離十是那個盯上我的組織。」

「啊啊，沒想到他們真的……」

「那剛才的地震也是他們──！」

「但他們竟敢盯上魔王，是有多蠢啊？」

那反應看來是真的很驚訝，找不出可疑隊員。

既然這樣，我就有所覺悟，保護在場眾人並擊退敵人吧。

「放心吧。我發誓會負責保護你們。」

這句話令幾名隊員大驚。

要是他們以為我會見死不救，我會很受傷的。好不容易打成一片，希望他們更信任我。

「利姆路，如你所料吧？」

「對。是對方上當，還是我上當。我們就去分個清楚吧。」

正如智慧之王拉斐爾大師所料，敵人被我引出來。

他們是怎麼潛入的——這就不用問了。

如果是精心挑選的高手，要騙過城裡和上層的黑妖長耳族潛入遺跡易如反掌吧。

這次，我們就在此確實分個勝負吧。

我早就想到會出這種事。

並研擬對應手段，沒什麼好慌的。

我們幾個立刻按預定計畫迎擊敵人。

＊

第二次的震動來襲。

「到底怎麼了？我有強烈的不祥預感喔。」

似乎連哥布達都在意外面的情況，他提出疑問。

不過，現在的我沒空回答。

因為我看到了。有隻凶龍自遙遠的天邊逼近。

「糟了。那玩意兒很強……」

從遺跡內部發動所以很吃力，但我還是靠魔素讓「魔力感知」擴及外部區域。接著我看到凶殘至極的龍。

外觀跟維爾德拉很像，尺寸卻大上一圈。且牠的皮膚腐蝕潰爛，龐大的妖氣直洩。看起來蘊含巨大的魔素量。

量甚至遠遠超過覺醒魔王，危險程度肯定來到天災級。

「那、那麼糟？」

「對。好像是龍，但不是高階龍族。八成比龍王還強，那個該不會是維爾德拉的兄弟……？」

「你、你說維爾德拉大人？」

牠已經超越龍該有的規格，只能解釋成「龍種」。

但又不像維爾德拉，牠一點威嚴都沒有，沒半點風範……

不對，那隻呆頭龍有時也沒風範跟威嚴，但我不是那個意思，要說的有點不一樣。該說他們像歸像，卻又截然不同。

「那是——！」

這時蜜莉姆突然睜大眼睛。

「利姆路，我有急事要辦。那個、那隻龍是——」

語畢，蜜莉姆厲眼瞪視天空，當場開「空間轉移」走人。

看她如此慌張，事情我大概猜到幾分。

她會慌表示事情就是那個樣子吧。

也就是說，敵人祭出不得了的東西。

「雖然不敢置信，但那好像是蜜莉姆的朋友，以前被她封印的龍。龍沒有復活，看起來是某人解除封印並操縱牠。」

「什麼！這是真的嗎，利姆路大人？」

「嗯。我感應到非常強大的波動。搞不好連我也贏不了。」

這是事實。

連維爾德拉力量殘渣形成的暴風大妖渦都無法相比，我感覺到令人畏懼的憎惡與怨恨。

沒把這個世界滅掉，牠不會住手吧。

可怕的是那股情感被人蓋過。簡而言之，那隻龍被瑪莉安貝爾支配情感，為她操控。

「——混沌龍。沒想到這時代還會遇見那隻暴君……」

聽卡嘉麗女士嘴裡唸唸有詞，我深有同感。

幸好目前蜜莉姆在這裡。

蜜莉姆應該能順利戰勝，再次讓混沌龍沉睡。那邊就不用我操心了。

我來做自己該做的事吧。

「哥布達、紫苑，客人來嘍。」

「了解！」

「包在我身上。那種三流魔偶不是我的對手！」

我原本打算趁現在用「傳送門」送隊員逃到外面，看樣子好像抽不出空。我們在門前擠成一團，整齊劃一的魔偶朝我們逼近。

紫苑上前揮舞大太刀。

然而可悲的是，天花板太低害她卡住。

「笨蛋！要好好確認自己周遭的狀況啊！」

「對、對不起！出現一點小失誤。」

這一點小失誤會害人喪命的。

紫苑被魔偶的槍戳穿，但她似乎沒因此喪命。這麼亂來才會不小心疏忽吧，希望她再細心點。

「這樣下去會因為空間過窄難以作戰。雖然不知道前方情況如何，但最下層搞不好很寬。」

「那我要人快點解除門的封印——」

「不，都這個節骨眼了，我來弄吧。」

抱歉，我沒時間。

「蘭加，你去幫他們兩個。」

哥布達、紫苑、蘭加。這三人會爭取時間，我趁機盡快結束手邊工作。

警報已經響了，陷阱也啟動了。基於保護遺跡的觀點，我不想對它太粗暴，結果我用不著擔那個心，門一下就開了。

「來，快進去！」

隊員們照我的話做，快步跑下階梯。無人陷入慌亂，他們火速避難完成。卡嘉麗女士跟在後頭，我在背後護著她，也往階梯去。

就這樣，大家來到最底層。

最底層是亡者沉睡的地方。

這裡跟墳墓似像非像，充斥明亮的光芒。

在那塊大地上，有一片廣大的草原。

下樓遇到這片風景，甚至讓我忘了現在是什麼狀況，不禁看到入迷。

但現在沒空驚豔。

下一秒哥布達掉了下來，我們再次與追殺他的魔偶對戰。

不過，局勢大翻轉。

紫苑能自由行動了，她開始一鼓作氣粉碎魔偶。

既然走到這一步，就別放過任何人。

有機可趁就要徹底擊潰對手。對方的心情恐怕跟我一樣吧。

激怒蜜莉姆——不惜無視這種風險，對方也要將我孤立。

沒想到敵人會做得這麼絕。

說真的，我之前有點小看瑪莉安貝爾。

不過，之後就不一樣了。

《——收到。轉換成全力戰鬥型態。》

我靜靜地做好準備。

除去替自己加的一切限制，迎戰即將到來的敵人。

接下來就等那幫主謀抵達。

＊

魔偶數量很多。

然而戰況對我方有利。

紫苑大失控，蘭加出面擾亂。

哥布達趁機拿槍逐一破壞魔偶，甚至有閒工夫偷裝彈藥。

看他們四平八穩地作戰，隊員們也紛紛鬆了一口氣。

「那個，真的有人襲擊讓我好驚訝，但是竟敢對魔王發動攻擊，對手是何方神聖？甚至還把混沌龍喚醒——」

似乎對此感到好奇，卡嘉麗女士朝我提問。

她看起來很慌亂，語氣聽起來很擔心。若是在演戲算她厲害，但我對她的真實心意一無所知。

「抱歉，害妳受牽連。」

「沒那回事！如今混沌龍復活，有利姆路大人幫忙反倒令人放心。」

「對啊！我們要早點向公會本部報備，請他們想想辦法。」

「不過，要是魔王蜜莉姆戰敗，我們不就無計可施嗎……？」

「比起那個，現在更重要的是克服眼前困境！不曉得是誰做的，但刻意觸動陷阱未免太惡質。」

有人提出正面看法，看來他們心情調適很快。

「剛才說會保護你們吧？但前提要我獲勝就是了。」

為了讓隊員們放心，我刻意打哈哈。

這裡有哥布達跟蘭加，再加上紫苑。

魔王中最強的蜜莉姆不會輸給混沌龍。

狀況不樂觀，但絕不是最壞的。

我們要殺光敵人，克服眼前難關。再來只要斷絕後顧之憂就行了。

其實很簡單。

卡嘉麗女士聽完八成感到安心吧，她沒再多說什麼。

我看向正在作戰的哥布達等人，等待即將到來的人們。

「——利姆路大人的敵人真多。是因為您在當魔王嗎？」

這時卡嘉麗女士輕聲說出這句話。

我在等敵人剛好沒事做，所以就隨口應答。

「大概吧，但我本人不樂見就是了。」

「為什麼？」

「法爾姆斯王國把我惹毛。魔王克雷曼那邊因為他出手暗算，所以我逼不得已。聖人日向找我的起因是她誤會。每次都是對方先找麻煩，我才奉陪。說起來算正當防衛。」

「這樣啊。那麼，利姆路大人沒主動布局？」

「也不盡然。畢竟這次的對手跟我在利害關係上起衝突。雙方的中心思想有出入，就看誰快誰慢，事情才演變成這樣。」

「能不靠武力解決嗎——？」

「是可以。只不過，若要跟對方分出勝負大概只能將對方併吞，而對方不想被我併吞，這麼做或許是正確選擇。」

德瓦崗跟薩里昂——魔國聯邦與這兩大國聯手，跟西方諸國打經濟戰沒道理輸。

要是敵人什麼都不做，我肯定會在經濟上併吞西方諸國。可別小看連量子電腦都不是對手的智慧之王拉斐爾大師。

「——咦？這麼說來，您覺得對方在做正確的事？」

嗯——這可不一定吧？

認同中心思想的差異，彼此各退一步。將來井水不犯河水，要這樣也行。

對方師出有名，我也有理。

我不想任對手擺布，對方也不想被我控管，這樣就只能對戰了。

從某方面來說，經濟戰比流血戰爭更可怕。沒有投降這個概念，未併吞對手絕不罷休。

因此對方選擇用武力對峙算我走運。如此一來，知道自己沒勝算認輸便是。

雖說對方能用的手法只剩這個，但那是否有理另當別論。

「立場不同，所謂的正義就有無數形式。我不敢說我絕對是對的，但在這退讓，我們會退居下風。既然這樣就只能選擇全力對戰了……」

當然，要求饒也行。

可是我認輸，同伴全都會跟著遭殃。

「但您還是能尊重對方所處的立場，與對方多多交換意見，試著建立良好關係，這樣就不用彼此敵對不是嗎？」

這個問題好難解。

該怎麼答才好——我無須煩惱，一名少女出聲回答這個問題。

「沒辦法，行不通的。人的慾望永無止境，不會甘於忍讓。對方一旦讓步就會做更多要求，人類就是這樣。」

對。

只要我們讓步，對方就會釋出善意——我也希望那是真的，這種想法一點也不實際。

若我只是一介市民，可以對夢想抱持期許，那我就能高談那種理想。

然而——

站在為政者的立場，怎能信那種天方夜譚。

這一點，敵方首腦似乎與我看法一致。

「我們很合嘛，我也這麼認為。我是魔王利姆路，妳呢？」

「初次見面。我是瑪莉安貝爾，你的敵人。」

不知不覺間，魔偶被破壞殆盡。

眼前出現以前曾在開國祭見過的少女。

如我所料，敵人是她，且比想像中還要大膽。

原以為她會更狡猾，不會親上前線，看她親臨現場著實令人吃驚。

且出現的不只瑪莉安貝爾一人。

身旁另有三人。

有遍體鱗傷的凱及一名身穿騎士服的男人。

以及神樂坂優樹。

一看到他，卡嘉麗女士跟隊員都大感震驚。

「總、總帥！您怎麼在這兒？」

「難道……想殺魔王的就是您？」

「騙人的吧？既然這樣，為什麼命我們調查遺跡？」

他們紛紛開口質問，優樹卻沒反應。

八成像古蓮妲說的那樣，被人徹底支配。

「優樹大人，這到底是怎麼一回事？您背叛我們嗎？」

卡嘉麗女士的聲音充滿怒意。

我想那應該出自真心，但如今都不重要了。

本人只想快點結束這場鬧劇，趕去支援蜜莉姆，但在那之前還有事要辦。

「我想也是。妳確實是敵人。可是，作戰前想跟妳確認一件事，方便嗎？」

我看著金髮少女，朝她這麼問。

隊員們似乎對我的態度感到納悶，但他們什麼都沒說，閉口不語。事到如今，他們可能決定相信我吧。

不，或許是別的。

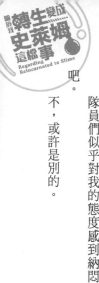

或許是被該名少女散發的詭異氣息吞噬。

她有一頭柔順金髮及粉色唇瓣。

雙頰豐潤，就跟洋娃娃一樣可愛。

看起來差不多十歲左右，少女名喚瑪莉安貝爾。

然而她本性冷酷，實在太過突兀。

「要確認什麼？」

「聽命於我吧。那樣就能避免不必要的爭端。」

「可笑，真可笑。那句話該由我說才對。魔王利姆路，你將在此戰敗。不想那樣的話就受我支配吧。」

「妳的方針與本人政策相牴觸，那種做法會引發不必要的紛爭。只為守住少數人的財富，許多無辜人民會因此受苦不是嗎？」

「是啊。我承認。不過，那又如何？弱者活該被壓榨，這是很自然的事。魔物不也是弱肉強食嗎？」

「算是吧。但我討厭那樣。」

「愚蠢，太愚蠢。人人平等，這種安逸想法你也信？」

「不，我也沒那麼蠢。但任何人都該擁有一次機會。某些人不管做什麼都不在行，可是人的價值不能這樣輕易論斷吧？」

有人開竅得晚，有些人則藏了不為人知的才能。即使討厭工作，還是有人在藝術方面展露才華。照瑪莉安貝爾的做法走，貧富差距一旦出現就永無翻身之日。這點我實在無法接受。

人一出生就不平等。

這是當然，從父母那繼承的資產也算一種才能吧。

但是，不能一竿子打翻一船人。

因其出身剝奪受教機會，往後只能任人壓榨，這麼做是在漠視人類的可能性。

一言以蔽之，我覺得那樣很可惜。

人的才能有無限可能。

怎麼能捨棄。

可是——

「無聊，真無聊。沒想到這種幼稚夢想家是魔王，蠢到讓人難以置信。」

我的想法無法傳達給瑪莉安貝爾。

「是嗎？那就沒辦法了。就用一個簡單的方法決定，看誰才是正確的吧。」

「正有此意。我要讓你認清現實。」

我們的議論絕不會有交集，從一開始就只能靠對戰得出結論。

一方面覺得可悲，一方面又感到認同。

所有人類都能互相理解的那天絕不會到來吧。但這也印證了人類的多樣性。

在進化過程中留下這種矛盾。

唯有勝者才能主張正確。

我與瑪莉安貝爾，主張相異的兩種正義，如今就在這一刻，將正面交鋒。

＊

「打倒他！」

瑪莉安貝爾一聲令下，凱率先行動。

大概很恨我吧，他帶著瘋狂的眼神衝過來。

他被魔法審問官帶走，該不會逃掉了吧？

「哼！就憑你也敢挑戰利姆路大人——」

紫苑開口大叫，打算阻擾凱。不料卻被優樹擋住。

「妳的對手是我。」

「哦，有趣。被那女人支配的弱者，不是我的對手！」

目露紅光的紫苑大吼。

這表示她認真了。她散發強烈的妖氣，舉起大太刀。

接著開始與優樹對戰。

這邊就交給她，問題是另一個男人。

在我看來他比聖騎士還強，由哥布達對付。雖說蘭加也在，但我有點不安。

「哥布達，是時候讓人見識四天王的厲害啦！」

這話是紫苑喊的。

我都忘了。

這麼說來，還有那種設定。

「好！那就出我的隱藏王牌！」

哥布達做出回應。

緊接著下一秒，哥布達大喊：「變身！」

變身——就是「魔狼合一」。

哥布達與蘭加合體，變成沒有任何哥布達要素的帥氣狼人。

那樣就沒問題了吧。

有別於一個月前，哥布達似乎學會控制力量了。沒被蘭加的力量牽著鼻子走，做得不錯。

我猜對手八成是強過「十大聖人」的難纏敵人，但現在的哥布達會想辦法搞定吧。我如此相信，集中精神對付眼前的敵人。

喔對，在那之前——

我將自己的妖氣聚在左手上，隨手朝凱丟去。光這一擊就能讓凱從世上灰飛煙滅。

受瑪莉安貝爾的「貪欲」汙染，他的力量似乎增幅到超出實力，但在我看來只是礙事的傢伙罷了。

「你想跟我對打吧？好，就在死前成全你。」

對死者說這種話太過冷淡，不過，他必須知足。

「騙人！這算什麼，算什麼，竟有那種力量——！」

「算什麼？我認真起來就是這樣。接下來輪到妳。自己與什麼樣的人為敵，這點妳不需要知道。我會把妳吃個精光，吃到再也無法轉生，乖乖變成我的糧食吧。」

作為戰前禮儀，我如是說。

我已經認真了，怎能期待我手下留情。

我認定瑪莉安貝爾是敵人。

敵人就該殺。

這是再當然不過的事。

快點解決她，過去支援蜜莉姆吧。我對自己這麼說，朝瑪莉安貝爾踏出一步。

●

瑪莉安貝爾這才驚覺。這世上最強的八星魔王，她正與其中一人為敵。

「總覺得現在的利姆路大人有點恐怖耶。」

「笨蛋，當四天王還這麼沒用。聽好了，哥布達。那才是魔王利姆路大人的真實姿態。啊啊，能拜見如此帥氣的英姿，紫苑好幸福！」

「是、是這樣說嗎？我覺得平常的利姆路大人才是真正的他……」

「我承認平常的利姆路大人確實很美。呵呵，話說回來。就連第二祕書迪亞布羅也無緣看到現在的利姆路大人，他會很懊惱吧。呵呵呵，可以跟他大肆炫耀一下。」

這類對話傳來，但瑪莉安貝爾只覺得很白痴。

不過，現在沒空管那個，必須專心對付眼前的利姆路。

（開什麼玩笑，開什麼玩笑。評議會上發生的事在魔王利姆路看來應該覺得萬分失禮才是。可是他卻不怎麼生氣，所以才被人評為「溫厚」，但那大錯特錯。）

沒錯，魔王一旦認真起來，就連瑪莉安貝爾都無法輕忽這樣的對手。

瑪莉安貝爾對凱進行最大限度的強化。比三流魔人還強，已超越人類應有的水準。

事實上，若芙蕾或卡利翁這些前魔王面對凱的威力難免陷入苦戰吧。畢竟她將凱剩餘的壽命和靈魂力量全燃燒殆盡，預支那股有違常理的力量。

然而——

魔王利姆路就像在燒垃圾般輕巧，大手一揮將凱葬送掉。

顯示兩者實力差距有多懸殊。

不是大人對小孩，差距甚至比象對螞蟻還大。

瑪莉安貝爾的靈魂蘊含力量，比凱的還要強大。轉生橫渡世界並存活下來，讓她來到超乎常人的境界。

即使如此，瑪莉安貝爾仍覺得魔王利姆路很有威脅性。

所以她早早使出殺手鐧。

那就是「聖淨化結界」——可說是對抗魔物的王牌招術，最強的「封殺結界」。瑪莉安貝爾安排周到，已讓「血影狂亂」在城堡外圍潛伏。

「在你說大話前，最好要有自知之明。知道人跟魔物的智商差多少！」

她對利姆路大肆放話。

同時用「魔法通訊」下令。

「咦！身體變好重——」

「我記得這種感覺。威力比那時還強，這才是那結界真正的威力嗎？」

身為四天王的狼人一臉困惑，惡鬼則桀敖不馴地笑著。

真讓人火大——瑪莉安貝爾咬牙切齒。

稱四天王確實有那個資格，這兩人異常強大。

其中那隻狼人——哥布達好像是在大會上差點打到冠軍的強者。與之同等的惡鬼也是不容小覷的魔人吧。

其他還有隨魔王利姆路參加評議會的魔人。

（這股戰力太誇張。若正面對決，不用維爾德拉出場，我們也沒勝算。不過——）

不過，現在不同了。

魔王對自己的力量過分自信，處在這樣的情境下，他完全沒戒心。

這會使他喪命，瑪莉安貝爾不屑地輕笑。

然而她的想法太過天真。

「果然沒錯。我就猜妳肯定會出這招。所以說，我當然會擬定對策啦。」

魔王利姆路說完這句話便無畏地笑了。

下一秒，剛發動的「聖淨化結界」消失。

「什麼！你做了什麼？」

「我說，像我這樣外出溜達，大肆昭告『快來襲擊我』，當然會派部下在這座城堡周邊警戒啦。妳八成想設計我，但我方也一樣，想拿我當誘餌引妳出來。為了支配我，妳這個『貪婪』能力者就得親自出馬吧。」

這是利姆路給瑪莉安貝爾的答案。

就在這一刻，瑪莉安貝爾釐清一切。

知道失聯的古蓮妲不是被人消滅，而是背叛了。

（對，他說對了。對自身力量過分自信的不是魔王，是我才對……）

如今王牌遭人摧毀，情勢非常不利。

凱已經死了。

優樹占上風卻無法將那隻惡鬼攻下。

還有另一人，前「三武仙」拉瑪只想替古蓮妲報仇，正苦於應付狼人哥布達。

這兩人都被瑪莉安貝爾的「貪欲」強化過，但還是無法取勝，這件事透露敵人有多強。

既然如此，只能由瑪莉安貝爾改變現狀。宛如洋娃娃的少女，如今正要顯露本性——

她燃燒自己的「靈魂」，超越極限。

只為求得勝利。

中計的事實無法改變，但這情況正是她樂見的。

這樣的機會再也不會有第二次。正因她清楚這點，所以瑪莉安貝爾不後悔。

「我要拿出真本事了。賭上我的一切，殺了你！」

「好。我也會全力以赴。」

話一說完，瑪莉安貝爾就衝過去。

她朝地面上一蹬，往利姆路狠踢。

那身體機能不像小女孩會有的。

比戰車砲的砲彈更重更激烈，其威力連鐵柱都能折斷。

但是對利姆路來說不痛不癢。他輕鬆化解，順勢將對方拋飛。

瑪莉安貝爾以手撐地，利用那股反作用力當場旋身避開。並躲掉利姆路發動的追擊，開「貪婪者」回敬。

「受死吧！──『死亡渴盼』！──」

一股黑暗波動朝利姆路撲去。

那是「所有生物」出自本能的求生慾──將之反轉就成了瑪莉安貝爾的絕招。

她憑自身意志將獨有技推升至極限。

這就是瑪莉安貝爾．羅素。

該獨有技亦是源自於人類根本情感的大罪技能。沒人能抵抗這股經強化的慾望，瑪莉安貝爾可謂勝券在握。

（對，這也逼不得已。雖然不想殺他，但這並非最壞的選擇。對這種危險分子置之不理更愚蠢──）

瑪莉安貝爾原本想支配利姆路，然而對手不是靠這種天真想法就能戰勝的。

因此要說瑪莉安貝爾該採取哪種手段，就是在這全面制勝。

魔王利姆路被黑色波動包圍，他並未抵抗，只是站在那動彈不得。

「真令人失望。再強的人都無法捨棄求生慾，所以我天下無敵。」

實際上，瑪莉安貝爾可堪稱最強。

就算對付覺醒後的克雷曼、芙蕾或卡利翁，她也能獲勝吧。

連「聖人」日向遇到瑪莉安貝爾的技能也只有敗北的份。

瑪莉安貝爾就是這麼強。

靠她的獨有技「貪婪者」。

話雖如此——

「很遺憾，『解析』結束。這下妳的力量就傷不了我了。」

利姆路的究極技能早已覺醒。

從這一刻起，瑪莉安貝爾再無勝算可言。

——因為瑪莉安貝爾的最強只停留在獨有技階級——

果然如智慧之王拉斐爾大師所料，瑪莉安貝爾準備了「聖淨化結界」。

格蘭貝爾以前曾是西方聖教會的頭頭，我們料想她會承襲他的技術，這點不出所料。

雖然那強得令人懼怕，但這正合我意。

如此一來，蓄勢待發的戈畢爾和白老及蒼華等人也有出場機會。最近這幾天都沒什麼事，安慰他們好辛苦。

可喜可賀，想到這裡我就放心了。

話說這個叫瑪莉安貝爾的少女。

她很強。確實很強。

與瑪莉安貝爾交手，我實際體會那股強大。

被黑暗波動籠罩時，甚至令我背脊發寒。

雖說我一點都不擔心自己會死，但一想到我以外的幹部被這招擊中有何下場，我就感到恐懼。

除了我，其他人肯定會喪命。

我猜八成只有迪亞布羅挺得過去。不，或許紫苑也撐得住，但是紅丸等人肯定會掛掉。

最好讓他們多多鍛鍊精神——也就是「靈魂」。我心中不免浮現這種想法。

應智慧之王拉斐爾大師的提議，我做完「解析鑑定」，並對瑪莉安貝爾下最後通牒。

「很遺憾，『解析』結束。這下妳的力量就傷不了我了。」

雖然不許她操縱其他人，但在不給人添麻煩的情況下，她要苟且偷生也行，會那麼說是基於這層想法。

可以肯定的是，連我自己都覺得這想法太天真，但對方看起來畢竟是十歲左右的少女。殺她可能會害我產生強烈的罪惡感。

所以若她願意投降，我會很開心。

話雖這麼說，我也離人類愈來愈遠了，要我冷血切割也行。

「——愛說笑。還不夠，還不夠，還不夠。就算要我耗盡一切，也要在這贏得勝利！」

只可惜我的話沒能讓瑪莉安貝爾聽進去。

雙方的中心思想原本就不同，我早就猜到事情會變成這樣。可是如今真的演變至此，我又覺得有點落寞。

瑪莉安貝爾像發瘋似的連續猛攻。

然而可悲的是，對我無法構成任何威脅。

既然不能彼此諒解，那就沒辦法了。

「那我就送妳上路吧，不會有任何痛苦。妳就在我體內好好反省——」

對瑪莉安貝爾說完這句，我打算發動「暴食之王別西卜」的「魂噬」。

說時遲那時快——

「咚匡！」一聲，一道巨大聲響傳來，我瞥見紫苑被人打飛。

注意力下意識朝那裡集中，這才發現是優樹的踢技擊穿紫苑。而且照理說紫苑有「超速再生」，她卻無法重新站起還負傷。

情況明顯有異。

「紫苑——！」

「「啊哈哈哈哈哈哈哈！」」

我的叫喊被一陣狂笑蓋過。是瑪莉安貝爾在笑——

還有優樹。

兩人不約而同發出笑聲。

「厲害，果然厲害。魔王利姆路，我小看你，把你看扁了。沒想到你是這等怪物……」

「真的。沒想到你會戰勝瑪莉安貝爾。但你可別忘了，這裡還有我喔。」

擊退紫苑的優樹站在我面前。

瑪莉安貝爾釋出的黑暗波動灌在優樹身上，威力變得更強。

《答。個體名「神樂坂優樹」的力量提昇了。疑似個體名「瑪莉安貝爾・羅素」藉獨有技「貪婪者」轉讓力量。》

她到底有幾張王牌。

這次換優樹嗎？

他只是受「貪欲」支配，可以的話希望用壓制代替殺害。

「嘖，死了也別恨我啊。」

「那是我的台詞才對！」

話一說完，我跟優樹同時出招。

踢出的腿互相交叉，雙方同時被震飛。

以前好像也發生過類似的事，但這次雙方都是玩真的。結果就是兩股勢均力敵的力量造就當今現況。

優樹出乎意料地強。

只論身體機能，他還贏過瑪莉安貝爾。紫苑連出招的機會都沒有就被擺平，他肯定強得亂七八糟。

我原本就不打算放水，這下或許連速戰速決都難了。

腦裡想著這些，我與優樹對峙。

除此之外——

趁我們打鬥的空檔，我發現瑪莉安貝爾暗中展開行動。

不妙。雖然不妙，但我現在光是對付優樹就分身乏術。

瑪莉安貝爾轉身背對我們，開始逃往墳墓中央。

我想追她卻被優樹擋住。
算了。
反正瑪莉安貝爾逃不了。
如今我完全掌握她的靈魂波長，不管她逃到哪裡躲藏，我都能找到她。
比起瑪莉安貝爾，現在更該對付的是優樹。
打定主意後，我的視線回到優樹身上。

*

眼角餘光瞥見卡嘉麗女士和那些隊員在照顧紫苑。
她似乎處在雖未失去意識卻站不起來的狀態下。
看她一臉不甘卻無計可施。
可以將那個紫苑逼到這種地步，優樹肯定很厲害，但我一點也不擔心。
正如智慧之王拉斐爾大師所說，獨有技奈何不了究極技能。
這是「靈魂」強度的問題。
要讓全面超越獨有技的力量覺醒，似乎須具備與之相應的心靈強度。面對這樣的心靈強度，獨有技似乎無法造成任何影響。
想打倒究極技能覺醒者，對手須擁有究極技能。換句話說，瑪莉安貝爾想轉讓力量，卻無法靠優樹戰勝我。

所以說，我等同贏得勝利——那份自信在下一刻遭人輕易粉碎。

「我要使出真本事嘍。」

伴隨這句話，優樹釋出右迴旋踢。跟剛才沒什麼不同，我老神在在地抬起左手接下。

下一秒，左手肘以下全炸個粉碎。

「——啊？」

感到驚訝之餘，我後退拉開距離，不禁啞然失聲地望著自己的手。

《意外。「誓約之王烏列爾」的「萬能結界」遭人破壞。推測個體名「神樂坂優樹」具極特殊體質——「能力封殺（Anti-Skill）」。》

咦，等等？

也就是說，我的「絕對防禦」對優樹沒用？

不，不只這樣。

搞不好大部分的攻擊都會失效？

《是。「能力封殺」是一種靈性體質，可封殺魔法及技能。唯聖劍技等部分技藝或許能起到效用。》

也就是說，崩魔靈子斬（Melt Slash）可能有用？

這次不是在整人，而是究極技能疑似真的遭人破壞。就算問詳細原理，我也聽不懂，但我知道那是很棘手的體質。

「你不是說沒獲得獨有技或特殊能力嗎？」

「這是真話。我曾跟你說我只有身體機能異常發達吧？」

我很想抱怨，對他說「開什麼玩笑」，但他確實沒騙人。是說對被人操縱的傢伙抱怨也沒用。

不過，該怎麼辦？

優樹的攻擊對我有效，我的攻擊卻起不了作用。這樣下去只是浪費時間，既然變成這樣，我可能無法壓制他留活口了。

可以的話，看在同鄉的份上，我想饒他一命。若他是基於本人意願與我敵對另當別論，只是被人操縱未免太可憐。

不過——

優樹不是我放水還能打贏的對手。

我下定決心拔出直刀。

將我的妖氣注入漆黑刀身。

「哦……好棒的刀。」

優樹邊說邊用右手拔出插在腰上的短刀，另外左手還拿了一把尺寸較小的單刃劍。

他變成二刀流，壓低身勢擺出獨特的架式。

在我知道的流派裡沒看過這招，可能是他自創的。

看到優樹擺出臨戰姿勢，事到如今我才領悟一件事。魔法跟技能起不了作用令人焦急，但優樹並非「物理攻擊無效」。即使有極其特殊的體質「能力封殺」，用劍砍還是傷得了他。

我懂了，怪不得部分技藝通用。

如果是我，光打人也會受技能影響，所以幾乎傷不了他。

也許不加妖氣更有效？

《不。這方面情報不足，無法導出正確答案。》

了解。那就實地測試吧。

我在地上蹬了一下，一鼓作氣朝優樹砍去。

優樹用左手那把劍接下攻擊。身體機能果然夠好，他輕鬆跟上我的速度且應付自如。

但我也曾跟日向用刀打得如火如荼。這有助於提昇我的技術，且增加自信心。

我不慌不忙，已看到第二、第三步。

即使技能對優樹起不了作用，「未來攻擊預測」仍不受影響。因為這是智慧之王拉斐爾大師在演算，只用於預測優樹的行動。

優樹左手那把劍主要用來防禦，用右手的短刀攻擊。

一般而言都是反過來用吧，但這方面因人而異。

再來看武器的性能。

兩把都由高純度「魔鋼」製成。金屬歷經進化，性能似乎跟著三級跳。

在特質級中仍屬頂級貨色，那些武器搞不好相當於傳說級。

棘手歸棘手，此時我有意想不到的發現。

《告。「能力封殺」不能套用在武器上。》
沒想到優樹拿武器反而變弱。這件事只有我知道，但對優樹來說也是盲點吧。
面對一般攻擊，有「絕對防禦」就不怕。
我刻意讓優樹擊中。
「哈哈，利姆路先生你太大意啦！」
我假裝接刀後重心不穩，製造破綻。
優樹對準破綻出刀。這把短刀似乎也很特別，會伸縮擾亂我的防守線。
看在優樹眼裡，這完全是趁虛而入偷襲敵手吧。
不過，那些全都在我的計畫之中。
刀瞄準我的心臟部位刺來，卻在半路上頓住。
我碰刀做個確認，發現這把刀下了可對精神造成影響的猛毒。要是真的被刺中，連我都會受傷。
然而這樣的假設一點意義也沒有。
「好了，可惜！赤手空拳打我還比較痛呢。」
「怎麼可能，太扯了——！」
只見優樹睜大眼發牢騷。
我沒有聽他抱怨的義務。
本人不由分說地發動攻勢，祭出剛開發出來的招式。

這是暴風黑魔斬——參考日向的崩魔靈子斬，融合魔法與劍技。

使用的魔法是「暴風之王維爾德拉」的「暴風系魔法」。

話說維爾德拉的魔法，比起一度傷害，二次傷害更可怕。會從受傷的傷口開始崩壞，並侵蝕全身。

暴風黑魔斬也一樣。這致命劍技能腐蝕對手的生命。

只不過，可能有那特殊體質保護，優樹的傷口並未崩解。胸口雖被砍開一個大洞，看起來仍舊不算致命傷。

「唔……」

發出呻吟的優樹轉眼瞪我。

我想窺探內情，卻因黑霧阻擾看不真切。

他完全被瑪莉安貝爾的「貪欲」汙染。若能除去這樣東西，我就不用殺他……

《答。受「能力封殺」阻擋，無法進行干涉。》

行不通。

那能用的手段就剩一個了。

「我贏定了。我很想助你脫離瑪莉安貝爾的掌控，但看樣子連我都做不來。我要使點強硬手段了，別怪我。」

把他殺到半死不活，讓優樹昏厥。

趁優樹昏倒，我去收拾瑪莉安貝爾。

若影響力因此消失，皆大歡喜。

沒消失的話，到時再說。

我拿刀對準優樹。

悲哀的是，就算我徒手打人也傷不了他。

因為被「能力封殺」撤銷的能量會連帶抵銷其他動能。

我在心裡直呼太扯，但那就是優樹的特質。

抓個逼近臨界值的力道，我灌注在刀上。圖的是用刀背打他，幸好這把刀很堅固，不容易敲壞。

但力道下太重又會把優樹劈成兩半。拿捏力道好難。

就這樣，我將刀背轉向前方，眼看就要揮下——

「刀、刀下留人！請您再考慮一下，別殺優樹大人——！」

這聲叫喊出自卡嘉麗女士。

我朝該處看去，發現她不僅起身還想衝去優樹那邊。

「喂，危險啊！優樹被瑪莉安貝爾操縱了！」

「不，不要緊！優樹大人的意志如此堅定，心靈強度不可能輸給那種小丫頭！」

無視我的忠告，卡嘉麗女士抓著優樹不放。

除了她，還有追隨卡嘉麗女士的調查團成員。

「對，說得對！總帥沒這麼脆弱！」

「就是說啊！他總是表現得玩世不恭，從不對人示弱。」

「為了在我們面前耍帥，他甚至會一個人跑去殺龍啊！」

看來優樹很受人景仰。

有這些人大力庇護，我反倒變成壞人了。

不，若能不殺他就把事情了結，我也想那麼做啊！

可是現在不是講那種天真話的時候，在這種情況下，我只能選擇相形之下最好的方法。

你們看，我連刀都反著握耶！

我要他們看清楚，並環顧卡嘉麗女士等人。

他們跑到優樹後方，開始對優樹說話。做這種事就能解除瑪莉安貝爾的影響力，大家何必這麼辛苦。

沒想到——

「我也不想殺他，現在就先——」

說完這句，我正想提醒他們別礙事。

就在那個時候——

「你、你們……」

優樹開始低喃，並露出痛苦的表情。

《告。已確認個體名「神樂坂優樹」出現變化。「貪欲」造成的精神干涉疑似解除——》

……咦？

不是吧，結果來得這麼突然、這麼剛好？

我半信半疑，但優樹身上的殺意確實消失了。

真的假的？雖然這麼想，但我也只能接受這個結果。

＊

既然優樹恢復原狀，強敵就剩瑪莉安貝爾跟混沌龍。
「我好像給你添麻煩了，不好意思。但我得救了，利姆路先生！」
「呃，好。沒事就好……」
你死了也不能怪我，我可沒這麼想——我用這種態度對待優樹。
「喂，哥布達！快點結束掉！」
順便對哥布達遷怒，成功轉移話題。
就這樣，之後立刻結束這場戰事。

紫苑平安無事。
優樹的「能力封殺」效果不會永遠持續，過一段時間，「超速再生」就復活了。
她火大地瞪視優樹，我則出面安撫她。
「真丟臉。我的功夫還不到家……」
生完氣之後，紫苑好沮喪。
我再次安撫她，跟她說「以後有的是機會嘛」安撫她。
接著看哥布達。

「我跟他說古蓮妲小姐還活著，但這個人就是聽不進去……」

他看起來好累。

對於能將蘭加之力徹底發揮的哥布達來說，拉瑪不是他的對手。

靠哥布達的戰鬥品味，加上蘭加的超強直覺，兩者相輔相成，變成人狼的哥布達真的很強。

蘭加的意識也沒消失，負責警戒周遭情況。

聽到他們戰鬥時分工合作，就好像我跟智慧之王拉斐爾大師的關係吧。

怪不得那麼強。

哥布達之所以會陷入苦戰，全因他發現自己的對手拉瑪一心要為古蓮妲報仇。哥布達心腸好，所以才無法痛下殺手。

我拜託智慧之王拉斐爾大師解除拉瑪的精神干涉。

他過度使用靈魂之力，但似乎沒有生命危險。意識清醒，且看樣子也相信古蓮妲平安無事。

這下就解決一件事了——可悲的是現實並非如此。

接下來，現在不是悠哉的時候。

劇烈搖晃仍持續發生，表示蜜莉姆無法封印混沌龍。

我想快點去支援她。

「利姆路先生，我去追逃跑的瑪莉安貝爾吧。」

雖然他這麼說，但優樹身上還有傷……咦，治好了？

「你的傷都好了？」

「那個啊，對。卡嘉麗會用治癒魔法。」

啊？居然說得這麼理所當然？

「呃，魔法不是對你沒用嗎……」

「哦，不礙事。我可以自行開關這種體質。」

「……」

我傻眼到說不出話來。

優樹帶著爽朗的笑容回應，但這太犯規了吧。

日向也說她具備淨化魔素的體質，但不能自行開關。看起來比那更棘手的「能力封殺」卻能隨意控制嗎……

有夠扯的。

算了，沒關係。那姑且不論，來看優樹的提議。

「有勝算嗎？」

「只要我夠小心就能輕鬆獲勝。是說她任意操控我，我的尊嚴可不能容許這種事情發生。」

「利姆路大人，我也要拜託您。瑪莉安貝爾恐怕想破壞這座遺跡。關於我調查過的遺跡『索瑪』，那邊也有疑似用於都市營運的魔法動力設施。這座都市的構造與其相似，該設施一旦失控，這附近一帶可能都會消滅。我自認只有我們能阻止！」

「……妳是說瑪莉安貝爾能讓設施失控？」

「只要注入過多的魔力，設施就會不安定。再加上位於長年無人使用的遺跡裡，不知會產生什麼樣的作用……」

雖不確定是否有那樣的遺物存在，但被她猜中就糟了。

「妳清楚它的構造嗎？」

「我曾在『索瑪』徹底調查過。要是真的出事了，我也能阻止！」

美人認真的表情好有魄力啊。

我並不是因為這樣才答應，而是輸給她的魄力。

「那就交給妳了。優樹，拜託你嘍！」

「好，這份屈辱，我要加倍奉還。」

看起來玩世不恭，優樹確實很有自信。

如此這般，追瑪莉安貝爾的事就交給優樹跟卡嘉麗女士。

「紫苑、哥布達，你們帶那些隊員去跟黑妖長耳族會合。一路保護他們！」

「了解！」

「那利姆路大人呢？」

「我去支援蜜莉姆。動作不快點，我們可能都會被混沌龍的攻擊波擊。」

蜜莉姆正努力壓制，但光是流彈也很可怕。現在沒空悠哉了，決定該怎麼行動就要立刻實行。

「那我也去！」

「不行。妳的傷口表面已經治好了，但內傷還沒根治吧。別跟來，拜託妳保護大家！」

「唔，遵命……」

應得心不甘情不願，但紫苑還是接受了。

優樹跟卡嘉麗女士馬上跑去墳墓中央追瑪莉安貝爾。

我則將後續事宜託付給紫苑和哥布達，趕去支援蜜莉姆。

●

瑪莉安貝爾上演逃亡戲碼。

不過，不是因為她放棄取勝。

連手裡的最後王牌「被封印的混沌龍」都放出來了，她不許這項作戰計畫失敗。

瑪莉安貝爾還有最後的手段可用。

在墳墓深處──長耳族古都的心臟部分，舊世界的魔法技術結晶就沉眠於此。她曾聽說這件事，打算讓其失控，藉此葬送利姆路。

（要打倒那個怪物只能用這個了。我最強的棋子優樹應該會多爭取一些時間。我要趁機讓魔導中控動力爐失控──）

在優樹的報告裡，包含古代遺跡「索瑪」的情報。她還聽說此處「阿姆利塔」也是由該種族創設的遠古都市。

若構造相同，連瑪莉安貝爾都能輕鬆操作。

要是讓魔導中控動力爐失控，將會產生大規模的魔力破壞。現在利姆路正專心與優樹作戰，趁機引爆就能炸死利姆路，沒機會反抗。

殺他個措手不及，連魔王利姆路都能打倒──瑪莉安貝爾是這麼想的。

她來到墳墓中央。

然而在那卻沒看見報告裡提及的設施。

不僅如此，那兒空空如也。

棺材是空的，連裝飾品和寶物都沒有。

不，是有些金銀財寶倒臥，真正有價值的魔法裝備卻不見蹤影。

「好奇怪，太奇怪了。怎、怎麼會這樣──？」

她不禁道出疑問。

不會有人出面回答──原本是這麼想的。

「啊哈哈哈哈！在這座遺跡裡，根本就沒有魔導中控動力爐這種東西啦。」

「──唔！」

「順便告訴妳，『索瑪』也沒那種東西。」

「……是優樹嗎？」

「對，就是我。」

有人回應瑪莉安貝爾的叫喚，肯定沒錯，他就是優樹。

優樹大剌剌地現身，卡嘉麗跟在他身邊。

「你不是在對付魔王利姆路嗎──？」

「打完了。我認真跟他打，但是打不過。利姆路先生還有放水的餘力，我卻沒有。若是打得贏，我真想當場打倒他。」

「我在旁邊看都捏了把冷汗。再說我很著急，以為你真的背叛我們。」

「啊哈哈，抱歉抱歉。我想連妳也騙比較有真實感。而且我相信妳一定能看穿我的意圖。」

「好吧，沒關係。就結果來說這是最理想的，假如優樹大人原本就計劃如此，我也沒什麼好說的。」

優樹跟卡嘉麗快樂地交談。

看到那一幕，瑪莉安貝爾這才恍然大悟。她發現自己被優樹騙了。

「騙人，這不是真的。可是……優樹，你破解我的力量嗎！」

雖然不敢置信，但瑪莉安貝爾只有接受現實的份。這下她更好奇優樹是何時、用什麼方法克服「貪婪者」的「貪欲」。

「──你是怎麼克服『貪欲』的？」

「妳很好奇嗎？」

「少囉嗦，快回答！」

「呵呵，好吧。那就告訴妳。」

優樹朝瑪莉安貝爾同情地瞥了一眼，將答案實際示範一遍。

他的感情原本很清澈，這下被一層黑霧籠罩──看在瑪莉安貝爾眼裡就像這樣。

「怎麼可能……騙人、騙人……」

「啊哈哈哈哈！妳不敢置信嗎？但這就是現實。答案是從一開始就破了。我假裝被妳操縱。如何，演技很棒吧？」

優樹開心地笑著。

相反地，瑪莉安貝爾臉色難看。

「怎麼可能，我是『貪婪』的……竟把源自情感的最強力量給──」

小聲地自言自語，瑪莉安貝爾拚命地努力釐清狀況。

「妳的慾望確實很強。不過呢，只可惜我的『貪欲』更強。這個世界是我的囊中物。我的野心是成為世界之王。就憑妳的『貪婪者』，不開『能力封殺』也無法控制我。」

優樹臉上笑意不減，如此斷言。

對瑪莉安貝爾來說，那如同宣判死刑。

「別小看我！我是瑪莉安貝爾。『貪婪』的瑪莉安貝爾。就你這種貨色，不是我的對手！」

瑪莉安貝爾先是大喊，接著就榨出所有的靈魂力量，用來攻擊優樹。

貪欲波動——強韌的意志力形成物理破壞力，朝優樹襲去。

但那對他無效。

「沒用的。妳贏不了我。」

優樹正面接下瑪莉安貝爾的攻擊。看那股黑色波動煙消雲散，他出聲嘲弄。

緊接著下一秒——

「咳！」

他用手刀貫穿瑪莉安貝爾的心臟。

這樣還沒完。瑪莉安貝爾的力量流出，被優樹吸收。

「唔，咕哈……莫非……你……你要我的力……量……」

「答對了。」

「這……這種事，怎麼可能……辦到……」

瑪莉安貝爾眼裡的光逝去，握住優樹手腕的手也失去力量。

「若妳在這個世界提早十年誕生，或許已經支配世界了。算妳運氣差。那具幼小身體無法將技能用得淋漓盡致吧？」

「……」

瑪莉安貝爾沒有回答。

表情透著懊惱，光顧著瞪視優樹。

接著——

瑪莉安貝爾的靈魂帶著的最後一絲光芒忽明忽滅，並消失殆盡。

就如這個世界的真理所示——弱者終將落敗。

「那句話是妳說的吧？說我的野心太大。晚安，瑪莉安貝爾。我會確實繼承妳的慾望——」

優樹的話，瑪莉安貝爾再也聽不見。

就這樣，瑪莉安貝爾來這個波瀾萬丈的時代走一遭，人生迎向終點。

●

之後的事交給紫苑等人，我立刻趕去支援蜜莉姆。

如今，我正在垂眼望著混沌龍。

好大，大到很誇張。

我看全長有一百公尺吧。

那巨大身軀將暴風大妖渦比下去，看了不免令人感到絕望。

看來牠狂吃周圍的魔素，逐漸把身體撐大。

隨便吐一口氣都能粉碎岩山。

有夠暴虐。

對手是這樣的怪物，連我們都要舉手投降。

不過，蜜莉姆不一樣。

她靠那身超巨大魔素量阻擋混沌龍，不讓牠繼續進攻。

「讓妳久等了，蜜莉姆！」

「利姆路你來啦，我一直在等你喔！說真的很困擾。因為那是我的朋友。原本打算封印牠，卻奈何不了。這樣下去會造成傷亡……但我沒辦法殺朋友！」

蜜莉姆泫然欲泣地喊著。

跟暴風大妖渦不一樣，混沌龍是蜜莉姆很看重的朋友。所以無法痛下殺手也在情理之中……但那姑且不論，這傢伙太大了，光靠蜜莉姆的力量似乎也難以封印。

只求戰勝想必易如反掌，但蜜莉姆無法對朋友痛下殺手。

她的心情我很能體會，我喜歡這樣的蜜莉姆。

正因如此，我才對她綻放笑容，想讓她放心。

「已經沒事了。我有對策！」

「真可靠。那我該做什麼才好？」

蜜莉姆用亮晶晶的眼神看我。看得出她很信賴我，但壓力也很大。

不能慌。

我繼續表現出很有自信的樣子，向蜜莉姆說明作戰計畫。

「聽好，不管牠多大，一定都有『核心』。靠妳的精密攻擊可以打掉其他部分，只剩核心吧？」

就好比之前救被暴風大妖渦附身的法比歐，蜜莉姆在攻擊時應該可以避開混沌龍的「靈魂」。

守護混沌龍之魂的星幽體和精神體已被汙染毀壞。不，正好相反。因為壞了，才會被憎恨汙染到這個地步。

再加上現在被瑪莉安貝爾的「貪欲」侵蝕，再無治癒可能。

不過，只留靈魂或許行得通。

牠曾經是蜜莉姆的朋友，可以窺見那顆心核至今仍努力奮鬥，不讓那道光芒消逝。

「可、可是……變得那麼巨大，下的力量不夠猛就打不穿。一不小心會將牠徹底打碎……」

「之前不是有學如何控制力道嗎？妳的朋友很努力，妳也要展現氣魄！」

我不讓她找些有的沒的當藉口。

現在重要的是氣魄。

要是失敗──如果有這種想法，原本該成功的事情也會失敗。

「我會幫妳。妳只要按照我的指示全力釋放魔力就行了！」

剛才耍帥說我有對策，其實什麼也沒有。

要靠蜜莉姆硬幹。

但這並非第一次嘗試。

我曾經看過一次，當時很成功。這次規模不同，但要做的事一樣。

「好吧。我相信你，利姆路！」

「好。包在我身上！」

我假裝充滿自信。

這樣對心情的影響真的很大。

一想到可能會失敗就非常害怕。可是，沒有其他方法了，能做這件事的就只有我。

拜託你了，智慧之王！

《了解。交給我吧，主人（Yes, my lord）！》

我都把事情推給別人做，因為沒出什麼力，在這瞬間更要演一下。

別怕失敗。一切都會順利，本人用那句話自我說服。

「沒什麼，之前三兩下就成功了，這次也不例外！上吧，蜜莉姆！」

「嗯！你說得對。那我要上了，朋友。繁星的璀璨光芒，你可要看仔細了——龍星擴散爆——！」

一陣刺眼亮光閃過，感覺就算閉上眼睛也會將腦袋燒盡。

蜜莉姆釋出龐大的力量漩渦，朝混沌龍直撲過去。

混沌龍的不祥之力形成屏障，與蜜莉姆放出的閃光碰撞。

兩股力量互相角力。

我分析那股洪流，找尋混沌龍的力量根源。靠智慧之王拉斐爾大師的演算加持，操縱蜜莉姆放出的力量洪流。

好重。力量非常沉重，我知道自己的魔素量正在隨之遞減。

都打出這麼多的能量了，混沌龍依然無動於衷。

真的很難纏。我差點灰心喪志，在這放棄，一切將以失敗告終。

至今學到的經驗就是用在這種時候。我如此深信並傾盡全力。

一面讓焦急的心平靜下來，我慢慢除去糾纏混沌龍之魂的邪氣。

時間花不到一秒。

然而這股沉重壓力卻讓我覺得那一刻近乎永恆。

看到了！

是混沌龍還未遭受汙染的心核，正散發微弱光芒。

但現在還不能放心。

有「貪欲」形成的黑霧，還有憎恨的邪氣，即使抽除這些，還有遭到破壞的精神汙染等在後頭。

我要慎重、正確地執行。

作業持續推進。

黑霧碰巧在這時消失。優樹打倒瑪莉安貝爾了！

「好，這下有救了！」

為了趁機一決勝負，我發動「暴食之王別西卜」。

「蜜莉姆，我們要一口氣決勝負。妳可以提高輸出嗎？」

「包在我身上！唔喔喔喔喔，龍星爆焰霸！」

聽從我的指示，蜜莉姆也在此刻使出真本事。

是說我又再次體認一件事，蜜莉姆果然厲害。

都到這個階段了，她怎麼有辦法出更多力。

可以輕輕鬆鬆連續擊發這種大絕招，根本是不同層次。

哎呀，不行。

現在不是佩服的時候。

「好了，混沌龍。現在就放你自由。」

伴隨這句輕喃，我開始進行最後一道工序。

關鍵在時機。

混沌龍的精神體外露，蜜莉姆的魔法將之粉碎，連星幽體都破壞掉。

我沒漏看這點，接著蜜莉姆的力量即將粉碎心核，在那之前，我發動「魂噬」。

無視時間和空間，「暴食之王別西卜」發動。

只要我能看到，它會比蜜莉姆的魔法更快完事。

接著，我的作戰計畫成功，順利拿到混沌龍破碎的心核。

管理龐大魔素量的「核心」消失，如今混沌龍開始崩壞。

但問題就出在那裡。

「利、利姆路，糟了！這樣下去會爆炸喔！」

看我打暗號，蜜莉姆不再發動魔法。

可是空中仍有足以扭曲空間的巨大能量場。

兩股力量互相碰撞，造就超濃縮能量團。

接著就要反噬。

遲早會出現大爆炸，就算是蜜莉姆也無法打飛吧。
她焦急地望著我。
但我一點也不慌。
根據智慧之王的計算，我似乎能設法搞定。
「沒問題。那樣東西我會想辦法！」
「你有辦法嗎？」
蜜莉姆相當驚訝。
這充滿讚賞的眼神令人心曠神怡，然而搞砸會讓面子丟光——現在好像不適合談那個。
應該沒問題吧，智慧之王拉斐爾大師？
我不小心在心裡反問這句，它不會跟我計較吧。

《是。沒問題。》

就像平常那樣，大師淡淡地回應。
感覺它好像豁出去了，卻讓人非常安心。
我露出笑容，定睛凝視曾是混沌龍的物體。
那已經是殘骸了。所以說，用不著客氣。
「把它吃光，暴食之王別西卜！」
這團能量大成那樣，真的能吃完嗎？

連這份擔憂都吃個乾淨，暴食之王別西卜大顯身手。遠遠超乎我的想像，它將那些東西全吃下肚，彷彿什麼都沒發生。

「結束了……？」

「不，還沒完。要想辦法救妳的朋友。」

「咦？真的能救牠嗎？」

「對。為了應付這種場面，我已經備好這樣東西了！」

那是騙人的！

我拿出的東西是「擬造魂」。

「……？」

把有看沒有懂的蜜莉姆晾在一旁，我用心凝聚意識。

理論上可行。對，有智慧之王拉斐爾大師掛保證。

那我只要信它就行了。

抬頭挺胸，相信這件事必定會成功，我著手做事。

要將破碎的心核碎片全數挑出，放入「擬造魂」內。事先用我的「魂噬」整合過，做起來比想像中簡單。

問題在後頭。

就是心核能否寄宿在「擬造魂」上……

沒反應。

我急了。

表面上四平八穩，私底下拚命思索解決方案。

這種時候該如何應對？

腦中閃過連續劇等作品中常見的某橋段。

「蜜、蜜莉姆，這隻混沌龍有名字嗎？」

「你說……名字？那種東西──」

沒有嗎？

糟了。我要冷靜，想想其他辦法……

「牠叫蓋亞！我早就想好了，總有一天要這樣叫牠。牠的『名字』是蓋亞！」

結果有嘛。

這下我放心了，輕輕地呼喚「蓋亞」。

這名字不錯嘛。

你的名字叫蓋亞喔。

趁你的朋友還沒哭，快點醒來吧？

緊接著，「擬造魂」出現淡淡的光暈。

成功了。靈魂有心了。

之後我用「魔精核」包住有蓋亞寄宿的「擬造魂」。這樣「魔魂核」就完成了，手邊工作也告一段落。

到這個地步，接下來就讓時間解決一切。

等蓋亞的心核之傷治癒，他就會以理想姿態復活。

蓋亞不是用附身的，這就是本體。他會變成全新的魔物，在蜜莉姆面前誕生吧。

「成功了，蜜莉姆。這是全新的蓋亞。但他還沒出生，就像一顆蛋。」

我說完將「魔精核」交給蜜莉姆。

「嗯、嗯！事情交給你辦，果然一切都會圓滿解決呢。我對你有信心，利姆路。謝謝你、謝謝你！」

看她這麼開心真是太好了。

幸好我沒失手。

不過最重要的是這個，可以看到蜜莉姆展露笑容，我好開心。

「我們回去吧。想必大家都很擔心。」

「嗯！要把我的英勇事蹟講給大家聽！」

是是是。

但話又說回來，幸好蜜莉姆在場。

因為靠我一人哪可能應付那玩意兒。

遠方出現一座城堡。

還看到我的夥伴，他們全擔憂地望著這邊。看樣子大家都沒事，太好了。

這下事情就解決了。

好想回去放鬆一下。

泡個澡，拿啤酒乾杯。

帶著滿心的喜悅，我跟蜜莉姆一起回到夥伴身邊。

終章

最後的贏家

Regarding Reincarnated to Slime

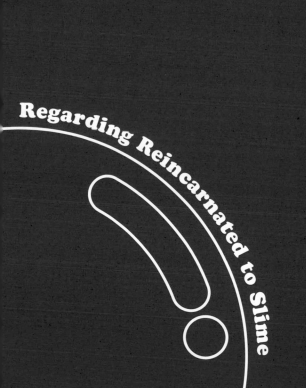

優樹得到瑪莉安貝爾的力量。

「希望你一開始就跟我們商量。」

「哈哈哈，不是說了嗎？拜那手法所賜，才能連瑪莉安貝爾一起騙嘛。」

「可是要我哄騙檯面上的部下，真的很累人呢！」

優樹跟利姆路對戰時，為了不讓優樹持有的力量祕辛洩漏，卡嘉麗一直在吸引隊員的注意。要些可疑的小手段怕會讓利姆路看出端倪，所以她煞費苦心。

優樹個人是覺得穿幫也無所謂，不覺得那有什麼問題。

能讓對方技能無效化的能力，就算敵人發現好了，依其性質也無法輕易想出對策。對優樹來說是其中一張王牌，但絕非殺手鐧。

「總之，我這麼做是因為相信妳。反正就結果而言也進展順利，妳就別抱怨了。」

「你好像奪走瑪莉安貝爾的力量，這也在計畫之中？」

「對，算是吧。大罪系在獨有技裡似乎是最強的，所以我一直很想要。聽說『慾望』大小是『貪婪者』的力量根源，那我更適合當它的主人吧，就這樣嘍。」

「你真的很誇張。一般人可是無法奪取別人的技能喔！」

「大概吧。不過，這次是『貪婪者』自己選中我。講歸講，這樣還是贏不了那個魔王利姆路。」

「——說得對。那個魔王也很超乎常理。」

「真的。可是這下就能把所有的罪全推給瑪莉安貝爾。我洗清嫌疑無罪赦免。目前會先安分一陣子，但樂趣增加也不錯。」

「事已至此，急也沒用。再說那個魔王真是心思細膩，到令人厭惡的地步。我對這次的計策頗有怨言，但一方面也能接受就是了。」

卡嘉麗的怨言是針對破壞墳墓一事。

優樹向利姆路解釋，說瑪莉安貝爾啟動動力爐自殺。

他想湮滅證據。

爆發規模只涵蓋最底層。損害比預計的還輕，以上是優樹的說明。

其實他引爆一開始就準備好的魔力炸彈，卻對利姆路說「因為動力爐內殘留的能量偏低」，藉此捏造事實。

為了不讓對方起疑，他還灑了真正的動力爐殘骸。如此一來，不管對方怎麼問，他都準備撒謊到底。

但卡嘉麗對此有怨言。

「反正妳原本就想捨棄那個地方吧？那就用不著放在心上啦。」

對卡嘉麗來說，那是她住慣的都市。等事情全處理完，卡嘉麗打算讓它變成跟以前一樣熱鬧的都市。

然而重要的墳墓卻沒了，怪不得她滿腹牢騷。

「——並非如此。那裡好歹是我們的第二故鄉。」

卡嘉麗聳聳肩接話，優樹也苦笑以對。

「也對。但多虧這點，我們有所斬獲。我的嫌疑洗清是最大收穫，另外還有別的。就是瑪莉安貝爾派來的『血影狂亂』，那些傢伙會使『神聖魔法』，這是一大關鍵。」

「說得對，我也發現了。評議會跟西方聖教會有來往。這是因為五大老首長的真實身分藏有祕密。」

「就是這樣。新聞也有寫、一時間蔚為話題之事——法爾姆斯之亂讓英雄聲勢下滑。連帶也讓評議會對西方聖教會的影響力降低。此外指出一項事實！瑪莉安貝爾的大祖父格蘭貝爾・羅素，依我看他其實是『七曜大師』。」

「原來如此……不愧是優樹大人，洞察力一流。」

卡嘉麗的洞察力也很敏銳。優樹的推論與自身推論在某種程度上一致，所以她確定這是事實。

優樹則面帶壞笑看著卡嘉麗。

「算是吧，這點程度的推理還行。比起那個，我發現更重要的可能性，妳知道是什麼嗎？」

他說完就看著卡嘉麗，像在觀察她的反應。

卡嘉麗想得到的情報就只有這些。所以她就像在說「我認輸」，舉起雙手投降。

「我試著從瑪莉安貝爾的行動摸索想法，她這次採用的手段非常強硬吧？要是殺了魔王利姆路，維爾德拉可能會出來作亂。操縱混沌龍會激怒魔王蜜莉姆。妳也捏把冷汗，深怕被魔王蜜莉姆看出真實身分對吧？拿這些危險的魔王跟『龍種』當對手，我覺得她似乎做得太過火。」

「聽你這麼一說，確實有理……」

「瑪莉安貝爾不可能忽視這種風險，照理說都想好到時該如何應對。那麼，對策是什麼呢？」

優樹筆直望著卡嘉麗，朝她問話。並非他心裡已有答案，而是藉提問整理思緒。

「這個嘛……我猜可能是她已確保自身安全的關係？」

「這也是一說。但我想不只這樣。」

「再來就是已有覺悟，得做出最低限度的犧牲？看來她一直很怕魔王利姆路崛起，就算出現某種程度的傷亡，放長遠看這反而是因禍得福，這樣就說得通了……」

聽完這些，優樹「嗯」的一聲並點點頭。

「我的話，不確定要犧牲多少東西，絕對不會採用那種手段。但相反的，若能預測損害將達到什麼程度，我會二話不說衡量損益吧。」

「──也就是說？」

「就算維爾德拉跟蜜莉姆失控，瑪莉安貝爾也有辦法應付──我有足以這麼相信的根據。」

「……」

「那是什麼呢？」

「格蘭貝爾──」

「不。」

如此斷言的優樹此時已找到答案。

他扯嘴一笑，看著卡嘉麗。

「拉普拉斯在聖地跟誰作戰？」

「是魔王瓦倫泰──啊！」

看卡嘉麗出現那種反應，優樹滿意地笑了。

「對。魔王瓦倫泰已死，但八星魔王中仍有個魔王瓦倫泰。想必真的魔王比冒牌貨強。」

「就連死去的魔王瓦倫泰都與全盛時期的我不相上下。這麼說……」

「真的魔王更強！此外，我現在已經確定了。就是魔王大本營在魯米納斯教的根據地內──」

「你是說魔王瓦倫泰同時也是神魯米納斯？怎麼會，竟有這種事……」

「就是有。我想八九不離十啦。」

聽優樹說得那麼有把握，卡嘉麗也理出真相。

「原來是這樣，說得也是……如果是格蘭貝爾，就算知道真相也不奇怪。」

「妳說對了。還有瑪莉安貝爾也知情。正因她知情才做此判斷，認為神魯米納斯在守護西方諸國。」

經優樹解釋後，一切就說得通了。

卡嘉麗也只能接受，沒有讓她反駁的餘地。

「如果是這樣，我們就得重新擬定戰略。」

「是啊。但不管怎麼說，我們暫時得將活動據點移到『東邊』。」

「呵呵呵，這人真可怕。嘴上說要安分點，卻精力充沛四處跑？」

「那是當然。因為我這個男人，以後要在這個世界稱王嘛。不是跟你們約好了嗎？我要統治這個世界！」

「說得也是。呵呵，呵呵呵呵呵。好期待，對，好期待。克雷曼一定也會很高興。」

「是啊。所以妳要確實提供協助喔。」

「好，當然了。您也是，絕對不要背叛我們喔，優樹大人？」

「那還用說。我一定要統治全世界。然後大家快快樂樂過生活，日子充滿樂趣！」

優樹跟卡嘉麗相視而笑。他們笑著。

一直笑著。

就像在玩遊戲，魔人們企圖征服世界。

征服世界——這麼幼稚的野心，他們當真想實現……

我們滅掉混沌龍，救了蜜莉姆的朋友。

然後回去一看，發現遺跡最底層都被埋住了。

據人看上去平平安安的優樹解釋，被逼至絕境的瑪莉安貝爾自爆了。

疑似想帶我一起上路，不惜做到這種地步也要收拾我嗎？

想到這邊，總覺得有點心痛。

不過，我們是敵人，變成這樣也是沒辦法的事……

老陷入情緒低潮也不是辦法。

還去找卡嘉麗女士商量，我們想讓遺跡恢復原狀。

雖然要花點時間，但預計連底層都挖出來。

之後循序漸進，挖出的裝置物拿去城裡展示，預計將這座城堡改裝成博物館。

計劃讓「魔導列車」通到這邊，變成觀光勝地。

但不知道要花幾年，排在前面的待辦事項也堆積如山。

至少可以確定的是未與東方帝國達成協議、締結和平條約，這裡就是戰場最前線。雖然是蜜莉姆的領土，仍不能完全放心。

所以說，目前我們預計只進行修復工作。

和評議會的交涉也順利進行中。

但我們改換數名議員，評議會的勢力大幅削減。

西方聖教會的勢力變大，不再受瑪莉安貝爾支配的優樹也愈來愈有分量。

情況演變至此，評議會需要重新凝聚向心力。

我們——該說是我。

我國魔國聯邦變成評議會內最大的派系。

優樹率領的自由公會替我們撐腰。交換條件是向自由公會提供資金援助，他們公開表示會協助魔國聯邦。

關於這件事，日向也同意。她拿出正當理由，說這樣有助西方諸國維持安定。

就這樣，我開始對西方諸國有莫大的影響力。

話說優樹的嫌疑洗清真是太好了。

拜這點所賜，我們才能像這樣放心構築互助關係。

《不。嫌疑已釐清。個體名「神樂坂優樹」確實是按自己的意思行動。》

咦？

不對，那你為什麼憋到現在才講！

《答。因為他的行動原理很簡單。可利用。》

就因為這樣？

不，我懂了，原來是這麼一回事……

智慧之王拉斐爾大師是為了我才絕口不提吧？

《……》

都怪我，是我太天真。

那時我猶豫是否該殺瑪莉安貝爾。

為將來著想，明明不該迷惘。

若她加害我，我的迷惘就會消失。可是，對方還沒給我們添大麻煩，我不禁覺得殺她太過分。

還有凱，殺完也覺得自己做得太過火。有這個前車之鑑，對瑪莉安貝爾才狠不下心。

我無法下手殺瑪莉安貝爾──「你」如此判斷，才沒跟我說吧？

《……是。我認為有這個必要。》

竟敢擅自作主──這話我說不出口。

事實上，正如智慧之王拉斐爾大師所料，優樹面不改色地殺了瑪莉安貝爾。

如今成功湮滅所有的證據，優樹再也不擔心。

這樣的一個人，對智慧之王拉斐爾大師來說很好利用吧。

我沒道理抱怨。

但我真的很懊惱，這也是事實。都怪我太沒用，才害智慧之王操心……

《否。並非如此。我只是不想讓主人多費心力。》

謝謝。

是為了讓我免受罪惡感折磨吧。

我想也是，雖然很高興，但這樣是不行的。

必須好好面對，靠我自己的意志做決定。

否則就沒資格當智慧之王的主人吧。

老是撒嬌靠別人，我就無法成長。

今後要老實向我報備。

我會確實面對的。

《了解。謹遵主人之命。》

不管優樹的企圖是什麼，我都會粉碎他的野心。

我不是孤身一人。我有夥伴，有可靠的搭檔。

對吧，是這樣吧？

有智慧之王拉斐爾在，我將行在正道上，不會走偏。

我打心底這麼認為。

緊接著，似乎有那麼一點點。

我好像看到智慧之王開心地「笑」了。

後記

各位好久不見，我是伏瀨。
其實這次原本沒有要放後記。
原因就是曾經瘦身成功也沒用，這次頁數擴增是史上第一高。
責任編輯Ｉ氏放棄掙扎的聲音令人難以忘懷。

但是！

最後結果揭曉，還剩幾頁的空間。他們要我後記寫個五頁左右。
之前也提過，我去書店找小說會先看大綱，接著確認後記。有時還會靠後記判斷該作品是否有趣。
此外，就算是系列作，我也會從後記開始看。
看有沒有新資訊，或是下一集何時發售等等，習慣在看本文前預先確認。
所以我覺得「後記很重要」，可是換我自己寫又是另一回事……

不，事實上。
我猜就算寫作者的私生活，多數人也沒興趣，談跟作品有關的事又會破哏。

與其增加後記篇幅不如多放本篇內容，這麼想的人也不少吧。
若各位想聽某方面的事，請跟 GC novels 編輯部聯絡！
也許會反映在書本上。
那這次我們就來針對作品小聊一下。

＊

關於這集登場的手槍，有段不為人知的故事。

這是第一次用阿拉伯數字。也就是「華瑟Ｐ９９」這現實中存在的手槍名。原本都用漢字標數，但真實世界有的槍枝似乎可例外放行。
作品中古蓮妲使用的武器來自德國槍械製造商華瑟，是該公司開發的自動手槍。
當然，實際存在。
當初想用貝瑞塔這家公司出的手槍，例如Ｍ９２或ＰＸ４，但這樣容易跟角色貝瑞塔搞混，因此我煩惱該選哪個，最後選擇Ｐ９９。
說到華瑟，他們的Ｐ３８很有名。
那個廣受國民歡迎的大怪盜也愛用這把槍，知名度極高。
有想過沾他的光，但最後還是作罷。
古蓮妲小姐是女的，短小精幹的槍款比較適合她吧。

基於上述理由選的，是這次登場的「華瑟P99」。

這名字只出現一次，但為了寫它，我查過不少資料，甚至買空氣槍把玩，這才想起小時候想要一把。

這也算一種長大有錢就收購的行為——唔，那些不重要吧。

它就是這樣的槍，今後預計讓它小露幾次面。

分成機構式與魔力式，名字一樣，兩者卻相去甚遠。

話說這次利姆路帶去探險的槍款，內部機構完全是自創版，只有外觀像。

似乎還重現火藥，但嫌要準備一堆太麻煩。

應該能做得更簡單吧？基於這點進行魔改，結果就是那把槍。

除此之外，書裡還暗示帝國那邊也有槍枝，這也預計寫成截然不同的東西。比照利姆路等人的思考模式設想，才讓槍發展成型態差異更大的魔力式——設定如上。

差不多這種感覺，剛才稍微說明過了，但問題還在後頭。

惡魔那邊預計讓名字是跑車系列的同族登場，貝瑞塔這邊則安排一系列魔偶，都用槍械製造商的名字命名。

可是WEB版裡的貝瑞塔沒有兄弟。

那該怎麼辦才好？

這次在此聊到以華瑟命名的事，希望利姆路能因此想起那件事……

席格、柯爾特、克拉克、毛瑟、華瑟、馬特巴、雷明頓。

還有黑克勒與科赫這對雙胞胎。

其他還有一堆候補人選，只想設定卻沒採用。

這些都是貝瑞塔的同僚，將來會在魔國聯邦發光發熱吧。

光想到要做角色設計就很累人，拜託別讓他們登場——我彷彿聽到這陣哀號，所以非必要不會讓他們登場吧。不過，希望未來有機會讓他們在外傳等作品上表現一番。

以上就是跟槍有關的祕辛。

＊

在這集的最後，為了聊表平日裡懷抱的感謝之意，我想在此向大家道謝。

給總是提供諮詢的責任編輯I氏。

頁數又變多了，給您添麻煩，但您說這也是為了讀者好，身為作者的我因此鬆了一口氣。

跟您透過電話交談有助於轉換心情，今後也拜託您了！

還有每次都幫忙畫美妙插圖的みっつばー老師。

瑪莉安貝爾的角色設計辛苦您了。多虧有您，才能將該角色塑造得這麼棒。

當我在寫這篇後記，您正努力畫第十集的封面跟插圖吧。

身為作者的我也很期待！

得到諸位校稿校閱人員、設計師及其他許許多多的人支持，這部作品才得以問市。

真的很感謝你們！

還有各位讀者。

本作《關於我轉生變成史萊姆這檔事》終於也邁入第十集大關。

承蒙各位捧場才能走到今天。

為了回應大家的支持，今後我也會繼續努力，目標是寫到完結篇！

那今後也請多多關照《關於我轉生變成史萊姆這檔事》！

咖啡拉花

畫：川上泰樹

哎呀，利姆路大人，這是什麼？
這叫咖啡拉花喔。是在濃縮咖啡上打奶泡然後用來作畫。
怎麼樣啊？這下加一堆牛奶也有大人味吧。
好可愛…♡
哦—
是啊，好成熟喔。
好，那我也幫日向妳做一杯。
ちゃかちゃか
多謝招待。
愛鬧脾氣這點還是很幼稚嘛。
カチャ
來，久等啦。

維爾德拉拉花

日向還待在日本時，
立體拉花似乎還不普及。

祝10集！
漫畫番外篇
《魔物王國漫步法》
也請各位多指教！

國家圖書館出版品預行編目(CIP)資料

關於我轉生變成史萊姆這檔事 / 伏瀨作；楊惠琪譯
. -- 初版. -- 臺北市：臺灣角川, 2018.04-
冊；　公分
譯自：転生したらスライムだった件
ISBN 978-957-564-138-2(第9冊：平裝). --
ISBN 978-957-564-299-0(第10冊：平裝)

861.57　　　107002534

Kadokawa
Fantastic
Novels

關於我轉生變成史萊姆這檔事 10

（原著名：転生したらスライムだった件 10）

2018年8月16日　初版第1刷發行
2024年7月29日　初版第11刷發行

作　者：伏瀬
插　畫：みっつばー
譯　者：楊惠琪

發 行 人：台灣角川股份有限公司
總　監：呂慧君
總 編 輯：蔡佩芬
主　編：林秀儒
文字編輯：黃怡珮
設計指導：陳晞叡
美術設計：宋芳茹
印　務：李明修（主任）、張加恩（主任）、張凱棋、潘尚琪

發 行 所：台灣角川股份有限公司
地　址：104台北市中山區松江路223號3樓
電　話：（02）2515-3000
傳　真：（02）2515-0033
網　址：www.kadokawa.com.tw
劃撥帳戶：台灣角川股份有限公司
劃撥帳號：19487412
法律顧問：有澤法律事務所
製　版：尚騰印刷事業有限公司
ISBN：978-957-564-299-0

※版權所有，未經許可，不許轉載。
※本書如有破損、裝訂錯誤，請持購買憑證回原購買處或連同憑證寄回出版社更換。

Text Copyright ©2017 Fuse
Illustrations Copyright ©2017 Mitz Vah
Original Japanese edition published by MICRO MAGAZINE, INC.
Complex Chinese translation rights arranged with MICRO MAGAZINE, INC. Tokyo
through LEE's Literary Agency, Taiwan
Complex Chinese translation rights ©2018 by KADOKAWA TAIWAN CORPORATION